Hans Ernst

Heimat ist Friede

Hans Ernst

Heimat ist Friede

Roman

rosenheimer

6., neu überarbeitete Auflage 1999

Titelbild: Michael Wolf, München
redaktionelle Bearbeitung: Dr. Elisabeth Hirschberger, München
Satz: Buch-Werkstatt GmbH, Bad Aibling
Druck und Bindung: Ebner Ulm
Printed in Germany

ISBN 3-475-52027-3

Es war an einem Tag im März, aber das Wetter war wie im April, Regen und Schneeschauer wechselten ab mit einer Viertelstunde wässerig scheinender Sonne. Auf dem Gipfel der Brandlplatte lag noch tiefer Schnee, die Dorrach führte viel Wasser, und das Wild kam noch bis zum Tobl herunter, wo der Südhang hinter dem Berggasthaus »Zum Hahnenkranz« schon schneefrei war.

Fünfzehnhundert Meter hoch lag dieser Hof. Einsam auf der Höhe unter dem steil aufsteigenden Fichtenwald, über dem sich ein halbes Dutzend Zweitausender auftürmten, darunter die Gablspitze, der Hahnenkranz und die Brandlplatte.

»Gasthof zum Hahnenkranz, Besitzer Konrad und Helene Freisinger«, stand über der mit viererlei Holz eingelegten Doppeltür mit dem sanft geschwungenen Rundbogen. Irgendein Komfort, etwa Fremdenzimmer mit fließendem Wasser, war nicht angekündigt. Die gute Küche brauchte man nicht besonders anzupreisen, weil sie weit übers Tal hinaus bekannt war. Eine gute Küche, und eine warme, wunderschöne Behaglichkeit, aber kein Komfort. Trotzdem wurde die Bergwirtschaft im Sommer gern besucht von Gästen, die in der Einsamkeit da oben ihre Ferien verbringen wollten. Von Mitte Juni bis Ende September waren die acht Fremdenzimmer dauernd belegt. Auch sonntags fanden viele Ausflügler den Weg dorthin, obwohl man von Dorrach aus gute zwei Stunden zu wandern hatte. Unter der Woche kehrten eigentlich nur Zöllner oder Jäger ein, bis der Schnee fiel. Dann war man so ziemlich allein und abgeschlossen.

An jenem Märzmorgen geschah es, dass der Bergwirt die linke Hand in die Häckselmaschine brachte, wobei ihm die vier Finger bis zu den Knöcheln hin abgeschnitten wurden.

Die siebzehnjährige Barbara merkte davon gar nichts, denn der Vater stieß weder einen Schrei aus noch gab er sonst ein Zeichen. Im Leerlauf machten die Zahnräder freilich einen größeren Lärm, die Zugscheite und der breite Lederriemen, die von der Schwungscheibe zur Häckselmaschine auf der Tenne führten, hingen locker durch, aber das traf ja immer zu, wenn die Zufuhr von Heu und Stroh im Schlitten der Häckselmaschine einmal für ein paar Minuten unterbrochen war.

Das Kopftuch fest unterm Kinn gebunden, den Kragen der Männerjacke hochgeschlagen, war sie tief in ihre Arbeit versunken. Den Kopf hatte sie wie in tiefem Nachdenken gesenkt. Nur manchmal hob sie ihn, wenn hinter der Brandlplatte wieder eine schwarze Wolke hervorkam, von der man nicht wusste, was sie aus ihrem trächtigen Leib herausschleudern würde, Regen oder Schnee.

Es war kalt an diesem Morgen. Darum trug Barbara die dicke Männerjacke und wollene Fäustlinge. Sie arbeitete nun schon seit aller Frühe, denn es sollte gleich für acht Tage das Futter für das Vieh geschnitten werden.

Da sah sie plötzlich den Vater mit schneeweißem Gesicht aus dem Tennentor heraustaumeln. Die Hand, von der das Blut niederrann, hielt er in die

Höhe. Aber es kam kein Laut aus seinem schmalgepressten Mund. Das Gesicht mit den dunkelblauen Augen war schneeweiß.

Barbara rief erschrocken: »Vater, was ist denn passiert?«

Der Bergwirt, der sich gerade, von Schwäche übermannt, an das Scheunentor lehnen wollte, riss sich beim Klang der Stimme zusammen. Hatte vielleicht schon jemals irgendjemand ihn schwach gesehen? Vier Finger der linken Hand hatte er in zwei Sekunden verloren. Und nur weil er den Daumen eingezogen gehabt hatte, war der ihm noch geblieben.

Es schmerzte eigentlich gar nicht so arg, oder betäubte der Schreck den Schmerz immer noch? Dass er verbluten könnte, fiel dem Bergwirt gar nicht ein. Das Ganze war nur dumm, weil er Linkshänder war. Er hatte Angst vor der Umstellung mit seinen fünfundfünfzig Jahren.

Er fuhr sich mit dem Zeigefinger der rechten Hand über den Nasenrücken, wie immer, wenn er über etwas nachdachte. Dann sagte er: »Ich muss zum Doktor hinunter.«

Mit Schreck in den Augen schaute Barbara auf die grässlich verstümmelte Hand. »Wäre es nicht besser, wenn der Doktor heraufkäme, Vater? Ich meine – «

Seine schwarzen Augenbrauen zogen sich eng zusammen, ob im Schmerz oder im Unwillen darüber, dass ihm widersprochen wurde, war nicht zu erkennen. »Seit wann gibst du mir Ratschläge?«

Die blutende Hand noch weiter von sich streckend, ging er über den Hof auf das Haus zu. Barbara schaute ihm nach und sah, wie er ein paarmal schwankte. Dann schüttelte sie den Kopf. Was war der Vater bloß für ein Mensch. Solange sie sich erinnern konnte, hatte sie ihn noch nie hilflos gesehen. Und als hätte Konrad Freisinger gefühlt, dass ihm nachgeschaut wurde, kam ihm das Lächerliche seines torkelnden Ganges zum Bewusstsein, und er riss sich abermals zusammen, straffte die Schultern und legte den Rest des Weges aufrecht zurück. Man hatte nicht hinter ihm herzulächeln, und Mitleid verbat er sich überhaupt.

Erst in der sanften Dämmerung des gewölbten Flures, in dem es immer kühl war, und wo es immer ein wenig nach abgestandenem Bier roch, durfte er sich an die kühle Mauer lehnen. Ihm war, als glitten ihm die Knie weg, und vor den Augen wurde ihm schwarz. Da erst schrie er nach seiner Frau.

Er rief sie sonst nie beim Vornamen. Helene Freisinger war die Mamm, die Frau oder die Wirtin. Nur in seiner tiefen Not, und als ihn das Bewusstsein schon verlassen wollte, schrie er: »Helene!«

Die Bergwirtin, eine Frau von üppiger Fülle, aber mit einem noch jungen Gesicht, stürzte erschrocken und ahnungsvoll – weil sie wusste, dass der Mann sie sonst nie so rufen würde – aus der Küche und griff ihm gerade noch rechtzeitig unter die Arme, bevor ihm die Füße versagen wollten. Es war, als risse die Berührung ihn von selbst wieder hoch.

»In die Häckselmaschin bin ich gekommen.«

»Um Himmels willen, wie ist denn das passiert?«, klagte die Bergwirtin und zog die Brauen zusammen, als litte sie den Schmerz mit. Sie litt ihn auch mit, denn Helene Freisinger liebte diesen schweigsamen Mann mit den schmalen Schultern und dem pechschwarzen Haar, in dem sich noch kein grauer Faden zeigte.

Die Ehe der Freisingers war hervorragend, und

wenn sie auch oft lange nicht miteinander sprachen, so bestimmt nicht deshalb, weil sie etwa miteinander böse gewesen wären. Jeder von ihnen lebte in seiner eigenen Aufgabe und in seinen eigenen Pflichten, mit denen ihre Tage bis zum Rande gefüllt waren. Was aus Liebe einmal hatte gesagt werden müssen, das war alles schon gesprochen worden, bevor die drei Kinder kamen. Das Leid auf der einen, das Mitleid auf der anderen Seite durchbrach die Regel in dieser Stunde.

»Aber wie hast du das denn angestellt?«

»Frag nicht so viel!«, ächzte er zurück.

Nein, das Fragen hatte wohl keinen Sinn. Sie musste jetzt handeln, denn das Blut tropfte auf das rote Ziegelpflaster, und es war immerhin schon zu viel Zeit vergangen.

»Komm«, sagte sie resolut. »Lass dich notdürftig verbinden. Dann legst dich hin und der Doktor soll kommen.«

Schon wieder dieser Vorschlag! Was denken sich die eigentlich! War es denn schon so weit mit ihm, dass er sich nicht mehr in den Wagen setzen konnte?

Der Bergwirt öffnete die zusammengepressten Lippen. »Den Doktor kommen lassen? Was meinst du, dass er dafür aufschreibt?«

Die Wirtin legte Mull und Watte auf die Wunden und begann vorsichtig die Binden darum zu wickeln. »Das darf man doch jetzt nicht fragen!«

»Und ob man das fragen darf! Die Buben brauchen zu Pfingsten neue Anzüge, falls du das vergessen haben solltest. Hauptsach ist, dass es zu bluten aufhört, dann komm ich schon hinunter nach Dorrach.«

»Bei dem Blutverlust?«

»Es werden zwei Liter ’rausgeflossen sein nach

meiner Schätzung. Und sieben muss ich haben bei meinem Gewicht und Alter.«

Nun hatte die Wirtin alles sorgfältig verbunden. Dann knotete sie noch ein schwarzes Kopftuch hinter seinem Nacken zusammen, dass er den Arm in die Schlinge legen konnte.

»Soll nicht wenigstens die Barbara mitfahren?«

»Wozu denn das? Schenk mir einen Enzian ein.«

»Dass du auch gar so dickschädlig bist«, jammerte die Bergwirtin und holte die große Steinflasche mit dem selbst gebrauten Enzian. »Und ausgerechnet die linke Hand muss es sein.«

»Ja, das ist mein ärgster Kummer.« Er stürzte zwei Gläser Enzian hinunter. Dann stand er auf. Er war noch etwas weich in den Knien, aber der Enzian rann ihm wie Feuer durch die Glieder. In seine Wangen kehrte langsam das gesunde Rot zurück.

»Bring mir meine Jacke«, sagte er. »Und schau nach, ob die Barbara den Wagen schon aus der Garage gefahren hat.«

Er stand bereits vor der Haustür.

Der Bergwirt gab sich alle Mühe, nicht anders einzusteigen als sonst. Nur der hörbare Plumps, mit dem er sich auf den Sitz fallen ließ, deutete an, dass der starke Blutverlust ihn doch etwas geschwächt hatte.

»Bring sechs Pfund Rindfleisch mit«, schaffte die Bergwirtin noch an.

Er nickte und ließ den Motor an. Seine Stirn zog sich unwillig in Falten ob des Ungewohnten, nun alles mit der Rechten tun zu müssen.

Langsam rollte der Wagen vom Hofplatz. Die Mutter ging zurück ins Haus. Barbara aber stand noch eine ganze Weile auf der Terrasse und schaute dem Wagen nach.

Sie war ein hoch gewachsenes Mädchen, eine herbe, frühreife Schönheit mit dem schwarzen Haar des Vaters und dessen dunkelblauen Augen. Sie schlug auch sonst ganz in seine Art und hing mit tiefer Liebe an ihm, ohne es zeigen zu können. Seit sie aus der Schule gekommen war, gab es keine Hilfskraft mehr auf dem Hof. Barbara musste deren Stelle ausfüllen. Sie tat die schwere Arbeit gerne und mit unverdrossener Fröhlichkeit. Sie wusste auch, dass nicht der Vater diese Anforderungen an sie stellte, sondern der Berg in seiner ganzen Unbarmherzigkeit, die steilen Hänge, an denen gerade so viel dünnähriges Korn wuchs, dass es für den Brotbedarf des Jahres reichte. Weizen wuchs hier nicht mehr. Nur noch etwas Hafer für die Pferde und Kartoffeln.

Immer tiefer hinab kam der Wagen, der auf der steinigen Straße holperte. Barbara fühlte die Schmerzen mit, die der Vater bei jedem Stoß bis in die verstümmelte Hand hinein empfinden musste. Und ohne dass sie es wollte, rannen ihr die Tränen über die Wangen.

Auch das hätte der Bergwirt nicht sehen dürfen, denn er hätte es sich verbeten, dass man um ihn weinte, bevor nicht der Deckel auf seinen Sarg gehoben wurde.

Aber soweit war es noch lange nicht. Und dann würde er es auch nicht mehr sehen.

Dorrach, am Fluss gleichen Namens gelegen, war ein idyllisches Städtchen mit schönen Fresken an den alten Häusern, mit winkeligen Gassen, Erkern und heimeligen Bogengängen.

Steil und fast drohend erhoben sich die Münstertürme über den Dächern der Stadt, die erst hinter dem Hunnentor ihre Fortsetzung fand in einer Reihe neuer Villen. Um so friedlicher wirkte der weite Platz vor dem Münster mit den alten Kastanien, unter denen Bänke standen.

Von den Türmen schlug es gerade zehn Uhr, als der Freisinger über die Dorrachbrücke fuhr und dann in das schmale Gerbergassl einbog, um von der Rückseite her in den Hof des Sternbräus zu kommen. Auf diese Weise brauchte er nicht über die Hauptstraße zu fahren, so dass fast niemand ihn sah, und das wollte er ja damit erreichen.

Im Bräuhof musste er zweimal läuten, ehe der Hausknecht herbeischlurfte.

»Wem pressiert es denn da gar so?«, fragte Vinzenz griesgrämig.

Der Freisinger drehte den Kopf zurück. »Was meinst?«

Diese Frage klang scharf wie eine Messerschneide und wirkte Wunder. Vinzenz brachte die Füße schneller voreinander und nahm die Virginia aus dem Mund.

»Ah, der Herr Freisinger! Den Wagen einstellen? Jawohl!«

»Meinst, dass ich sonst bis vor die Garagen gefahren wäre?«

Jetzt erst sah Vinzenz, dass der Bergwirt den Arm in der Schlinge trug, und dass der weiße Mullstoff, mit dem die Hand dick umwickelt war, eine rötliche Färbung hatte.

»Was ist denn da passiert?«, fragte er neugierig.

»Eine Katz hat mich gebissen«, spottete der Bergwirt, obwohl der Schmerz immer schlimmer wurde.

»Eine Katz? Ja, gibt's denn so was auch«, staunte Vinzenz und gab sich nicht die Mühe, darüber nachzudenken, ob das möglich wäre.

»Hier sind die Autoschlüssel. Fahr den Wagen in die Garage.«

»Ist recht, Herr Freisinger.«

Ja, hier im Städtchen duzte ihn niemand außer seinen engeren Bekannten. Hier war er nicht der Bergwirt vom Tobl, sondern der Herr Freisinger, der Kreistagsabgeordnete Freisinger, dem nur zwanzig Stimmen gefehlt hatten, um in den Landtag zu kommen. In Dorrach und Umgebung kannte man ihn als den Mann, der mit leidenschaftlicher Hingabe die Interessen seines Standes vertrat, der in den Diskussionen sachlich bleiben konnte und geduldig wie ein Opferlamm, der aber, wenn er herausgefordert wurde, auch auf den Tisch schlagen konnte, mit der linken Faust, die ihm heute eine einzige Sekunde Unachtsamkeit erbärmlich verstümmelt hatte.

Dieser Mann schlich sich jetzt fast ängstlich hinter den Häusern vorbei auf das Hunnentor zu. Er zog den Hut tief in die Stirn, um möglichst unerkannt zu bleiben.

Nach einigen Umwegen erreichte er das Haus des Doktors, das hinter dem Hunnentor lag und erst vor drei Jahren gebaut worden war. Er ging auch da um das Haus herum und betrat es durch die Hintertür, um nicht im Wartezimmer auf Leute zu treffen die hernach herumerzählten, den Bergwirt Freisinger habe man ein paarmal durch die Doppeltür des Sprechzimmers stöhnen hören. Der Bergwirt aber hatte sich vorgenommen, weder zu stöhnen noch zu schreien.

Es ließ sich nicht vermeiden, dass er auf diese Weise zuerst mit der Frau des Doktors zusammentraf.

»Was ist Ihnen denn passiert?«, fragte sie.

»In die Häckselmaschine bin ich hineingeraten.«

»Ich werde sofort nachsehen, ob mein Mann frei ist. Wollen Sie vielleicht inzwischen Platz nehmen?«

»Danke, ich bleibe lieber stehen.«

Zwei Minuten später durfte der Bergwirt in das Sprechzimmer eintreten. Doktor Urban, ein Riese von Gestalt, kam auf ihn zu.

»Guten Morgen, Herr Freisinger. Was ist mit Ihnen los?«

»Häckselmaschine«, sagte der Bergwirt nur und zog die Hand mit dem blutdurchtränkten Verband aus der Schlinge.

»Ach, du meine Güte! Wie viele Finger?«

»Vier.«

»Da wäre es wohl besser, gleich ins Krankenhaus zu gehen, Freisinger. Ich bin hier nicht so eingerichtet, und ohne Betäubung wird es wohl kaum gehen.«

»Betäubung? Wozu das? Ich schreie nicht. Und ins Krankenhaus? Dass die mich gleich eine Woche oder noch länger behalten? Dazu habe ich keine Zeit.«

»Na schön. Dann werden wir also einmal sehen.«

Nur weil er versprochen hatte, nicht zu schreien, hielt er das Tierhafte zurück, das aus ihm herausbrüllen wollte. Er knirschte nur mit den Zähnen, als der Doktor den Verband wegriss.

»Mein lieber Mann, das schaut bös aus.«

Der wahnsinnigen Schmerzen wegen ließ sich der Bergwirt den »lieben Mann« gefallen und ließ seinem

Missmut nur insoweit freien Lauf, dass er den Doktor duzte.

»Mach ein bissl schneller.«

Das war eine Aufforderung, an die der Doktor sich nicht halten konnte, weil er den ganzen Umfang der grässlichen Verletzung sah und nochmal zum Krankenhaus riet.

»Zum Donnerwetter, ich hab Ihnen doch schon gesagt, dass ich nicht ins Krankenhaus will«, knurrte Freisinger und streckte die blutigen Stummel hin. »Tun Sie endlich, was getan werden muss!«

Von da an säuberte, entkeimte und nähte Doktor Urban eine halbe Stunde lang. Besser hätte es auch in einer Klinik nicht gemacht werden können. Bloß dass der Bergwirt dort nichts gespürt hätte im Ätherrausch. Manchmal stöhnen Patienten auch während der Narkose auf, und mehr tat der Bergwirt auch mit wachen Sinnen nicht. Man hörte nur seine Zähne knirschen, wenn die Nadel wieder neu einstach.

»Ja, ich weiß, es tut verdammt weh«, sagte Doktor Urban.

»Wieso wollen Sie das wissen? Ich sehe, dass Sie noch alle Finger haben.«

Doktor Urban meinte, den Patienten ablenken zu müssen und sprach weiter: »Vor zwei Jahren hatte ich einen ähnlichen Fall, der Mann hat gebrüllt wie ein Stier. Bei ihm waren es drei Finger der rechten Hand. Ausgerechnet die drei Finger, die er ein Jahr zuvor zum falschen Schwur gehoben hat.«

»Bei mir ist es die Linke«, antwortete der Freisinger mit einem mürrischen Unterton. »Und außerdem bin ich nicht meineidig.«

»Natürlich nicht, sonst wären Sie ja nicht Kreistagsabgeordneter. Gleich sind wir fertig. Nur noch ein klein wenig Geduld. So, das wäre geschafft! Sie hätten es im Krankenhaus schmerzloser haben können.«

»Schmerzloser vielleicht, aber auch teurer. Was bin ich jetzt schuldig?«

»Das eilt nicht. Sie müssen schon noch ein paarmal zum Verbinden kommen. Und jetzt trinken Sie am besten ein Glas Kognak zur Stärkung.«

»Den Sie wahrscheinlich auch auf die Rechnung setzen, dass sie noch gesalzener wird. So leicht möchte ich einmal mein Geld verdienen wie ihr Ärzte!«

Der Doktor schenkte zwei Kognak ein.

»Damit Sie es wissen, Herr Freisinger, die Kognaks spendiere ich, und wenn ich einmal zu Ihnen hinaufkomme, revanchieren Sie sich. Prost Freisinger! – Übrigens, da fällt mir was ein, wenn Sie doch schon der Meinung sind, dass wir Ärzte unser Geld so leicht verdienen, dann lassen Sie doch Ihren – ich weiß jetzt nicht mehr, wie er heißt – Medizin studieren.«

»Wie kommen Sie darauf?«, fragte der Bergwirt verblüfft.

»Weil kürzlich am Stammtisch die Rede davon war, dass Ihr Ältester merkwürdigerweise der begabteste Schüler nicht nur seiner Klasse, sondern der ganzen Schule sein soll.«

Das war wie ein warmer Frühlingswind und ließ das Herz des Bergwirts höher schlagen. Trotzdem runzelte er die Stirn: »Wieso soll das merkwürdig sein?«

»Na, immerhin ist das ein phänomenaler Fall.«

Der Bergwirt nickte grimmig. »Ja, ja, das wollt ihr Herren immer nicht glauben, dass gerade aus dem

Bauernstand heraus die Intelligenten kommen. Bloß fehlt uns halt eines, die Redegewandtheit.«

»Das müssen ausgerechnet Sie sagen«, lachte der Doktor. »Könnte nur jeder so reden wie Sie! Einen besseren Anwalt könnten die Bauern im weiten Umkreis gar nicht finden. Und wahrscheinlich schlägt Ihr Ältester Ihnen nach.«

»Das kann vielleicht sein, aber sicher ist das nicht. Der Florian hat einen hellen Kopf, das weiß ich, aber darüber braucht sich niemand zu wundern, und merkwürdig ist das schon zweimal nicht.«

»So war es auch nicht gemeint, Herr Freisinger.«

»Das will ich auch hoffen.«

Der Freisinger verließ das Haus wieder durch die Hintertür und nahm den Weg unter den Arkaden. Er bog um die Steinsäulen, wenn ihm Bekannte entgegen kamen, weil es ihm peinlich gewesen wäre, gefragt zu werden, was ihm passiert sei.

So kam er an den Gasthof zum Stern, als es von den Münstertürmen Mittag zu läuten begann.

Im Sternbräu hatte er seinen Stammplatz in der Ritterstube, wo die ledigen Beamten und Angestellten der Stadt ihr Abonnementsessen für billiges Geld bekamen. Hier wurden die Nöte und die Klagen so über die Tische hin an den Kreistagsabgeordneten herangetragen. Er brauchte kein Notizbuch, um sich Einzelheiten zu merken, in seinem Gehirn wurde alles genau gespeichert, und in den Versammlungen wunderte man sich dann, wieso er über jede Kleinigkeit in allen Berufszweigen genau Bescheid wusste.

Als er die Gaststube betrat, rannte Agnes, die Bedienung, um ihm die Tür zum Ritterstübchen zu öffnen. Aber er winkte ab.

»Ich bleib heute in der Gaststube.«

Er nahm an einem der kleinen Fenstertische Platz, wo er auf den Ludwigsplatz hinaussehen konnte und gegen die andere Seite durch den Garderobenständer verdeckt war.

»Eine halbe Dunkel, Herr Freisinger?«

Der Bergwirt blickte auf. Agnes stand vor ihm. Sie war ein hübsches, molliges Ding mit nussbraunem Haar, das den Bergwirt über alle Maßen schätzte, weil er, wenn er Alkohol getrunken hatte, nie, wie andere, zu grölen anfing. Konrad Freisinger hatte sich immer in der Gewalt, auch wenn er einmal über den Durst trank.

»Nein, Agnes, ein Viertel Rotwein.«

Jetzt fiel ihr erst auf, dass er den Arm in der Schlinge trug.

»Sie haben sich verletzt?«

»Ein wenig, ja. Darum trink ich Rotwein, weil der wieder neues Blut machen soll. Und sag im Laden gleich Bescheid, dass sie mir sechs Pfund Rindfleisch herrichten.«

Er war darauf bedacht, möglichst wenig aufzufallen. Durch den Garderobenständer verdeckt, sah er doch hinüber an den letzten Tisch, den sogenannten Handwerksburschentisch, auf dem etwa zwanzig Suppenteller aufgedeckt waren für die Schulkinder, die mittags nicht heim konnten. Der Bergwirt erinnerte sich, dass auch er einmal, vor vierzig und mehr Jahren, dort gesessen und seine Suppe gelöffelt hatte.

Ja, da hinten hatte er auch einmal gesessen. Und am Samstag war dann sein Vater heruntergekommen vom

Berg und hatte bezahlt, so wie er es jetzt jeden Samstag tat. Viel war geschehen in den langen Jahren seither und den Strom der Zeit hinuntergeschwommen. Wenn er all die versunkenen Bilder herausheben und jedes eine Weile betrachten wollte, würden darüber Stunden vergehen.

Da kamen auch schon die Kinder hereingestürmt und balgten sich mit viel Lärm um den großen Tisch. Buben und Mädchen von den Einödhöfen hoch droben, darunter auch die beiden Freisingerbuben, der Florian und der Bertl.

Sie konnten ihn nicht sehen, aber er sah sie, den quicklebendigen Bertl mit dem hellen Haar und den stilleren Florian, schmal und aufgeschossen und das hübsche Gesicht jetzt schon braungebrannt wie im Sommer. Der Bertl war auch der Erste, der den Schöpflöffel ergriff, als die große Schüssel auf den Tisch gestellt wurde.

Der Freisinger beobachtete alles aufmerksam und griff mitunter an den linken Arm, wenn der Schmerz wieder auftrat. Bei aller Bedachtsamkeit hatte er doch den einen Fehler begangen, sich einen Rostbraten zu bestellen und wusste nicht, wie er nun das Fleisch schneiden sollte. Agnes aber sah das sofort, zerkleinerte das Fleisch und stellte sich dabei so, dass niemand sie beobachten konnte.

»So hilflos kann ein Mensch werden, wenn er bloß eine Sekunde nicht Acht gibt«, sagte er.

»Das ist noch nicht das Schlimmste und – ich tu es gern«, meinte die Agnes und rannte davon, um die Portionen ins Ritterzimmer zu tragen.

Das Essen schmeckte ihm, und der Rotwein rann ihm durch den Körper, als wäre er wirklich schon wieder Blut, das erfrischend durch die Venen floss und den müden Herzschlag beschleunigte. Schmerzen spürte er kaum mehr. Nur hin und wieder ging ein heftiges Ziehen von der Achsel aus bis in die übernähten Knöchel.

Auf einmal empfand er ein heftiges Schlafbedürfnis. Vielleicht kam das vom Wein, oder es war die Reaktion auf den Blutverlust.

»Agnes, zahlen!«

Als das Mädchen so vor ihm stand und alles zusammenrechnete, empfand Freisinger das unerklärliche Bedürfnis, den Kopf einfach niedersinken zu lassen, um seiner Müdigkeit nachzugeben. Ruckartig aber riss er den Kopf wieder hoch, als Agnes fragte, ob sie das Essensgeld für die Buben auch gleich mitberechnen sollte.

»Natürlich, morgen ist sowieso schon Samstag.«

»Das macht aber diesmal um vierzig Pfennig mehr, weil einer der Buben eine Semmel gehabt hat.«

Er reichte einen Hundertmarkschein hin, ließ sich auf den Pfennig herausgeben und schob dann fünf Mark zurück.

»Weil du so nett warst und mir das Fleisch geschnitten hast.«

Dann stand er auf, griff nach seinem Hut und ging zur Tür. Am Handwerksburschentisch blieb er stehen und betrachtete seinen Jüngsten mit schmalen Augen.

»Ah, der Vater!« Bertl stupste seinen Bruder Florian. »Schau hin, Flori, der Vater hat d' Hand eingebunden.«

»Warum, das werd ich euch auf der Heimfahrt sagen. Nach der Schule, um vier Uhr, kommt ihr in den Bräuhof.«

Den Hut fester in die Stirn drückend, griff er nach der Tür und ließ sie hinter sich zufallen, dass es wahrscheinlich dröhnend gescheppert hätte, wenn der Sternbräu nicht vor kurzem erst einen Türschließer hätte einbauen lassen.

Im Hof winkte er ab, als Vinzenz den Wagen gleich aus der Garage fahren wollte.

»Lass nur«, sagte er und trat in die Garage. »Um vier Uhr weckst mich, verstanden?«

Dann ließ er sich ins Auto fallen und schlief in wenigen Minuten, zum Sterben müd, ein.

Der Frühling kam. Ein rascher und wilder Frühling, der die Farben fast über Nacht auswarf und die Landschaft in ein blühendes Wunder verwandelte und es genauso schnell wieder versinken ließ, dass alles fast wesenlos unter dem riesigen Himmel lag, der sich über den Bergen spannte, nur manchmal von weißen Wolken betupft, die wie Segler dahinzogen, bis ein flammendes Abendrot ihre westlichen Ränder mit einem rötlichen Schimmer beglänzte.

Die Hand des Bergwirts war verheilt. Mit der ihm eigenen Willenskraft lernte er mit der rechten Hand schreiben, denn jedes Quartal pflegte seit drei Jahren der Bergwirt seine dringende Forderung an das Landratsamt zu richten, die Mittel zu genehmigen zum Ausbau einer Fahrtstraße zum Tobl hinauf.

Aber so hartnäckig der Bergwirt seine Forderungen genau nach Ablauf von drei Monaten wiederholte, mit der gleichen Hartnäckigkeit wanderten die Schreiben in die Aktenablage, wenn sie mit dem Bescheid beantwortet waren: »Sobald die Mittel dafür verfügbar sind, werden wir gerne auf Ihr Ansuchen zurückkommen ...«

Weil die Antworten immer nach dem gleichen Schema formuliert waren und die Mittel in immer weitere Ferne rückten oder in andere Kanäle flossen, richtete der Bergwirt diesmal sein Schreiben über das Landratsamt hinweg direkt an die Regierung. Er brauchte lange dazu, aber als er fertig war, standen die Buchstaben wie gestochen und die Sätze wie Nadelspitzen.

Aber was den Frühling betraf, er lag mit einer solch verschwenderischen Schönheit über dem Tobl, dass einem das Herz ganz weit aufgehen musste. Der Tag begann da oben sehr früh. Wenn das Tal von den Schatten der Nacht noch umschlungen war, fiel schon das erste Taglicht in die kleinen Fenster des Hauses. Die Hähne schrien, die Sterne verblassten, die Arbeit für die Menschen vom Tobl begann und endete erst, wenn die Gestirne wieder über den Bergen aufgingen.

Der Erste, der aufstand, war jeden Tag der Bergwirt selbst. Er trat auf den Balkon hinaus und schaute nach dem Wetter. Dann wusch und rasierte er sich. Diese Arbeit mit der rechten Hand zu erlernen, hatte ihm die meiste Mühe gemacht. Anfangs war er vierzehn Tage mit einem Bart herumgelaufen, der ziemlich wild aussah. Dann hatte Barbara ihn ein paarmal rasieren müssen, bis er dann selbst daranging, es mühsam zu lernen.

Die Bergwirtin stand auf, ohne dass er sie wecken musste. Um fünf Uhr klopfte er dann an Barbaras Tür, und um halb sechs Uhr weckte er die Buben zum ersten Mal. Um dreiviertel sechs Uhr zog er ihnen unbarmherzig das Deckbett weg, denn es gab immerhin eine Menge Arbeit in diesen frühen Morgenstunden. Sie mussten der Barbara im Stall helfen. Anschließend saß die ganze Familie um den großen, runden Tisch in der Küche, jeder einen Teller mit dunklem, würzigem Bauernbrot vor sich, das die Bergwirtin auf unnachahmliche Weise zuzubereiten wusste.

Inzwischen war es sieben Uhr geworden, und die Buben mussten sich auf den Weg machen zur Schule. Im Winter erst um halb acht Uhr, weil sie da in schüssiger Talfahrt auf den Skiern dahinrasten

So kam der Mai heran. Florian hatte seinerzeit dem Bertl auf Ehrenwort fünf Mark geliehen und sie bis heute noch nicht bekommen. Darum beschloss Florian eines Tages, als sie von der Schule heimgingen, den Bruder windelweich zu schlagen. Der Bertl aber, obwohl um ein Jahr jünger, war ein kleiner Teufel. Er konterte die Schläge, wich aus, steckte den einen oder den anderen ohne Wimpernzucken ein und gab sie in einer so schnellen und harten Art zurück, dass sie Florian erschütterten. Schließlich ließen sie voneinander ab, um zu rasten. Nur um ein wenig zu verschnaufen.

Die Parzinger Lisa saß dabei am Wegrand, hatte die Hände unter der Jacke versteckt und schaute kritisch zu.

»Packen wir's wieder?«, fragte der Bertl nach einer Weile und hatte diesmal einen Stein in der Faust verborgen.

»Ich mag nimmer«, antwortete Florian und wischte sich den Schweiß von der Stirn.

»Ist mir auch recht«, meinte der Bertl. »Ich mach dir einen anderen Vorschlag. Du darfst mir jetzt noch eine 'runterhauen, aber dann sind wir quitt und ich brauch dir die fünf Mark nicht mehr geben.«

Florian überlegte, dann schüttelte er den Kopf.

»Das ist mir zu billig. Ich schlag dich ein andermal. Heut bin ich nicht disponiert.«

Jawohl, ›disponiert‹ sagte er. Der Bertl verstand das nicht und die Parzinger Lisa wunderte sich, woher der Florian dieses ausländische Wort wusste.

Die Parzinger Lisa war im gleichen Alter wie der Bertl. Sie war in dem kleinen Häusl auf dem Walmberg daheim.

Die kleine Parzinger aus dem Ziegenhäusl, wie man ihr Elternhaus nannte, hatte mit den Freisingerbuben den gleichen Schulweg bis zum Feldkreuz am Lärchenwald. Sie war ein schlankes Mädchen mit etwas schräg stehenden Augen und einer wilden Haarfülle, die ins Rötliche schimmerte. An den Freisingerbuben hing sie mit scheuer Bewunderung. Der Bertl ließ sie manchmal von einer Rippe Schokolade abbeißen. Den so großzügig gewährten Abbiss zirkelte er aber genau mit Daumen und Zeigefinger ab, dass sie nicht mehr als einen Zentimeter erwischte.

Florian hatte nicht einmal das zu bieten. Aber trotzdem war ihr kleines Herz dem älteren Bergwirtsbuben mehr zugetan. Wenn Florian nur nicht immer so verschlossen gewesen wäre. Seit sechs Jahren gingen sie nun gemeinsam den gleichen, weiten Weg zur Schule. Aber noch kein einziges Mal hatte der Florian ihr über das Übliche hinaus etwas zu sagen gehabt. Der Bertl dagegen steckte voller Ideen und brütete immer etwas Verwegenes aus. Florian jedoch war zielbewusst, ganz knapp und klar in seinen Äußerungen und doch ein verlässlicher Gefährte, der mit ihnen manchmal am Wegkreuz saß und in überlegener Form die Hausaufgaben löste, die ihnen aufgegeben waren.

Heut rasteten sie nicht am Rande des Lärchenwaldes. Die Lisa musste nach links abbiegen, wo man an dem steilen Grasbuckel das Ziegenhäusl liegen sah, als wäre es an den Hang geklebt. Die Buben verließen jetzt den Fahrweg und kletterten den Schinder hinauf, über Felsbrocken und durch wildes Buschwerk. Der Schweiß rann ihnen über die Stirn.

Diesen Weg von insgesamt zwei Stunden machten sie jeden Tag außer samstags und sonntags, weil samstags schulfrei war und sie sonntags nicht nach Dorrach in die Kirche mussten, sondern nur bis zu dem kleinen Bergdorf Talham hinüber, wo in der Filialkirche für die umliegenden Einödhöfe eine Messe gelesen wurde.

Nach dem Schinder kam ein Stück schattigen Waldes, der bereits dem Freisinger gehörte. An einer Weggabelung war eine Tafel angebracht: »Zum Berggasthof Hahnenkranz«.

Nach einer Weile lichtete sich der Wald, und dann sah man bereits den Berghof liegen, eingebettet in einen Kranz von blühenden Bäumen. Ja, zum Blühen setzten sie herrlich an, aber Äpfel gab es nur selten da oben. Dafür sorgten schon Hagel und sonstige Unwetter.

Vielleicht erfasste nur Florian, welch herrliche Heimat der Berghof war. Man wohnte dem Himmel so nah, und vielleicht hatte Gott selbst aus seiner großen Spielzeugschachtel diesen Hof herausgenommen und dorthin gestellt, weithin sichtbar an schönen Tagen, jedem Blick verborgen aber, wenn die Nebel brauten oder Wolken nieder zogen.

Florian musste immer wieder stehen bleiben und die Heimat betrachten. Den Bertl interessierte das weniger. Den Hof bekam sowieso der Florian einmal, und außerdem hatte er Hunger. So rannte er dem Bruder das letzte Stück voraus und kam als Erster an.

Der Himmelfahrtstag stieg mit dem ersten scheuen Flimmern über die östlichen Bergspitzen herauf, als der Bergwirt Konrad Freisinger auf den Balkon hinaustrat. Eigentlich war es ja noch Nachtzeit, höchstens drei Uhr. Der Mond hatte noch vollen Glanz, und die Sterne standen wie Löwenzahn auf der dunklen Himmelswiese. Der Wind kam von Osten und trieb die Dämmerung vor sich her.

Der Himmelfahrtstag war der einzige Tag im Jahr, an dem in der Kapelle hinter dem Berghof nach alter Überlieferung ein Gottesdienst abgehalten wurde.

Um sieben Uhr musste der Bergwirt nach Dorrach hinunterfahren, um den Herrn Dekan heraufzuholen. Um acht Uhr begann das feierliche Hochamt.

Die Bergwirtin, Barbara und die Buben sahen dem Ereignis mit einiger Aufregung entgegen. Heute war der große Tag des Jahres. Nie mehr sonst im Jahr kamen so viele Leute wie bei dieser althergebrachten Bergmesse. Was gab es da nicht alles zu bedenken! Das Fleisch musste früh genug aufgesetzt, Kartoffeln geschält und gerieben, Salat gewaschen und die Tische im Freien aufgestellt werden.

Das alles hatte der Freisinger den Seinen nochmals eingeschärft, bevor er pünktlich weggefahren war. Er selbst sah dem Ereignis mit Gelassenheit entgegen, höchstens, dass er auf der Fahrt nach Dorrach überschlug, was verdient werden könnte.

Als die Münsterglocken den Tag einläuteten, fuhr

er in Dorrach ein. Er fuhr um das Münster herum und hielt vor dem Gartentor des Pfarrhofes, in dem der Flieder üppig blühte. Er brauchte gar nicht zu läuten, denn zu ebener Erde wurde ein Fenster geöffnet, und Fräulein Mechthild, die Haushälterin des geistlichen Herrn, sagte ihm, dass der Herr Dekan gleich kommen werde.

Die Münsterglocken läuteten immer noch. Bolzensteif und schlank wie ein Dreißiger wartete der Bergwirt neben dem Wagen und sah auf die blühenden Kerzen im Laub der Kastanienbäume. Welch wunderbare Lichter doch die Natur aufsetzen konnte, und wie mild diese Kerzen in den warmen Morgen hineinleuchteten.

Bloß auch noch einmal im Leben so in Blüte stehen zu dürfen, dachte der Bergwirt und wusste zugleich, dass er es dann auch nicht anders machen würde; denn seine Wege waren immer geradlinig gewesen. Das war auch mit ein Grund, warum er manchmal den Nacken so eigentümlich steifte und vor niemandem den Blick senkte.

Da öffnete sich die Tür, Dekan Lechner kam heraus, ging weit ausschreitend auf das Auto zu und reichte dem Bergwirt die Hand.

»Guten Morgen, Freisinger! Ein Tag wie Seide, was? Den müssen Sie schon eigens erbetet haben.«

»Kann man nicht, Herr Dekan. Das Wetter macht der Herrgott nach seiner Laune. Da lässt er sich nichts abschmeicheln. Sitzen Sie gut?«

»Ja, danke.«

Dann fuhr der Bergwirt los und in raschem Tempo überquerten sie den Stadtplatz, bis weit hinter der Brücke der Weg anfing schmal, steil und steinig zu werden. Der Wagen war gut gefedert und gepolstert, trotzdem rüttelte es den Herrn Dekan auf dem holprigen Fahrweg recht durcheinander. Jedesmal, wenn eine Wasserrinne kam – und sie kam ziemlich genau bemessen alle fünfzehn Meter – schob es den schweren Körper zuerst nach links, dann nach rechts. Dem Freisinger machte es weniger aus. Er fing die Stöße auf wie ein Hürdenreiter. Und eigentlich freute es ihn ein wenig, dass es den Fahrgast neben ihm ein wenig durcheinander rüttelte. Dann konnte er wenigstens Zeugnis ablegen dafür, wie notwendig es war, eine richtige Fahrstraße nach dem Tobl zu bauen.

Die Sonne hatte sich ganz heraufgeschoben, und Dekan Lechner spähte schon sehnsüchtig nach dem Wald, um möglichst bald Schatten zu bekommen. Von überall her sah man jetzt Leute wandern, die alle in Richtung Tobl gingen. Als der Wagen in den Lärchenwald einbog, lehnte sich der Dekan wie erschöpft zurück.

»Das ist die reinste Tortur, so ein Weg.«

Der Bergwirt lächelte still vor sich hin. Dann wandte er das Gesicht zur Seite. »Meinen Sie?«

»Es ist bloß gut, dass ich noch nichts im Magen habe.«

»Ein scheußlicher Weg, jawohl. Würden der Herr Dekan das auch höheren Orts bestätigen, wenn er gefragt wird?«

»Das könnte man ohne weiteres bestätigen. Allerdings an der richtigen Stelle, weil es sonst bloß Verbitterung hervorruft.«

Konrad Freisinger spitzte die Ohren. Er hatte ein scharfes Gehör für Anspielungen. »Es fragt sich bloß, wo die richtige Stelle ist.«

»Immer noch das Bezirksamt, Freisinger.«

»Und wenn man dort nur taube Ohren findet?«

»Muss man immer wieder nachbohren. Ich darf ja auch nicht direkt an den Papst berichten und den Bischof übergehen.«

»Das sind zwei Paar Stiefel. Und was das Nachbohren betrifft, Herr Dekan – es wird keiner so gebohrt haben wie ich. Aber entweder schlafen die im Bezirksamt, oder sie wollen einfach nicht hören.«

»Ja, Schlafmützen. Diesen Ausdruck haben Sie, soweit ich unterrichtet bin, in Ihrem letzten Schreiben an die Regierung gebraucht.«

»Jawohl, hab ich, und noch einiges mehr. Ich sehe, dass es gezündet hat.«

»Und wie! Der Bezirksrat ist sehr gekränkt, und ich befürchte, dass er heute nicht kommen wird.«

»Das sind zwar um zwei Kalbssteaks weniger, weil er sonst immer seine Gattin mitgebracht hat, aber das ist zu verschmerzen gegen die Freude, die mir geschenkt wird, dass auch der Herr Bezirksrat einmal sauer ist. Vielleicht kommt jetzt doch Schwung in die Sache.«

Sie kamen aus dem Lärchenwald heraus, und die Sonne brannte wieder unbarmherzig nieder. Der Dekan setzte seinen Hut wieder auf und ließ sich weiter hin und her rütteln. Im Grunde genommen, dachte er, hat er ja Recht, dieser eigenmächtige Konrad Freisinger, das ist alles andere als eine Straße!

»Ich muss heute auch noch über eine andere Sache mit Ihnen reden, Freisinger«, nahm der Dekan nach einer Weile das Gespräch wieder auf. »Es betrifft Ihren Buben.«

»Was hat er denn wieder angestellt, der Bertl?«

»Ich meine jetzt den Florian. Sie sollten den Buben bei seinen Fähigkeiten unbedingt studieren lassen.«

Der Bergwirt sagte eine Weile nichts, weil er noch über die Antwort grübelte. Sie sollte ja nicht schroff sein, nur eindeutig und klar. Der Herr Dekan sollte aber unmissverständlich wissen, dass Florian einmal der Bergwirt vom Tobl sein würde und sonst nichts.

Weil der Dekan meinte, er sei nicht verstanden worden, schrie er diesmal lauter: »Den Florian – unbedingt studieren lassen.«

Vom Steuer her kam die Antwort: »Wenn Sie es sagen, weiß ich auch, bei welcher Fakultät Sie ihn gern haben möchten.«

»Warum soll ich es leugnen? Gute Pfarrer braucht man immer.«

»Gute Bauern auch. Und ich halte es für Dünkel, und es steht im schroffen Gegensatz zu dem, was ich – wie Sie ja wissen werden – so entschieden vertrete, dass die Abwanderung endlich aufhören soll, sonst ist einmal überhaupt niemand mehr da, der die Äcker bestellt.«

»Das mag im Allgemeinen richtig sein. Aber Ausnahmen bestätigen die Regel. Und Sie heißen immerhin Freisinger, Ihr Name hat Klang in der ganzen Gegend und niemand wird es Ihnen übelnehmen – «

»Darum geht es gar nicht, Herr Dekan. Es geht hier ums Prinzip. Wenn ich die anderen schon aufrufe, ihre Kinder auf dem Land zu lassen, dann muss ich mit gutem Beispiel vorangehen. Ich kann mir selbst nicht untreu werden. Und solange man denken kann, hat immer der Älteste den Berghof übernommen.«

»Bei Ihnen war kein Jüngerer da. Sie hatten nur eine Schwester.«

Die Antwort war treffend, und der Freisinger wusste nicht gleich etwas darauf zu sagen.

Man hörte jetzt das Kapellenglöcklein vom Berg herunterläuten. Der Freisinger wusste gleich, dass der Bertl den Strang zog, weil das Glöcklein so hastig und aufgeregt klang. Der Bertl hatte es ja immer eilig.

»Sie können ihn ja auch Arzt werden lassen«, meinte der Dekan in das Schweigen hinein.

»Das ist gehupft wie gesprungen«, antwortete der Bergwirt. »Ein Doktor, hab ich mir ausgerechnet, kostet, bis er fertig ist etliche zehntausend Mark. Und dann verdient er zwei Jahre lang noch nicht so viel, dass er satt werden könnte.«

»Wenn Sie das schon so genau ausgerechnet haben, Freisinger, dann haben Sie sich auch schon mit dem Gedanken befasst. Es geht Ihnen also nur ums Geld. Ich weiß nicht, ob Sie da nicht eine falsche Rechnung aufstellen.«

»Verdammte Straße«, schrie der Bergwirt gereizt, weil er im Augenblick nichts anderes zu sagen wusste. Irgendwie hatte der Dekan ihn in die Enge getrieben, und das ärgerte ihn.

An die tausend Menschen waren es, die auf dem Tobl der Bergmesse beiwohnten. Davon hatten in der Kapelle höchstens dreißig Platz. Die anderen belagerten den Hang davor, der gestern erst abgemäht worden war.

Zur Predigt trat der Dekan unter die Kapellentür, und seine Stimme schallte weithin über das farbenfrohe Bild der Trachten. Der ganze Hang sah aus, als sei er mit bunten Blumen besät, die sich im Winde bewegten.

Drei Böllerschüsse, aus einem Versteck abgefeuert, ließen die Menge erschrecken. Das Echo kam vielstimmig von den Bergen zurück. Dann läutete dünn das Wandlungsglöcklein, die farbige Pracht auf dem Hang wogte nieder und wieder hoch.

Dann war es zu Ende und die Ersten rannten schon vor dem Schlusssegen davon, um draußen einen guten Platz im Schatten zu erhalten. Der Wechsel wurde in das Bierfass geschlagen und Barbara trug die Weißwürste auf. Wie ein Wirbelwind raste sie immer wieder zum Küchenfenster, wo sie herausgereicht wurden.

Die Buben sausten mit den Maßkrügen, soweit sich die Gäste das Bier nicht selbst an der Schenke holten, die der alte pensionierte Postbote Hierangl übernommen hatte. Die Bergwirtin aber stand in der Küche am Herd, goss den Braten auf und schmeckte die Suppe ab, denn ein Teil der Gäste blieb ja auch über Mittag.

Im kleinen, mit Lärchenholz getäfelten Nebenzimmer saßen der Herr Dekan, der Rektor der Schule von Dorrach und der Bergwirt Konrad Freisinger an dem weiß gedeckten Tisch.

Vorerst ließ sich der Herr Dekan den Kaffee und den Kuchen gut schmecken. Der Rektor Hager und der Bergwirt waren bei den Weißwürsten, und obwohl es sonst nicht seine Art war, viel zu reden, sprach der Bergwirt fast ununterbrochen von allen möglichen Dingen, wie in Angst, dass die anderen zwei ihn auf das unleidige Thema festlegen könnten, das er auf der Fahrt mit dem Dekan schon einmal schroff abgebrochen hatte.

Da war es auch schon. In der kurzen Zeit, die der

Bergwirt brauchte, seinen Bierkrug an den Mund zu setzen, sagte der Rektor schnell:

»Wir müssen dann doch auch noch über eine sehr wichtige Sache sprechen, Herr Freisinger.«

Der Freisinger setzte seinen Krug ab, machte bedächtig den Deckel zu und wischte sich die Mundwinkel aus.

»Ich kann mir's schon denken, was Sie mir zu sagen haben. Aber geben Sie sich keine Mühe. Wenn ich mich nicht irre, hat der Herr Dekan heut schon in die gleiche Kerbe geschlagen.«

»Das weiß ich nicht. Es dreht sich um Ihren Florian.«

»Dass er studieren soll. Ja, ich weiß. Da, schaun Sie zum Fenster hinaus. Dort geht er. In jeder Hand sechs gefüllt Maßkrüge. Das soll ihm in seinem Alter einer nachmachen. Und gestern hat er fast den ganzen Hang allein gemäht. Meine Herren, das wird ein Bauer, wie man einen zweiten suchen muss! Dem Florian kommt keiner gleich!«

»Es kommt ihm auch sonst keiner gleich«, antwortete der Rektor, und der Dekan nickte lebhaft. »Eigentlich, Herr Freisinger, wundert es mich, dass Sie der Sache bei Ihrer sonstigen Aufgeschlossenheit so ablehnend gegenüberstehen. Im letzten Jahr haben sich fünf Schüler zu einem Studium entschlossen, die bei weitem nicht die Voraussetzung hatten wie Ihr Florian.«

»Die Leut werden mehr Geld haben als ich. Wie wär's jetzt mit einem Gläschen Kognak, meine Herren?«

Damit wollte er ablenken. Aber in dem Rektor hatte er sich getäuscht. Er war in der Absicht heraufgekommen, den Bergwirt endlich zu erweichen.

»Also, wie ist es mit Ihrem Florian?«

»Fangen S' jetzt schon wieder an?«, seufzte der Bergwirt.

»Ja, Herr Freisinger, und ich werde auch nicht aufhören, wenn Sie mich nicht davon überzeugen können, dass Sie im Recht sind.«

»Als Vater bin ich das immer.«

»Gewiss, ja. Als Vater haben Sie aber andererseits die Pflicht, Ihrem Sohn das Leben nicht zu verbauen.«

»Wer sagt, dass ich es ihm verbaue? Im Gegenteil! Selten, dass einmal einer so ein schönes Stück Heimat vererbt bekommt.«

Das wurde zugegeben. Aber der Rektor, sonst ein stiller Mann, war von einer Beredsamkeit, die der Bergwirt, ja nicht einmal der Dekan erwartet hätte. Er sprach davon, dass er sich nicht nur dazu berufen fühle, zu unterrichten, sondern dass es ihm immer auch darum gegangen sei, seine Schüler auch daraufhin zu beobachten, ob nicht einer dabei sei, der das Zeug habe etwas Ungewöhnliches zu leisten. Und es sei nun einmal so, dass Florian ihm aufgefallen sei. Es sei unverzeihlich, auf so eine Begabung nicht hinzuweisen und nicht alles zu tun, was in seiner Macht läge, so einem Talent zu helfen und den Weg zu ebnen.

Der Bergwirt blieb nicht ganz unberührt von diesem Lob. Er ließ sich nur nichts anmerken, fand bald heraus, dass seine Einwände ganz flügellahm waren gegen das, was der Rektor alles vorzubringen hatte.

»Na ja«, warf der Dekan einmal dazwischen, »vielleicht sollte man den Florian erst mal fragen, ob er überhaupt Lust hat.«

»Fragen?«, fuhr der Bergwirt auf. »Das wär ja noch

schöner! Meine Kinder haben immer noch das zu tun, was ich will!«

»Aber Sie wollen ja nicht!«

»Wer sagt das? Ich meine, ich hab noch nicht ja gesagt und nicht nein. Ihr kommt daher und überfallt mich. Zumindest müsste ich mir das ganz gründlich überlegen. Wenn ich ja sagen würde – was ich aber nicht im Sinn habe – so würde das auch mir eine ganze Welt zerstören.«

»Sie tun ja gerade so, als müssten Sie Ihren Sohn auf ein Schlachtfeld schicken«, sagte der Rektor.

»Der Vergleich ist gar nicht so schlecht«, erwiderte der Bergwirt. »Bloß hat man bei einem Schlachtfeld eine gewisse Aussicht, dass er wiederkommt, vielleicht verwundet. Aber auf eurem Schlachtfeld verlier ich ihn ganz.«

»Das ist nicht wahr, Herr Freisinger. Wenn es nach Ihnen ginge, müsste es überhaupt keine höheren Schulen geben.«

»Nicht für unsereinen. Unsere Schule ist der Acker, die Wiesen und der Wald. Was nützte mir die ganze trockene Wissenschaft, wenn ich nicht wüsste, wie ich einen Acker pflügen oder einen Baum fällen soll!« Der Bergwirt merkte, dass er sich wiederfand, dass die Macht der Worte in ihm aufstieg, eine Begabung, die er immer schon in sich getragen, und mit der er schon manchen geschulten Redner übertrumpft hatte. Er brauchte dazu bloß etwas Bewegung, darum stand er auf und öffnete einen Fensterflügel.

»Mir kann niemand nachsagen, dass ich mein Wissen aus Büchern geschöpft hätte. Aber ich hab jederzeit meinen Mann gestanden, auch in den schwierigsten Situationen, in denen selbst ein Landrat keinen

Ausweg mehr sah. Meine Bücher sind die Welt und die Menschen, die sich in ihr bewegen. Die Bücher sind ja auch bloß von Menschen geschrieben. Und welcher Mensch ist keinem Irrtum unterworfen? Das Leben wird nicht von Büchern gemeistert, sondern von den Taten, die der eine oder der andere leistet. Dann schaut man auf ihn und glaubt ihm, weil man weiß, dass er das, was er sagt, aus sich selbst gibt, aus seinem Herzen und mit der Leidenschaft, die ihn trägt. So, nun wissen Sie meine Meinung, meine Herren. Es tut mir leid, dass ich Ihnen nicht länger Gesellschaft leisten kann, aber Sie sehen ja, da draußen und in der Gaststube ist alles voll. Vielleicht darf ich Ihnen einen Platz unter den Bäumen sichern?«

Mit einem Lächeln, das sein hageres Gesicht auf irgendeine Weise schön machte, ging er hinaus und trat zuerst in die Gaststube. Jetzt war er nichts anderes mehr als ein Mann, der nach seinem Geschäft schaute, war der Bergwirt Konrad Freisinger, der in blühweißen Hemdsärmeln, eine Silberkette mit drei Talern auf der lila Plüschweste, durch die Tischreihen ging und seine Gäste begrüßte.

Anschließend ging er in die Küche.

»Wie geht's Wirtin? Ist der Braten schon bald fertig?«

Die Bergwirtin stand am Herd, das Gesicht hochrot von der Hitze, die Blusenärmel aufgestülpt, zwischen einer Unmenge von Tellern und Schüsselchen.

»Schau nach«, sagte sie, und der Bergwirt öffnete das Bratrohr, und zog zwei riesige Bratpfannen heraus.

»Binde eine Schürze um«, erinnerte ihn die Frau. Dann wetzte er das große Messer, schnitt zuerst vom

Schweinebraten, dann vom Kalbsbraten ein Stück ab und probierte es. Er nickte.

»Kann losgehen. Wie viele Schweinebraten?«

»Fünfunddreißig und sechsundzwanzig Kalbsbraten.«

Auf dem großen Tranchierbrett schnitt der Bergwirt die Portionen und legte sie auf die bereitgestellten Teller. Die Wirtin gab Salat dazu und Kartoffeln, und es musste dem Bergwirt gelassen werden, die Portionen waren alle gleich groß, obwohl er sie nach Augenmaß abschnitt und die große Gabel nur mit dem Daumen und dem Stumpf der Knöchel halten konnte.

In einem großen Topf lagen die sechzig Paar Regensburger für diejenigen, denen ein Braten zu kostspielig war.

Der Bertl reichte die Speisen zum Fenster hinaus, die Barbara und der Florian teilten sie aus.

»Was hast für 'n Herrn Dekan hergerichtet?«, fragte der Bergwirt, und schob einen fetten Brocken Schweinefleisch in den Mund.

»Paprikaschnitzel mag er doch so gern. Wird auch gleich fertig sein. Der Seidenspieler hat auch eins bestellt.«

»Ja, natürlich, der Herr Seidenspieler!«

»Reicht uns das Bier?«

»Um zwei Uhr muss Nachschub kommen. So ist es ausgemacht.«

Um eins herum war das Ärgste geschafft, und die Gäste waren abgespeist. Eine Stunde später kam der Bierwagen der Sternbrauerei den Berg heraufgekrochen. Es ging alles programmgemäß, bis auf den kurzen Mittagsschlaf, den der Bergwirt sich heute nicht leisten durfte. Er musste überall sein, und sein scharfes Auge übersah niemanden. Um vier Uhr herum, nach dem Kaffee, brachte er den Dekan und den Rektor wieder nach Dorrach, weil der Dekan dort noch die Abendandacht zu halten hatte.

Bevor er wegfuhr, trat er an den Tisch des Eisengroßwarenhändlers Simon Seidenspieler und fragte, ob er mitfahren wolle.

»Jetzt, wo es erst schön wird? Nein, danke! Ich werde abgeholt.«

»Bring noch zwanzig Pfund Aufschnitt mit«, schaffte die Bergwirtin ihrem Mann an.

»So viel?«

»Ich glaube, dass wir ihn noch brauchen. Schau doch hin, es will ja niemand gehen.«

Nein, es gab noch nirgends Zeichen allgemeinen Aufbruchs. Nur wer unbedingt zur Arbeit heim musste, der ging. Die anderen scharten sich alle um den Tisch, an dem die Holzarbeiter saßen, die auf einmal, ohne dass sie dazu aufgefordert worden wären, zu musizieren begonnen hatten. Einer hatte eine Zither dabei, ein zweiter eine Gitarre. Vier Mann waren es im Ganzen. Immer wieder wurden sie aufgefordert zu singen und zu spielen, und sie taten es gerne und ohne dafür etwas zu wollen.

Bevor der Bergwirt in den Wagen stieg, warf er noch einen Blick zu dem Apfelbaum, wo die vier sich niedergelassen hatten. Dann rief er die Barbara herbei.

»Den Sängern da hinten stellst jedem eine Maß Bier auf meine Rechnung hin. Und falls sie noch länger spielen sollten, kriegt jeder um halb sieben drei Regensburger mit Kraut.«

Dann fuhr er davon.

Simon Seidenspieler saß allein an einem Tischchen

im Schatten des alten Nussbaums und ließ die Augen unauffällig hinter der Barbara herwandern.

Er beobachtete sie schon, seit sie ihm zu Mittag das Paprikaschnitzel mit einem »recht guten Appetit, Herr Seidenspieler« hingestellt hatte. Beim Klang ihrer Stimme hatte er aufgehorcht und die dünnen, weißen Brauen hochgezogen. Für ihr Alter ist ihre Stimme ein wenig zu tief, hatte er gedacht. Aber sonst – alle Achtung.

»Ein rassiges Mädchen«, hatte er dem Berblinger gegenüber geäußert, der sich für kurze Zeit zu ihm gesetzt hatte.

»Ganz der Alte«, hatte der geantwortet.

Seidenspieler drückte die Zitronenscheibe über dem Paprikaschnitzel aus und fragte: »Auch so stur, meinst du?«

»Nein, dazu ist sie noch zu jung.«

»Ist sie nicht siebzehn?«

»Ich weiß nicht genau. Auf alle Fälle ist sie für ihr Alter so tüchtig wie nicht leicht eine.«

»Ja, das kann man wohl sagen.«

Mehr hatte Seidenspieler nicht mehr verraten. Jetzt saß er allein hier und sog in kleinen Zügen den Rotwein schlürfend durch die Zähne. Er trank den Wein nicht, sondern biss ihn sozusagen, und wenn Herr Seidenspieler es so machte, dann war dies wohl die richtige Art des Weintrinkens, denn Herr Seidenspieler machte nie etwas verkehrt.

Es gab in Dorrach und weit darüber hinaus keinen Zweifel, dass Herr Seidenspieler sehr reich sei, und dass man bei ihm alles haben konnte, vom Hufnagel über landwirtschaftliche Maschinen bis zum kunstvoll geschmiedeten Eisengitter. Die fünf großen

Schaufenster auf dem Stadtplatz zeigten in verschwenderischer Fülle sein Angebot. Dorrach hatte ein großes Hinterland, und weil es weit und breit keine Konkurrenz für ihn gab, war sein Konto bei der Bank beachtlich angewachsen, und man sagte, dass er halb Dorrach kaufen könnte, wenn er wollte. Vorerst aber genügten ihm die zehn Mietshäuser, die er bereits gekauft oder gebaut hatte.

Simon Seidenspieler und seine Frau Mathilde hatten zwei Kinder; die zweiundzwanzigjährige Sabine, die Musik studierte, und den fünfundzwanzigjährigen Simon. Simon Seidenspieler junior hatte das Abitur hinter sich gebracht und stand nun im Geschäft seines Vaters, vielmehr saß er hinter dem ziemlich großen Schreibtisch im Büro, weil es ihm doch wohl nicht mehr zukam, im Laden zu stehen, um ein paar Kilo Nägel abzuwiegen, wie es sein Vater vor zwanzig Jahren noch getan hatte.

Eigentlich sah Simon Seidenspieler junior bei weitem nicht so bedeutend aus wie das Vermögen, das er einmal zu erwarten hatte. Immerhin hatte er festgestellt, dass die Tochter des Bergwirts Freisinger ein herrlich gewachsenes Geschöpf sei, in dem vielleicht auch eine ursprüngliche Begabung für geschäftliche Dinge schlummern könnte. Es wäre unter Umständen geraten, wenn der Vater sich selbst einmal davon überzeugen und vielleicht auch gleich mit dem Bergwirt darüber sprechen würde.

So hatte denn Seidenspieler senior diese Bergmesse zum Anlass genommen, sich von den Qualitäten Barbaras zu überzeugen. Für geschäftliche Dinge schien sie durchaus Sinn zu haben. Vielleicht ließe sich eine brauchbare Geschäftsfrau aus ihr machen. Freilich musste man sich dabei ein wenig herablassen, denn im Grunde genommen war der Bergwirt doch nur ein Bauer. Na ja, er hatte auch einmal ganz klein angefangen, und seine Frau Mathilde war einmal im Sternbräu Küchenmädchen gewesen, wenn sie das heute auch nicht mehr wissen wollte. Immerhin dürfte Barbara sehr dankbar sein, wenn man sie in den goldenen Schoß der Familie Seidenspieler aufnahm.

So saß er nun da, schaute versonnen ins Laub über sich und rechnete so über den Daumen den Wert nach, der sich vor seinen Augen präsentierte. Alles in allem dürfte der Bergwirt seiner Tochter etwa zweihunderttausend mitgeben, gemessen am Reichtum der Seidenspieler nicht viel, aber immerhin etwas. Man durfte dabei nicht vergessen, dass dieses Mädchen auch noch etwas mitbrachte, das in keinem Kontobuch steht, nämlich Bescheidenheit und eine unverwüstliche Arbeitskraft.

Er schlürfte wieder an seinem Wein und dachte, mein Sohn ist eigentlich schlauer, als ich es ihm zugetraut hätte. Dieses Mädchen kostete ihn wahrscheinlich nicht einmal die Hälfte von dem, was jene exzentrischen Geschöpfe ihn kosteten, die seine Sabine manchmal übers Wochenende einlud. Seine Frau fand es dann himmlisch, wenn im großen Wohnzimmer musiziert und gesungen wurde. Ihm war das immer ein Grauen, wenn »die Gänse«, wie er sie nannte, zu singen begannen, und sobald er sich drücken konnte, tat er es.

Hier wurde auch gesungen. Aber das war etwas anderes. Das waren keine geschulten Stimmen, aber man war gezwungen, hinzuhören. Es war auf einmal ganz still geworden. Eine Zither gab leise den Ton an, dann setzten vier Stimmen zu einem Jodler an, so weich und melodienfroh wie alles Blühen an einem sonnigen Maimorgen, um dann langsam anzusteigen zu dröhnender Kraft wie die entfesselte Gewalt eines Wildwassers, das in die Tiefe donnert. Über all dieser brausenden Kraft aber stand immer hell und rein die Tenorstimme eines Burschen, der den Kopf leicht zurückgelegt hatte, als suche er am hohen Himmel die Noten zu seiner Melodie, die suchend klang und doch führte. Der Adlerflaum auf seinem grünen Hut fächelte leise im Wind. Sein Gesicht war tief gebräunt, das weiße Hemd stand am Hals offen und die graue Lodenjacke hatte er nur lose über die Schulter gehängt.

Simon Seidenspieler beugte sich vor und sah, dass Barbara an einem Baum lehnte, einen leeren Maßkrug in der Hand, und wie selbstvergessen in das Gesicht des jungen Sängers schaute. Plötzlich wandte sie sich ab und lief zur Schenke.

Der Abend zog mit einer großartigen Feierlichkeit herauf, die Farben verschwendend und Kühle bringend.

»Barbara«, rief Seidenspieler, »noch einen Schoppen!«

Als sie ihm den Krug mit einem »Wohl bekomm's« hinstellte, fasste er nach ihrer Hand.

»Setz dich ein bisschen zu mir.«

Es war gewiss eine Ehre, von Herrn Seidenspieler aufgefordert zu werden, neben ihm Platz zu nehmen. Man durfte das nicht ablehnen, aber Barbara hatte die Augen und ihre Gedanken ganz woanders.

»Wie alt bist du jetzt?«, fragte Herr Seidenspieler.

»Siebzehneinhalb.«

»Also bald achtzehn. Kennst du eigentlich meinen Simon?«

»Den Studenten meinen Sie?«

»Nicht ganz Student. Abiturient. Wobei nicht gesagt sein soll, dass er nicht zu Höherem berufen gewesen wäre. Aber ich habe ihn dringend im Geschäft gebraucht.«

Zum Geld schaufeln, wollte Barbara schlagfertig sagen, besann sich aber noch rechtzeitig, dass es ihr in ihrem Alter nicht zukam, einem älteren Herrn, den man immerhin den ungekrönten König von Dorrach nannte, so vorlaut zu antworten. Überdies hatte sie an anderes zu denken. Der junge Holzarbeiter war aufgestanden.

»Ich muss leider nach den Gästen sehen«, sagte sie und rannte davon. Ihre Augen suchten wohl die Tische ab, sie sah auch ein paar leere Maßkrüge, aber dann stand sie doch plötzlich vor dem Holzarbeiter.

»Willst du schon geh'n?«

Seine dunklen Augen blitzten sie an. Dann lachte er. »Hältst du mich für einen Zechpreller?«

»Nein, das nicht, aber – «

»Ich geh bloß ein Stück den Hang hinauf. Mir die Füß ein bissl vertreten.«

»Dann kommst du wieder?«

»Willst du es denn?«

Barbara fühlte, wie sie brennend rot wurde. »Ja«, sagte sie. »Ihr habt vorhin so schön gesungen.«

»Ach so, nur deswegen.«

»Was hast du denn gemeint?«

Er nahm seine Jacke von der Schulter und schlüpfte hinein. Und lächelte wieder. Es war wie Sonnenleuchten in seinem braunen Gesicht. »Mädchen, wenn ich dir sag, was ich meine, dann tätst du wahrscheinlich arg erschrecken.«

»Schau ich so ängstlich aus?«

»Im Gegenteil. Aber meine Gedanken würden dir doch Angst einjagen. Ich hab nämlich fest im Sinn einzubrechen.«

Barbara wurde nun doch unsicher. Eine leise Abwehr kam in ihre Augen. »Bei uns wird alles fest verriegelt und abgesperrt.«

»Du hast mich falsch verstanden, Barbara.«

»Meinen Namen weißt du auch schon?«

»Man hat ihn ja oft genug gerufen, den ganzen Tag. Aber dass wir noch mal auf den Einbruch zurückkommen: Mit dem ist es mir ganz ernst. Ich will in dein Herz einbrechen und reinschauen, ob noch kein anderer da drinnen wohnt.«

»Bist du frech«, lachte Barbara.

»Aber lieb«, versicherte er. »Frech, aber lieb.«

Sie lachte und wünschte sich auf einmal, dass niemand mehr da wäre außer ihr und dem fremden jungen Mann. »Ich weiß überhaupt nicht, wer du bist.«

»Das lässt sich leicht nachholen«, meinte er. »Ich heiße Andreas Gradl, dreiundzwanzig Jahre alt, noch ledig, auf Pocken geimpft, katholisch, nicht vorbestraft und von Beruf Holzarbeiter. Willst noch was wissen?«

»Ja, noch eins. Wo hast du gelernt, so schön zu singen?«

»Das kann ich von Natur aus, damit ich so einer wie dir gefalle!«

»Wie meinst denn das, so einer wie mir?«

»So einer, die so attraktiv und sympathisch ist, wie du. Und die Gefühle hat – aber, wie gesagt, da muss ich zuerst einmal einbrechen, dass ich seh, wie es damit ausschaut.«

Was war denn auf einmal? Barbara war zumute, als würde sie aufgehoben und durch die Lüfte getragen, mitten in das Abendrot hinein, das über den Bergen flammte.

Aber das war nur ein kurzer Traum. Die Wirklichkeit schrie grausam in den Traum hinein, und wenn es auch nur die trunkene Stimme des Gruber Lenz war, der grölend über die Tische hinsang:

»Ist denn das auch ein Wirt,
wo man kein Bier nicht kriegt ...«

In der Eile raffte Barbara ein paar leere Maßkrüge an sich, hörte im Fortlaufen noch eine Menge Bestellungen an und nahm doch alles mit wachen Sinnen auf.

»Sechsmal Aufschnitt und viermal zwei Paar Wiener mit Senf«, rief sie in die Küche hinein.

Die Bergwirtin gab ihr alles zum Fenster heraus. Auf ihrem abgespannten Gesicht lag stille Heiterkeit.

»Das ist ein gutes Geschäft heute. Warst schon recht fleißig, Barbara! Aber wenn ich den Bertl erwisch, dann hat er sich gewaschen. Der Lausbub hat mir vorhin zwei Regensburger stibitzt.. Hoffentlich kommt der Vater bald, sonst gehen unsere Vorräte auch noch aus.«

»Sag dem Vater nichts wegen dem Bertl«, bettelte Barbara für den Bruder.

Dann nahm sie sechs Teller und trug sie in den Garten. Kaum dass sie einmal Zeit hatte, einen Blick den Hang hinaufzuwerfen, auf dem der junge Holzarbeiter langsam im Abendrot dahinwanderte.

Der Abend war so schön, wie es der Tag gewesen

war. Der Geruch von frischem Heu lag in der Luft. Aus der Senke herüber hörte man das Geläut von Kuhglocken, und dann war das Geräusch eines Autos zu vernehmen, das den Berg heraufkam.

Der Bergwirt kam zurück. Er sprang aus dem Wagen wie ein Junger. Dann packte er den Korb mit den frischen Wurstwaren und ging ins Haus.

Seidenspieler fragte den Bergwirt, als der an ihm vorbeiging, ob er nicht ein paar Minuten Zeit hätte, sich zu ihm zu setzen. Da aber Konrad Freisinger nicht nur Wirt, sondern auch Geschäftsmann mit feinem Spürsinn war, ahnte er, dass es sich um eine Unterredung handeln würde, die mindestens eine halbe Stunde dauern konnte.

Da er sich mit dem besten Willen nicht denken konnte, dass ihn mit dem Eisenwarenhändler, den er bei sich oft nur den »Nageltandler« nannte, etwas Geschäftliches zusammenführen könnte, war er eigentlich ein wenig verwundert über die etwas kühle und doch so bestimmte Aufforderung, dass er bei ihm Platz nehmen solle.

Als er sich gesetzt hatte, merkte er auf einmal, dass der Tag ihn doch recht müde gemacht und dass er seit mittags nichts mehr in den Magen bekommen hatte. Darum rief er nach Barbara.

»Die Wirtin soll mir einen schwarzen Presssack in Essig und Öl herrichten.« Und sich an Seidenspieler wendend: »Du entschuldigst schon, wenn ich nebenbei esse. Ich habe seit Mittag nichts mehr im Magen.«

»Aber bitte, bitte, lieber Konrad! Wir können das so ganz nebenbei besprechen.«

»Also, wo fehlt es, Simon?«

»Mir fehlt gar nichts. Wie geht's denn dir mit deiner Hand? Kommst zurecht?«

»Man gewöhnt sich an alles. Dir ging sie zwar nicht so ab wie mir, aber du hast ja mit einer Häckselmaschine nichts zu tun. Höchstens, dass du eine verkaufst und fünfzig Prozent dabei verdienst.«

»Fünfunddreißig«, schmunzelte Seidenspieler. Sie waren im gleichen Alter und miteinander in die gleiche Schulklasse gegangen.

»Das ist auch genug«, meinte der Bergwirt. »Überhaupt, wenn ich es so bedenke, verdienst du dein Geld im Schlaf.«

»Das war aber nicht immer so, Konrad.«

»Ich weiß. Hast einmal klein angefangen. Mich wunderte es schon oft, dass du dich so in die Höhe rappeln konntest. In der Schule warst ja kein recht großes Licht. Aber manchem schenkt es der Herr im Schlaf.«

Seidenspieler schluckte auch dies lächelnd, denn solange der Bergwirt spaßte, deutete das auf gute Laune hin. Zu fürchten war er erst dann, wenn er ironisch wurde.

In diesem Augenblick erschien Barbara am Tisch und stellte dem Vater das Essen hin, das schon in kleine Stücke geschnitten war. Die Dämmerung brach jetzt ganz schnell herein.

»Pass auf, dass dir keiner mit der Zeche durchbrennt, wo es jetzt Nacht wird.«

Barbara schüttelte den Kopf. »Die meisten haben schon bezahlt und die Übrigen kann ich mir leicht merken.« Und schon war sie wieder weg.

In den Bäumen begann der Abendwind zu rauschen. Maikäfer surrten durch die Dämmerung, und im Haus wurden die Lichter angemacht.

»Lass es dir gut schmecken, Konrad«, sagte Seidenspieler.

»Dank dir schön, Simon.«

Seidenspieler schlürfte seinen Wein. Vorsichtig stellte er das Glas nieder und deckte einen Bierfilz darauf, damit keine Mücke hineinflog. »Ein guter Tropfen. Wo hast denn den her?«

»Vom Eutermoser in Rosenheim.«

»Ich lass mir meinen Wein von Nierstein schicken. Aber was ich sagen will: deine Barbara ist ein tüchtiges Mädchen!«

»Wundert dich das bei so einem Vater?«

Seidenspieler lachte, dass ihm der Bauch hüpfte. Dann, als er sich etwas beruhigt hatte: »Im Ernst, Konrad, das Mädchen kann sich sehen lassen. Sind schon ernsthafte Bewerber da?«

Der Bergwirt blickte ruckartig auf. Es war schon so dämmerig, dass er das Gesicht des anderen nicht mehr recht sehen konnte. Im hintersten Winkel des Gartens stimmten die Holzarbeiter wieder ein neues Lied an.

»Bewerber?«, fragte er dann. »Was willst denn, sie ist doch noch ein Kind.«

Seidenspieler schob sein Gesicht herüber. »Das wären mir die rechten Kinder, die schon gleich achtzehn werden. Noch dazu so, wie deine Barbara gewachsen ist. Mit achtzehn heiraten andere schon.«

»Ja freilich, sonst nichts mehr! Jetzt, wo die Wirtin endlich eine Hilfe hätte.«

»Es müsst ja nicht gleich morgen sein«, meinte Seidenspieler.

Auf einmal wurde der Bergwirt hellhörig. Er legte

die Gabel weg. »Worauf spielst du denn eigentlich an? Kannst ruhig Deutsch mit mir reden.«

»Na ja, wenn du mich schon fragst, Konrad – mein Simon, du kennst ihn ja – «

»Flüchtig.«

»Mein Simon zeigt ein starkes Interesse an deiner Barbara.«

»Da schau her! Und da schickt er dich vor?«

»Er weiß nichts davon. Aber wie gesagt, sie gefällt ihm, und unter Umständen wäre ich einverstanden, wenn etwas Ernsthaftes daraus würde.«

»Was heißt unter Umständen?«, fragte der Bergwirt stirnrunzelnd. »Du tust ja so, als wäre es eine Gnade, wenn dein Herr Sohn Interesse zeigt für meine Tochter.«

Simon Seidenspieler lief rot an, aber das konnte man nicht mehr sehen. Seine Worte wurden jetzt recht scharf. »Immerhin bin ich der Simon Seidenspieler von Dorrach.«

Genauso scharf und wie aus der Pistole geschossen kam die Antwort: »Und ich bin der Bergwirt Konrad Freisinger, wenn du es vergessen haben solltest.«

»Weiß ich, weiß ich! Reg dich doch nicht so auf! Ich bin raufgekommen heute, um mir das Mädchen einmal anzusehen und um mit dir darüber zu reden.«

Nun hatte der Bergwirt doch eine Weile recht angestrengt nachzudenken. Schließlich kam ja nicht alle Tage ein mehrfacher Millionär und bekundete Interesse an seiner Tochter. Bloß durfte Seidenspieler nicht erwarten, dass er deswegen gleich einen Luftsprung machte. Immerhin wurde er jetzt sachlicher und lenkte ein.

»Wenn ich dich recht versteh, Simon, dann soll das, was du gerade gesagt hast, eine Brautwerbung sein?«

Seidenspieler wiegte den Kopf hin und her. »So eine Art vielleicht, ja. Gut, nennen wir's so. Fasse es ruhig so auf, und sag mir, wie du darüber denkst.«

»Ich bin mir genau bewusst, was für eine rare Partie dein Simon ist. Bleibt nur noch die Frage offen, ob meine Barbara ihn mag.«

»Du wärst ja nett«, fuhr Seidenspieler auf. »Wir haben immerhin das größte Geschäft am Platz und – «

»Aktien, Pfandbriefe und Mietshäuser«, unterbrach der Bergwirt ihn. »Das weiß ich alles. Und wenn ich es recht bedenke, zu überlegen gäbe es da eigentlich gar nichts. Ich weiß die Ehre zu schätzen, und wenn dein Simon wirklich ehrliche Absichten hat – «

»Die hat er. Er ist ganz verrückt nach ihr.«

»Bloß scheint meine Barbara davon gar nichts zu wissen.«

»Der Simon hat wollen, dass ich zuerst mit dir rede. Bei uns geht alles nach Recht und Brauch, und wenn du einverstanden bist, dann schlag ein.«

Der Bergwirt fühlte die hingestreckte Hand mehr, als er sie sah. Noch zögerte er eine Weile, dann schlug er kräftig ein. »Gut, dann soll es gelten. Am Samstag komm ich zu dir, dann können wir alles Nähere besprechen. Eines sag ich dir aber gleich: Dein Simon soll sich nur ja nicht einbilden, dass ihm meine Barbara bloß für ein Techtelmechtel gut genug ist. Die Sache muss schon einen realen Hintergrund haben, und außerdem wäre ich dafür, dass mit der Hochzeit noch ein paar Jahre gewartet wird. Die Barbara ist noch zu jung.«

»Einverstanden.« Simon Seidenspieler richtete sich auf und horchte. »Ich glaube, ich hör meinen Wagen kommen.«

»Deinen Wagen?«

»Ich hab mir den Vinzenz vom Sternbräu auf neun Uhr raufbestellt.«

»Hoffentlich kommt er gut herauf. Ich muss durchdrücken, dass endlich die Straße gebaut wird.«

»Bei deinem Einfluss müsste dir das gelingen.«

»Bis jetzt hab ich noch wenig Verständnis gefunden, weder für mich noch für die anderen Einödler. Aber wart nur wenn die Wahlversammlungen beginnen, dann mach ich ihnen die Hölle schon heiß.«

»Ja, das kannst du«, lachte Seidenspieler. »Ich möchte dein Gegner nicht sein. Allerdings, ich kümmere mich nicht um Politik.«

»Dich drückt ja auch nichts. Du sitzt auf deinem Goldhaufen und lässt den Herrgott einen guten Mann sein. – Ja, tatsächlich, es ist der Vinzenz.«

»Respekt! Er ist zwar von einer unsagbaren Faulheit, aber wenigstens pünktlich. Wo steckt jetzt die Barbara, dass ich bezahlen kann?«

Barbara ja, wo war sie? Der Bergwirt steckte zwei Finger in den Mund und ließ einen schrillen Pfiff hören. Barbara kam sofort.

»Da hinten muss jetzt Ruhe werden, Barbara«, sagte Freisinger. »Wer noch was will, der soll in die Gaststube gehen. Der Herr Seidenspieler will bezahlen.«

Seidenspieler bezahlte, hatte eine Zeche von ungefähr vierzig Mark und schob Barbara fünf Mark Trinkgeld zu. Das war viel, denn die anderen ließen sich fast alle auf den Pfennig herausgeben.

»Schönen Dank, Herr Seidenspieler.«

»Bittschön, mein Mädchen«, sagte er gönnerhaft, stand auf und tätschelte ihr die Wange. »Bist ein tüchtiges Mädchen. Allen Respekt!«

Eine Viertelstunde später – weil Vinzenz noch schnell eine Halbe stemmen musste – fuhr Simon Seidenspieler weg. Freisinger streckte ihm noch mal die Hand hin.

»Also, dann gilt es?«

»Es gilt. Wir zwei sind wenigstens im Reinen, denk ich. Gute Nacht, Konrad.«

Der Bergwirt stand noch eine Weile in der Nacht, in sonderbare Gedanken versunken. Er hätte eigentlich froh sein müssen, aber er war es nicht. Der Tag hatte ihm so viel gebracht, über das er jetzt nachdenken musste. Er konnte es sich nicht erklären, woher die Unruhe kam, die er spürte. Es war ihm auf einmal, als sei etwas Drohendes aufgestanden, das an der Harmonie seines Familienlebens rütteln wollte.

Bei aller Eigenart, die diesem seltsamen Mann anhaftete, ruhte in seinem Innern unerschütterlich die große Bedeutung, die sein Familienleben für ihn hatte: das innige Verhältnis zu Frau und Kindern, das nur frostig aussehen mochte, weil niemals jemand sah, dass dieser Mann auf welche Weise auch immer zärtlich gewesen wäre.

Unwillig über sich selbst den Kopf schüttelnd ging er zurück ins Haus.

In der Gaststube war noch Betrieb, und Konrad Freisinger fand jetzt Zeit, mit den Einzelnen mehr Worte zu wechseln, als es die Stunden des Tages erlaubt hatten. Dann lehnte er sich für eine Weile an den Schanktisch und ließ mit keinem Wimpernzucken erkennen, dass er das Geschäft des Tages überrechnete.

Die vier Holzarbeiter machten immer noch Musik,

und weil dies wohl der Grund war, dass um halb elf Uhr noch so viele Leute anwesend waren, ließ er noch mal zwei gefüllte Krüge vor sie hinstellen. Drei von den vieren kannte er, und den vierten wollte er kennen lernen. Mit einer Bewegung des Kinns auf ihn hindeutend, fragte er Barbara:

»Wer ist eigentlich der Gitarrist?«

»Ich weiß nicht, Vater«, antwortete Barbara etwas verlegen.

»Auf alle Fälle hat er eine gute Stimme.« Und weil der Bergwirt sich nicht mit Halbheiten begnügte, stieß er sich vom Schanktisch ab und trat zu den Holzarbeitern hin.

»Wo bist denn du daheim?«, fragte er den Jüngsten unter ihnen.

»In Bichl drüben«, antwortete der Holzarbeiter.

»In Bichl? Das ist der nächste Weg hierher!«

»Wenn ich über die Rosenplatte geh, bin ich in drei Stunden daheim.«

»In der Nacht willst du über das Gebirge?«

»Um elf Uhr muss der Mond kommen, Herr Freisinger.«

Der Bergwirt zog die Taschenuhr, wie um nachzusehen, ob es schon bald elf Uhr sei. Dann ging er weg. Damit er aber die Uhr nicht ganz umsonst gezogen und es nicht so ausschauen sollte, als wäre er der späten Gäste bereits überdrüssig, sah er seine Buben an und machte dann eine scharfe Kopfwendung.

»Ihr zwei macht jetzt, dass ihr ins Bett kommt!«

Es war, als bliebe sein Blick länger auf Florian haften als sonst. Und wieder zog dabei das Gefühl der Unruhe durch sein Herz.

Draußen im Flur sagte der Bertl zu seinem Bruder

Florian: »Pass auf, dass niemand kommt. Vielleicht kann ich noch ein paar Würstl erwischen.«

Und schon hatte er die Tür zur Kühlkammer geöffnet. Dort lag noch ein Kranz Regensburger auf dem Tisch. Blitzschnell riss er vier Stück davon ab und steckte sie in die Hosentasche. Erst droben im gemeinsamen Schlafzimmer ließ er sich herbei, dem Florian auch eine davon zu geben. Aber auch nur deswegen, damit der Bruder mit in der Tinte saß, falls es aufkommen sollte.

Allmählich wurde es im Haus ruhig, und der Bergwirt sperrte hinter dem letzten Gast die Haustür ab. Barbara räumte die Krüge zusammen und wollte sie noch auswaschen. Aber der Vater wehrte ab.

»Lass es gut sein für heute, Barbara. Heut bist sowieso schon achtzehn Stunden auf den Füßen. Ich muss dich loben, bist fleißig gewesen.« Seine Hand wollte sich schon heben, um ihr die Wange zu tätscheln. Dann aber schämte er sich seiner weichen Stimmung wieder und ließ es sein.

Barbara lieferte noch alles Geld ab, das sie in der großen Ledertasche hatte, und der Bergwirt schob ihr fünfzig Mark zu.

»Da, das gehört dir. Und jetzt leg dich schlafen. Gute Nacht, Barbara.«

Wann war das jemals geschehen, dass der Vater so freigebig war? Barbara griff fast zögernd nach dem Geldschein, darauf gefasst, dass es ein Irrtum sei und er ihn im letzten Augenblick noch zurückziehe. Sie bekam keinen Lohn, nur das Trinkgeld der Fremden gehörte ihr, und auch heute hatte sich einiges gesammelt.

Es hätte noch bis zum anderen Tag Zeit gehabt, abzurechnen. Aber diesmal war es die Bergwirtin, die wenigstens noch ungefähr wissen wollte, was eingegangen war. Als sie es wusste, nickte sie zufrieden.

»War ein gutes Geschäft heute, und – das muss ich dir auch gleich sagen, Konrad, die Barbara braucht was Neues zum Anziehen und die Buben auch.«

Konrad Freisinger nickte. »Rechne es morgen einmal aus, was das kostet. Nimm für dich auch gleich einen Stoff. Das ist heut rausgesprungen. Und jetzt gehen wir schlafen.«

»Hast du schon nachgeschaut, ob alles abgesperrt ist?«

»Ich werde es noch tun. Geh nur schon hinauf, ich komm gleich nach.«

Er ging auch in den Stall und sah dabei niemanden der etwa noch draußen gestanden hätte.

Aber ihn hatte schon einer gesehen, als er so in den Stall gegangen war. Er stand unterm Nussbaum und starrte hinauf zu dem kleinen Fenster oben, in dem soeben das Licht erloschen war. Jetzt erst wagte er es, aus dem Schatten herauszutreten ins helle Mondlicht.

Barbara hatte ihn längst gesehen und hatte ja darum das Licht ausgelöscht. Sie stand hinter dem Vorhang mit klopfendem Herzen, und sie schaute mit eigentümlich weichem Blick auf den schmalen Schatten da unten, den sie unter Tausenden herausgekannt hätte. Sie hatte ein wenig Angst, und zugleich freute sie sich, dass er unten stand. Hatte sie doch keine Gelegenheit mehr gehabt, ihm auf Wiedersehen zu sagen. Ihm, dem Fremden, den sie heute zum ersten Mal gesehen hatte, und der in ihr Herz einbrechen wollte.

Da klirrte ein Steinchen an ihre Fensterscheibe und unversehens stand Barbara vor der großen Frage: Sollte sie sich zu erkennen geben oder sich still verhalten? Er würde vielleicht noch ein zweites Steinchen werfen und dann weitergehen, um nie mehr wiederzukommen. Das Glück würde vorbeigehen – oder das Unglück. Wer konnte es wissen?

Es war, als legte sich eine Hand auf ihre Schulter, von der sie langsam und doch unerbittlich zur Fensteröffnung geschoben wurde.

Da sah er sie und hob die Hand, um zu winken, sie solle herunterkommen. Wie stellte er sich das vor? Barbara, die noch nie ernsthaft an einen Mann gedacht hatte, fühlte sich verwirrt. Ihr war, als sei ihr Herz mit einem Mal aus einem tiefen Schlaf aufgewacht und stellte nun Fragen.

Nein, aus dem Haus konnte sie jetzt unmöglich gehen. Die Stiege könnte knarren, die Haustür in den Angeln kreischen. Und außerdem, es sähe wie Nachlaufen aus. Er solle sich bloß nicht einbilden, dass er nur mit der Hand zu winken brauchte, dann komme sie schon, folgsam und brav wie ein Hund.

Aber noch während sie von Zweifeln hin und her gerissen wurde, sah sie, dass er sich dem Haus näherte. Er würde doch nicht versuchen, auf das flache Vordach zu steigen? Mit angehaltenem Atem stand sie da. Silbern lag das Mondlicht auf dem Dach. Sie hörte eine der Spalierleisten leise knacken, und auf einmal schob sich ein dunkler Schatten auf das Blechdach.

»Was fällt denn dir ein?«, fragte Barbara erschrocken.

Etwa sechs Schritte von ihr entfernt kauerte er jetzt auf dem Dachrand, horchend und zum Sprung bereit, falls Gefahr drohte. Er richtete sich langsam auf, setzte vorsichtig Schritt für Schritt auf das Blech und stand dann vor ihrem Fenster.

»Du bist aber einer«, flüsterte Barbara. »Wie leicht hättest hinunterfallen und dir das Genick brechen können!«

Er stand gerade so, dass er die Arme auf den Fenstersims legen konnte. Die Eisenstangen waren so eng gesetzt, dass er den Kopf nicht durchbringen konnte.

»Wärst dann auf meine Beerdigung gangen?«, fragte er.

Barbara, bisher immer von nüchternem Gemüt, wunderte sich über die plötzliche Flut so vieler zärtlicher Gefühle und begriff nicht, dass ein Fremder sie so glücklich machen konnte.

»Ich kenn dich doch gar nicht richtig«, sagte sie.

»Dann wird es höchste Zeit, dass wir uns näher kennen lernen. Und deswegen bin ich jetzt da.«

»Wie du nur draufkommst, einfach da raufzusteigen!«

»Ich glaub nicht, dass du zu mir runtergekommen wärst?«

Er lachte dabei ein wenig und legte die Stirn an die Eisenstäbe.

»Da hast du Recht«, meinte Barbara. »Einem Mann auch noch nachlaufen, wär doch schon das Höchste!«

»Ja, ich weiß schon, du bist selbstbewusst. Du bist ja auch die Tochter vom Bergwirt Freisinger und ich bloß ein armer Holzarbeiter. Mich wundert es überhaupt, dass du mir das Fenster nicht vor der Nase zuschlägst.«

Barbara legte beide Hände um die Fensterstangen. »Ich hab noch nie gefragt, was jemand ist, sondern wie er ist.«

»Wie bin ich denn?«

»Soll ich das wissen?«

Seine Hände legten sich auf die ihren. »Dann muss ich halt so oft kommen, bis du mich richtig kennst. Freilich, ich könnte mir denken, was bedeutet dir schon so ein armer Holzarbeiter.«

»Warum sagst du das so bitter?«

»Weil ich seit heut weiß, wie schwer es im Leben sein kann, wenn man wenig Geld hat.« Auf einmal drückte er blitzschnell seine Lippen auf ihre Hand. »Ich hätt nicht fortgehn können, Barbara, ohne dir auf Wiedersehen zu sagen.«

Barbara meinte, dass ihr Handrücken wie Feuer brenne. Aber es war kein schmerzhaftes, sondern ein wunderbares Brennen, das von der Hand fortlief bis ins Herz hinein.

»Ja, du hast Recht«, sagte sie nach einer Weile. »Nicht einmal richtig Servus haben wir uns sagen können.«

»Das hat aber nicht an uns gelegen, Barbara. Sind ja immer Menschen um uns gewesen. Ich hätte sie alle zum Teufel wünschen können. Kannst du mich verstehn, Barbara?«

Sie neigte die Stirn ein wenig vor und berührte die seine. »Ich werde über alles genau nachdenken. Vielleicht verstehe ich dich dann.«

»Ja, Barbara, versuch es.«

Ihre Stirnen ruhten immer noch aneinander, und Barbara machte auch keine Anstalten, den Kopf zurückzuziehen.

»Du musst jetzt gehen«, sagte sie nach einer Weile. »Es sind sowieso bloß mehr ein paar Stunden, die ich schlafen kann.«

»Schade! So viel hätte ich dir noch zu sagen.«

»Ich weiß selbst nicht, was mit mir los ist. Seit ich dich heute gesehn hab, ist etwas mit mir passiert. Ich kann dir's nicht sagen, wie das ist. Ich möcht tanzen vor lauter Freude und zugleich weinen.«

Mit wachsendem Staunen hatte Barbara zugehört. »Das ist ja ein ganz merkwürdiger Zustand.«

»Das kann man wohl sagen.«

»Es wird sich schon wieder ändern.«

In ihre Augen kam ein leiser Schimmer von Misstrauen. »So einen Zustand wirst du ja nicht das erste Mal erleben?«

»Wie meinst du das?«

»Ich meine, dass ich nicht die Erste bin, der du so etwas sagst.«

Ein Lächeln irrte über sein Gesicht. »Was war denn schon Großartiges in meinem Leben? Freilich hab ich manchmal gemeint, die oder jene könnt ich gern haben. Aber seit heut weiß ich, dass das alles nichts war.«

»Aber du hast doch schon eine andere geküsst?«

»Wenn die verdammten Eisenstangen nicht da wären, möcht ich dich auch küssen, dass dir der Atem vergeht.«

»Ja, ja, die Eisenstangen«, lachte sie. »Gut, dass sie da sind! Ich glaub nämlich, dass du ganz frech sein könntest.«

»Das hast mir heut schon einmal gesagt. Ach, Barbara … «

»Du musst aber jetzt wirklich gehen, Andreas. Ich hab Angst, dass der Vater uns hören könnt. Er hat einen leichten Schlaf.«

»Schön, dass du meinen Namen noch weißt. Also

gut, ich folg dir und geh. Aber nur, wenn du mir versprichst, dass du noch an mich denkst.«

»Was du alles verlangst! Gute Nacht, Andreas.«

»Gute Nacht Barbara.«

So lautlos, wie er heraufgekommen war, verschwand er wieder. Barbara sah ihn noch den Hang hinaufsteigen. Das Mondlicht machte seine Gestalt unwirklich groß. Dann war er hinter den ersten Hügelrücken verschwunden.

Nicht einmal hatte er sich noch umgedreht, und bleischwer fuhr es Barbara in alle Glieder bei dem Gedanken, dass von keinem Wiedersehen gesprochen worden war. Wollte er es dem Zufall überlassen? Dann gab es wahrscheinlich so schnell kein Wiedersehen.

Seufzend löste sie die schweren Haare und legte sich schlafen. Der Tag hatte ihr alles abverlangt, und kaum dass sie die Decke über sich spürte, fielen ihr schon die Augen zu. Aber noch halb im Einschlafen sah sie doch mit übernatürlicher Deutlichkeit den jungen Holzarbeiter Andreas Gradl den Hang herunterkommen, eine Axt über der Schulter. Sein Gang war herrlich kraftvoll, seine Augen voller Glanz.

Sie lächelte glücklich und sank mit diesem Bild in tiefen Schlaf.

Übermüdet wie sie war, wäre auch die Bergwirtin schon nach ein paar Minuten eingeschlafen, wenn der Mann nicht, alle Rücksichtnahme vergessend, in das Schlafzimmer getreten wäre. Er trug die schwere Eisenkassette mit der Tageseinnahme unter dem Arm und stelle sie auf den Boden des Kleiderschrankes. Er zog den Schlüssel ab und legte ihn auf den Schrank.

»Stell dir vor, Mamm, was der Seidenspieler mir heut gesagt hat.«

Die Stimme war schon schläfrig, die dann doch mit einem müden Raunzen fragte: »Was denn?«

»Er hat bei mir heut sogut wie um unsere Barbara für seinen Sohn Simon angehalten.«

Aller Schlaf war weggeschüttelt. Die Bergwirtin richtete sich im Bett auf. In ihrem Gesicht spiegelten sich Hoffen und Zweifel. »Das kann doch nicht wahr sein!«

Mit pedantischer Genauigkeit hängte der Freisinger seine Jacke auf den Bügel. Dann setzte er sich auf den Bettrand und begann die Schuhbänder zu lösen. »Warum sollte ich dir etwas erzählen, das nicht wahr ist?«

Da musste sie es glauben, und sie nahm es mit jener Erschütterung einer Mutter auf, die plötzlich den Himmel für ihr Kind geöffnet sieht. Die Hände zusammenschlagend ließ sie sich in die Kissen zurückfallen. »Nein, so ein Glück!«

Die Schuhe von den Füßen streifend, drehte er den Kopf zurück. »Wie willst du denn wissen, ob es ein Glück ist?«

»Aber ich bitte dich, Konrad! Du weißt doch, wie reich der Seidenspieler ist!«

»Der Alte ja, der hat es zu was gebracht, wenn auch mehr durch Glück als durch eigene Tüchtigkeit. Ob der Junge aus dem gleichen Holz geschnitzt ist, muss sich erst beweisen. Wie oft ist den Jungen schon das durch die Finger geronnen, was die Alten sich erarbeitet haben. Ich werde am Samstag einmal hingehen und die Fühler ausstrecken. Und Mamm, die Barbara braucht vorerst überhaupt nichts davon wissen. Wenn es so weit ist, werd ich es ihr schon sagen.«

Das war wirklich eine arge Enttäuschung für die Frau, denn ihr erster Gedanke war ja gewesen, morgen gleich Barbara mit dieser ungeheuren Neuigkeit zu überfallen.

Stöhnend warf sich der Bergwirt ins Bett und schlug mit den Stummeln der linken Hand die Bettdecke nieder. Er wollte das Gespräch beendet wissen. Aber die Frau war jetzt so hellwach, als hätte sie sieben volle Stunden durchgeschlafen.

Das Mondlicht fiel hell ins Zimmer. Durch die offen stehenden Fenster hörte man den Wind im Laub flüstern.

»Aber es war doch so, dass der Seidenspieler direkt um unsere Barbara angehalten hat?«, wollte sie wissen.

In diesem Augenblick bedauerte Konrad Freisinger, es nicht für sich behalten zu haben. »Ja, aber ich hab ihm gleich gesagt, dass vor zwei Jahren an eine Hochzeit gar nicht zu denken wäre. Überhaupt ist mir gewesen, als wäre ich dadurch erst daraufgekommen, dass bei unserer Barbara die Kinderzeit vorbei ist.«

»Du glaubst es bloß nie, dass wir langsam alt werden«, antwortete die Frau.

Dann war Stille. Der Bergwirt sah zur Decke hinauf, hörte auf das Atmen im anderen Bett und wusste, dass ihm da ein Schlaf vorgespielt wurde.

»Warum schläfst du nicht, Mamm?«

»Ich kann nicht einschlafen, Konrad.«

»Dann haben wir ja noch Zeit, auch das andere zu besprechen. Der Dekan und der Rektor haben mir heute zugeredet wie einem kranken Ross, dass ich den Florian studieren lassen soll.«

»Das ist etwas, Konrad, was ich immer schon gewollt hab«, antwortete die Frau.

»Davon hast du aber nie etwas gesagt.«

»Weil ich dir noch nie in etwas vorgegriffen hab. Was meinst du, dass er werden soll?«

»Bis gestern war ich noch der Meinung, dass er Bergwirt werden sollte. Wenn man aber von allen Seiten so in mich dringt, kann ich mich der Sache wohl nicht verschließen. Freilich, was soll er werden? Doktor, Jurist, mittlere Laufbahn, höhere Laufbahn, auf jeden Fall studieren.«

Wieder war eine Weile Schweigen. Dann seufzte die Frau einmal wie erleichtert und versicherte nochmals: »Ich war schon immer dafür, dass unser Florian studieren soll.«

Der Bergwirt aber hatte sich stets dagegen gewehrt, weil er über alle Fragen der Bildung eine etwas negative Meinung gehabt hatte. Jetzt, da er sich schon beinahe hatte breitschlagen lassen, musste er die Initiative an sich reißen, musste es sein Gedanke sein, sein Plan, und von allem Ursprung her seine Absicht.

»Morgen reden wir darüber«, sagte er abschließend, drehte sich auf die linke Seite und schlief ein.

Das war morgens um drei Uhr. Und weil selbst eine Eisennatur nach einem anstrengenden Tag mit einer Stunde Schlaf nicht auskommt, schlief an diesem Morgen das ganze Haus so lang, bis die Kühe von selbst von der Weide heruntergetrottet kamen und mit ihren Glocken vor der verschlossenen Stalltür bimmelten, bis Barbara als Erste davon erwachte.

Barbaras Gedanken kreisten an den Tagen nach der Bergmesse ohne Unterlass um den jungen Mann, der sich in ihr Leben hineingezwängt hatte, wohl kaum bedenkend, in welche Unruhe er sie damit brächte. Sonst immer zum Lachen bereit, wurde sie in diesen Tagen immer nachdenklicher.

Sie wusste nichts von ihm, als dass er ein hübscher Kerl war und eine gute Stimme hatte, die zärtlich klang, auch wenn er nicht sang. Und sie wusste von ihm, dass er Holzarbeiter war.

Nur ein Holzarbeiter. Das hatte er selbst gesagt mit einem Ton leiser Verbitterung.

Der Vater, wenn er wüsste, dass sie so viele Gedanken an ihn verschwendete, hätte wahrscheinlich die Nasenflügel gehoben und sein sarkastisches Lächeln um die Mundwinkel spielen lassen.

Sie nahm sich dann fest vor, nicht mehr an Andreas zu denken. Und doch spukte es immer wieder durch ihre Gedanken: Die Bergwirtstochter und der Holzarbeiter …

So kam der Sonntag heran. Tags zuvor waren die ersten Fremden angekommen, ein Ehepaar mit zwei Kindern aus dem Rheinland.

Die Buben, die nach Talham zur Messe gehen wollten, warteten noch eine Weile auf Barbara, dann dauerte es ihnen aber zu lange, und sie liefen weg. Barbara deckte noch den Frühstückstisch für die Fremden. Den Kaffee konnte die Mutter servieren, wenn die Gäste aufstanden. Dann machte sie sich auf den Weg nach Talham.

·Der Weg dorthin führte den Steilhang hinunter und drüben wieder hinauf. In der Schlucht floss die Dorrach.

Der Morgen leuchtete in allen Farben. Feine Schleierwolken zogen am Firmament hin, in den Büschen glänzte silbern der Tau, die Vögel sangen ihre

Morgenlieder, und aus dem Lärchenwald hörte man den lockenden Ruf eines Kuckucks.

Bequem war der Weg nach Talham bestimmt nicht. Es ging über Stock und Stein, über Wurzeln und Geröll, durch mannshohe Brombeerstauden und Kiefernboschen. Je näher Barbara der Tiefe kam, desto deutlicher hörte sie das Brausen der Dorrach. Dann wurde das Brausen zu einem starken Rauschen. Die Gischt sprühte wie silberner Wasserstaub bis unter die eisernen Bohlen der Brücke.

Gerade als Barbara die Brücke betreten wollte, erschrak sie, dass ihr die Knie zitterten. Aus den Uferstauden hob sich ein schmales Männergesicht. Sie sah das leichtgewellte Haar, die dunkel leuchtenden Augen und einen lachenden Mund mit schneeweißen Zähnen.

Die Hand aufs wildschlagende Herz gepresst, stammelte Barbara: »Hast du mich aber erschreckt!«

Andreas Gradl zwängte sich aus den Stauden.

»Aber warum denn? Ich tu dir doch nichts. Wenigstens nichts Böses.«

»Wenn du so einfach aus den Stauden auftauchst! Ich hab doch dabei nicht an dich denken können.«

»Wirklich nicht, Barbara? Sei ganz ehrlich, hast du wirklich seit Himmelfahrt nicht mehr an mich gedacht?«

Sie sah ihn an mit einem Blick, in dem die Sonne zu leuchten schien. »Doch Andreas. Ich habe an dich gedacht, viel mehr, als gut für mich wäre.«

Die Dorrach machte hier einen Lärm, dass man ziemlich laut schreien musste, und das nahm diesem Eingeständnis vielleicht etwas von seiner Vertraulichkeit. So standen sie da und sahen sich an.

»Ich muss in die Kirche gehn«, sagte Barbara nach einer Weile, machte aber keine Anstalten, ihre Hand aus der seinen zu nehmen.

»Muss das wirklich sein, Barbara?«

»Freilich, was denkst denn du?«

»Ja, weißt, ich denk mir halt, dass wir so viel Freud haben könnten…«

»Und das alles hast du dir schon vorher so genau ausgedacht?«

»Eigentlich nicht. Ich hab ja nicht wissen können, ob ich dich allein treffe. Grad vor zehn Minuten etwa sind deine zwei Brüder vorbei.«

»Was hättest jetzt getan, wenn ich mit ihnen gegangen wär?«

Er seufzte so schwer und so drollig, dass Barbara unwillkürlich lachen musste.

»Das wär mir schwer genug gefallen. Aber gesehn hätt ich dich wenigstens. So einer wie ich muss ja für alles dankbar sein.«

Auf ihrer Stirn erschien eine Falte. »Was heißt, so einer wie ich? Ich glaub, du machst dich schlechter, als du bist.«

»Nein, nein, Barbara. Ich weiß genau, wer ich bin, und wer du bist. Schau, ich hab dich sehen müssen, selbst wenn ich dadurch ins größte Unglück gestürzt wäre.«

Die Falte über Barbaras Augen war wieder verschwunden, die Stirn war seidenglatt. »Hier können wir nicht stehen bleiben«, sage sie nach einer Weile.

Vielleicht hatte er diesen trockenen Platz unter den Fichten auch schon vorher ausgesucht. Dann war er wenigstens gut gewählt, denn man sah von nirgends her in dieses Dickicht hinein. Und das Rauschen der

Dorrach klang hier gedämpft, man brauchte nicht mehr so zu schreien, um sich gegenseitig zu verstehen. Andreas hatte seine Lodenjacke auf den Boden ausgebreitet, damit keine verdächtige Fichtennadel an Barbaras Rock hängen bleiben konnte. Die Hände um die angezogenen Knie geschlungen, saß sie still da und sah ihn ganz genau an, das Haar, die Augen, den Mund und die kleine Ader an seinem Hals, die so schnell schlug. Sie war auf einmal nicht mehr ängstlich oder aufgeregt. Ihr war, als hätte sie diese Stunde vorausgeahnt, und je länger sie darüber nachdachte, desto klarer wurde ihr, dass sie eigentlich enttäuscht gewesen wäre, wenn sie ihn auf diesem Weg nicht getroffen hätte.

Auf die Ellbogen gestützt lag Andreas neben ihr im Moos und sah zu ihr auf. Barbara spürte ein brennendes Verlangen, ihre Hand auszustrecken und über sein Haar zu streicheln.

»Was denkst du?«, fragte er in die Stille hinein.

Mit einem Ruck richtete er sich auf, saß neben ihr und fasste ihre Hände.

»Was ich schon seit dem Donnerstagmorgen denke, als ich dich zum ersten Mal gesehen habe.«

Barbara schob ihre Hände tiefer in die seinen hinein. Ihre Stirnen lehnten wieder wie in jener Nacht aneinander.

»Was hast du denn alles in der Welt, Andreas?«

»Es ist nicht viel, Barbara. Ein heißes Herz, die Muskeln voller Kraft, meine Arbeit im Wald und – meine Mutter.«

Sie strich ihm mit leichtem Finger über seine Augenbrauen und über seine Wange. »Das Beste, was ein Mensch haben kann, nennst du zuletzt.«

Er fing ihre Hand ein und legte sie an seinen Hals, dort wo die kleine Ader schlug. »Du hast Recht, Barbara. Die Mutter ist das Beste, das ich hab. Ich wollt, du könntest sie kennen lernen.«

Ihre Arme legten sich fest um seinen Hals. Dann plötzlich, wie erschrocken, riss sie den Kopf zurück. Sie war blutrot bis unter die Haarwurzeln.

Sie legte die Hände auf seine Schultern und suchte in seinen Augen. »Was denkst denn jetzt von mir, Andi?«

»Dass du mich vielleicht doch auch ein bisschen gern hast.«

»Vielleicht? Du bist schon gut, wenn du nicht merkst, dass ich dich sehr gern hab!«

Eine Amsel pfiff ihre Melodie, und die Dorrach ging so leise, dass es sich anhörte, als gleite eine rauhe Hand über schimmernde Seide.

»Barbara«, schluckte er, »ich könnt dich echt fressen vor lauter Liebe!«

Von Talham herunter läutete die Glocke. Wie schuldbewusst löste sich Barbara aus seinen Händen.

Danach wollte sie ihn über vieles fragen, über seine Kindheit, nach seinen Eltern und was man alles so fragt, wenn man angefangen hat, am Leben eines anderen Menschen teilzunehmen. Aber sein Gesicht war wieder so nahe vor ihr, und ihre Lippen näherten sich weich und sehnsüchtig den seinen.

»Das hätt ich mir nicht gedacht, dass es so schnell ging mit uns beiden«, sagte sie dann.

»Es hat wohl so kommen müssen, Barbara. Ich hab es eigentlich von Anfang an gedacht.«

»Bist du glücklich, Andi?«

»Ja, sehr, aber ich habe auch Angst«, gestand er.

»Angst? Ich meinte, du wüsstest gar nicht, was Angst ist.«

»In dem Sinn weiß ich's auch nicht. Ich hab auch bloß vor einem einzigen Menschen Angst, vor deinem Vater.«

Barbara schaute ihn verständnislos an. »Angst, vor meinem Vater?«

»Oder vielleicht ist es gar nicht Angst, sondern bloß ein großer Respekt vor ihm. Was meinst du, was der sagen würde, wenn er wüsste – «

Es war, als begriffe Barbara jetzt erst die ganze Tragweite ihres Tuns. Über ihrer Stirn wuchsen wieder die dünnen Falten. »Du hast Recht, Andreas. Er braucht es nicht zu wissen. Vorerst wenigstens nicht.«

»Und wie sollen wir uns wieder treffen, Barbara?«

»Wir haben ein Gasthaus, und niemand kann dir verbieten, dort einzukehren.«

Die Kirchenglocken riefen zum zweiten Mal. Barbara stand plötzlich auf. »Jetzt müssen wir aber gehn, Andreas. Komm mit.«

»Ein Kuss noch, zum Abschied.«

»Pass aber auf, dass du mir meine Haare nicht zerraufst.« Ganz ohne Spuren ging es aber doch nicht ab. Sie musste die Nadeln an ihren Haaren neu feststecken. Dann gingen Anderl und Barbara den Hang hinauf, von dem die Talhamer Kirche weithin grüßte.

»Darf ich heut am Nachmittag schon kommen?«, fragte er.

»Komm lieber erst am nächsten Sonntag, sonst fällt es womöglich auf, weil du ja früher noch nie bei uns warst«, antwortete sie.

Andreas blieb stehen und schaute ihr nach, bis sie in der Kirchentür verschwand. Dann ging er ihr nach und gesellte sich zu den jungen Männern, die unter der Orgelempore standen. Sein Blick suchte Barbara, die neben ihren Brüdern in der Bank kniete, die seit Generationen den Freisingern vom Hahnenkranz gehörte.

Die Familie Freisinger nahm das Mittagessen erst ein, als die Sommergäste gespeist und sich zur Mittagsruhe zurückgezogen hatten. Sie saßen im Freien, und als Barbara die Suppe für alle herausgeschöpft hatte, sagte der Bergwirt:

»Wir haben gestern beschlossen, Florian, die Mutter und ich, dass du nach den Ferien in die Stadt gehst aufs Gymnasium.«

Florian sah von seinem Teller auf, sah zuerst den Vater und dann die Mutter an, als wolle er sich überzeugen, ob das ernst gemeint sei, obwohl er hätte wissen müssen, dass der Vater so etwas nur sagte, wenn es bei ihm schon unumstößlicher Beschluss war. Ein Aufbegehren dagegen gab es nicht. Seine Augen waren ängstlich, er selbst spürte keinen Drang, in die Stadt zu gehen. Sein Wunsch war immer gewesen, einmal der Bergwirt zu sein.

»Was du dann nach dem Abitur studierst, darüber brauchen wir uns heut noch nicht den Kopf zu zerbrechen. Aber wenn schon Geld ausgegeben werden soll, dann erwarte ich von dir, dass du deinen Mann stehst. Die Voraussetzung hast du ja, wie man mir sagt.«

»Ja, der Florian hat das meine auch mitgekriegt«, sagte der Bertl und hatte ganz leuchtende Augen dabei. Dann beugte er sich wieder über seinen Suppenteller.

»Der Florian hat bloß mehr Ehrgeiz als du, das ist alles«, belehrte der Vater ihn.

In Bertls Gehirn schaltete es blitzschnell. Wenn der Florian studieren musste, dann würde er einmal der Bergwirt sein. Mit einem Schlag hob ihn der Beschluss des Vaters aus der Enge heraus, in der er sich als Zweitgeborener immer gefühlt hatte. Der Vorwurf, keinen Ehrgeiz zu haben, berührte ihn kaum. Er hatte ein dickes Fell, nahm nicht alles so wörtlich und wusste, dass er seinem Bruder dafür in anderen Dingen überlegen war. Als Raufer etwa, oder wenn es galt, in die Felsen zu klettern, um ein verstiegenes Schaf aus der Wand zu holen, und nie hatte der Florian es fertig gebracht, im Winter in einer so rasanten Schussfahrt mit den Skiern über den Schinder zu jagen. Von den Stemmbögen und Slaloms gar nicht zu reden.

Die Suppe war gegessen. Barbara trug die leere Schüssel in die Küche und holte Fleisch und Gemüse heraus. Konrad Freisinger schaute einem Schwalbenpaar zu, das unter dem Dachfirst sein Nest hatte. Auf einmal schienen seine Augen etwas entdeckt zu haben. Seine Stirn zog sich in nachdenkliche Falten.

»Welcher Hornochs hat denn dort die Spalierlatte abgebrochen?«

Alles drehte den Kopf. Nur Barbara nicht. Aber sie fühlte, wie es ihr ganz heiß aufstieg.

»Ich war es nicht«, sagte Florian.

»Und ich erst recht nicht«, beteuerte Bertl. Er leugnete zwar alles ab, aber diesmal war seine Beteuerung so überzeugend, dass man ihm glauben musste.

»Vielleicht waren es die Heinzelmännchen«, spottete der Bergwirt, und obwohl er die Buben dabei anschaute, kam es Barbara vor, als streife er auch sie einmal kurz und scharf mit einem argwöhnischen Blick.

»Das kann am Donnerstag passiert sein, als die Menge Menschen da war«, vermutete die Bergwirtin. »Da wird halt einer sich daran hat festhalten wollen!«

»Kann sein«, meinte Freisinger und beendete damit das Thema. Er würde es wohl morgen reparieren.

Aber es geschah etwas ganz anderes. Der Bergwirt brachte nicht nur eine neue Latte an, sondern umwickelte alle Latten des Spaliers mit Stacheldraht.

Da begriff Barbara, dass er auch sie in den Kreis seines Verdachtes einbezog, und es ermahnte sie zur Vorsicht. Aber dennoch wuchs ihre Liebe zu dem jungen Holzarbeiter immer mehr, und sie hatte jetzt ein Leuchten in den Augen, das eigentlich jedermann hätte auffallen müssen. Die Mutter sah sie auch manchmal aufmerksam an und meinte dann, dass Barbara sich etwas verändert hätte. Aber sie wusste nicht zu sagen, in welcher Art, und war auch mit Arbeit derart überlastet, dass sie sich darum keine Gedanken machen konnte.

Und doch hatte sich nicht nur Barbara, sondern auch die Buben verändert. Barbara zeigte eine ruhige, überlegene Ausgeglichenheit. Florian dagegen ging in letzter Zeit etwas bedrückt umher, die Augen von einer leisen Trauer umschattet. Nur der Bertl war froh und aufgelockert, seit er wusste, dass Florian zum Studium sollte. Er gewöhnte sich etwas Großspuriges an, bog die eckigen Schultern zurück, setzte seinen Schritt herrisch, und in seinen Augen stand etwas wie Besitzgier.

So kam der Sommer über das Land. Das Bergwirtshaus zum Hahnenkranz war voller Gäste. Es herrschte Hochbetrieb. Zum Glück hatten die Buben bereits Ferien und konnten mithelfen. Florian musste die Gäste mit dem Taxi vom Bahnhof abholen und zurückbringen. Der Bertl führte sie auf den Hahnenkranz, auf die Gablspitze oder die Brandlplatte.

Manche Sommergäste kannte der Freisinger schon seit vielen Jahren. Aber er nahm sich nur samstags Zeit, sich länger als sonst zu ihnen zu setzen. Er wurde nach dem zweiten Schoppen Rotwein schon recht gesprächig und es dauerte nicht lange, dann hatte er das Gespräch an sich gerissen und auf jenes Gebiet gelenkt, das ihn bis in die letzte Faser hinein erfüllte: die Politik. Sein schmales, jetzt dunkel gebranntes Gesicht glühte in Erregung, und seine blauen Augen wirkten fast hypnotisch. Es war ihm gut zuzuhören, er konnte überzeugen, und am liebsten war ihm, wenn jemand anderer Meinung war. Es war ihm gerade eine prickelnde Lust, dessen Meinung bis ins Kleinste zu zerpflücken und zu widerlegen.

Wieder war so ein Samstag. Der Bergwirt war gerade mit einem Industriellen in ein hitziges Gespräch gekommen, bei dem es sich lohnen mochte, noch einen Schoppen zu trinken.

»Bring mir noch einen Schoppen, Barbara«, sagte er, »und dann leg dich schlafen.«

Es war gegen zehn Uhr, und die Bergwirtin und die Buben waren schon im Bett. Barbara tat so, als sei sie darüber gar nicht erfreut. Aber draußen wartete ja einer, zu dem es sie mit allen Fasern hinauszog.

»Braucht ihr mich wirklich nicht mehr?«

»Leg dich nur schlafen.«

»Danke schön, Vater«, hätte Barbara am liebsten gesagt. Aber das glückliche Pochen in ihrer Stimme hätte sie vielleicht verraten. So sagte sie nur: »Recht gute Nacht zusammen«, ging mit ziemlich hörbaren Schritten die Stiege hinauf, um dann auf Zehenspitzen über den Speicher in die Tenne zu gelangen und durch das Tor ins Freie zu kommen.

Unter der Tennbrücke, bei den wild wuchernden Holderbüschen, wartete Andreas.

»Endlich, Barbara! Ich hab schon gemeint, du kommst heut nicht mehr.«

»Ach Andreas, wenn du wüsstest, wie gern ich früher gekommen wär!«, seufzte sie und schlang die Arme um seinen Hals. »Wartest schon lange?«

»Seit einer halben Stunde vielleicht. Aber das macht nichts, Barbara. Hauptsache ist, dass du doch gekommen bist!«

»Ich musste doch, Andreas.«

Sie hockten sich auf die Tennbrücke, ließen die Füße hinunterbaumeln und hielten sich umschlungen. Die Sterne standen hoch über ihnen, und der Nachtwind kam ganz warm von den Bergen herunter.

»Wie lang kannst heute bleiben?«, fragte Andreas.

»Eilt gar nicht«, antwortete sie vergnügt. »Wenn der Vater politisiert, dauert es meistens recht lang.«

»Wie man nur politisieren kann«, wunderte sich Andreas, der vor allem seinen Wald kannte und sich um das, was sich außerhalb der engeren Heimat begab, nicht viel kümmerte. »Was reden sie denn da?«

»Alles mögliche. Dass die Zeiten schlecht sind und von der Zukunft der Wirtschaft.«

»Es wär gescheiter, sie redeten von unserer Zukunft.«

»Mal den Teufel nicht an die Wand! Das wird uns noch früh genug kommen.«

»Hast du Angst?«

Barbara schüttelte den Kopf. Ein fester Wille klang in ihrer Stimme:

»Überhaupt nicht! Angst hat man nur, wenn man sich selbst nicht sicher ist oder ein schlechtes Gewissen hat. Ich hab aber kein schlechtes Gewissen. Was tu ich denn schon? Ich hab dich lieb und verbringe manchmal eine Stunde mit dir. Ist das etwas Unrechtes?«

»Für uns freilich nicht. Aber dein Vater wird anders denken. Und meine Mutter ist deswegen voller Sorge.«

Barbara löste sich aus seinen Armen und sah ihn lange an. »Weiß es denn deine Mutter?«

»Ja. Sie hat mich gefragt, warum ich so verändert sei. Und da habe ich sie nicht anlügen können.«

»Was hat sie gesagt?«

»Sie meint, wo jetzt viel Glück ist, wird einmal viel Kummer sein.«

Daraufhin schwieg Barbara eine lange Weile und sagte dann: »Es muss eigentlich schön sein, wenn man mit der Mutter alles besprechen kann.«

»Kannst du es denn nicht?«

»Meine Mutter hat immer so wenig Zeit. Und ich möchte damit warten, bis ich im Herbst achtzehn werde. Dann will ich es ihr sagen, denn jahrelang können wir es ja doch nicht geheimhalten.«

Sie hörten jetzt Stimmen, und dann wurde die Haustür zugeschlagen.

»Jetzt musst gehen, Andi«, drängte Barbara. Sie wusste, dass der Vater nun seinen Kontrollgang in den Stall machte, ehe er nach oben ging. Bis dahin aber musste sie in ihrem Zimmer sein, denn erst kürzlich war es geschehen, dass der Vater noch an ihre Tür geklopft und ihr für den anderen Morgen etwas aufgetragen hatte. Es war etwas ganz Belangloses gewesen, aber Barbara brachte seither den Verdacht nicht los, dass er sich nur überzeugen wollte, ob sie in ihrem Zimmer sei.

Barbara kam unbemerkt in ihr Zimmer und trat dann ans offene Fenster. Sie hörte den Vater die Stiege heraufkommen. Ein paar Türen knarrten und wurden geschlossen. Dann wurde es still im Haus.

Barbaras Gedanken verfolgten den Weg des Geliebten über den Berg hinweg. Das Herz war ihr eng vor Glück, und sie meinte, dass seine Blicke immer noch an ihr hingen. Nein, sie hatte wirklich keine Angst vor der Zukunft. Musste sie nicht schön und glücklich werden? War es nicht das höchste Glück im Leben, für immer mit einem geliebten Menschen zusammen zu sein, ganz nahe seinen Gefühlen und Gedanken?

Sie dachte an der Mutter Wahlspruch in allen misslichen Lagen: »Es wird schon wieder alles recht werden«, sagte sie immer. Und es wurde auch immer alles recht. Aber wie sie so dastand und den Nachtwind in ihrem heißen Gesicht spürte, drängte sich ihr die Frage auf, warum sie nicht ihre Mutter ins Vertrauen ziehen konnte. Sie erinnerte sich, dass sie als kleines Mädchen schon mit ihren Nöten stets allein geblieben war. Hatte sie einmal Schmerzen, so hatte der Mutter Trost nur immer in dem Satz bestanden: »Das vergeht schon wieder, bis du heiratest.«

Freilich, sie war eine mit Mühen und Pflichten schwer belastete Frau, die manchmal einen Stoßseufzer losließ:

»Wenn wir nur kein Geschäft hätten! Zu einem Familienleben kommt man überhaupt nicht dabei!«

Ob es in Familien, die kein Geschäft hatten, anders war, das Verhältnis zueinander wärmer und enger? Manchmal spürte Barbara Sehnsucht nach etwas Wärme, nach einer Aussprache, nach Verständnis für all das, was ihr Herz jetzt herausgerissen hatte aus dem Trott des Alltags. Früher hatte sie das alles nicht so gefühlt, es war ihr nicht so bewusst geworden, weil sie glaubte, das Leben habe eben so zu sein, wie es in einem Berggasthof war, in dem man nie ganz sich selbst gehören durfte, sondern immer für andere mit einem freundlichen Lächeln dazusein hatte. Vielleicht auch einmal mit einem fröhlichen Herzen. Aber das Herz wurde auch wieder nur durch ein gutes Geschäft froh, und es wurde traurig, wenn es einmal schlecht ging.

Engpass, nannte das der Vater. Wir müssen durch diesen Engpass hindurch. Und wenn sie hindurch waren, tat ein anderer Engpass sich auf, und vielleicht waren die Engpässe erst ganz überwunden, wenn man endlich die neue Straße bekam, für die der Vater sich seit Jahren so leidenschaftlich einsetzte.

Barbara sah noch lang auf den großen Stern, der über dem Hahnenkranz strahlte. Sie hörte dem Wind eine Weile zu und hörte die Nachtvögel rufen. Verschwommen hörte sie einen Glockenton aus der Tiefe. Vielleicht schlug es schon die Mitternachtsstunde. Barbara legte sich schlafen, um ein kleines Erlebnis reicher als am Vortag, und doch ärmer, weil die Sehnsucht wieder gewachsen war, wie sie immer wuchs von einer heimlichen Begegnung zur anderen.

Acht Tage später erfuhr Barbara, dass nicht sie selbst über ihre Zukunft bestimmen sollte, sondern dass es da ein ungeschriebenes Gesetz gab, dem man sich beugen musste.

Das Korn auf dem Hochacker war reif geworden. Der Bergwirt stand mit gespreizten Beinen auf dem Steilhang und mähte es. In Ermangelung seiner linken Finger hatte er sein Handgelenk mit einem Lederriemen um den Sensengriff geschnallt.

Barbara raffte hinter ihm die Halme auf und band sie zu Garben. Das Kopftuch hatte sie tief in die Stirn gezogen, denn der Sonne Glut war wie die Hitze eines Backofens über ihnen.

So um drei Uhr legte der Bergwirt die Sense weg, wischte sich den Schweiß von der Stirn und suchte den Schatten eines Weißdornbusches auf, unter dem der Korb mit der Brotzeit verborgen war.

»Machen wir Brotzeit, Barbara.«

Barbara legte vier oder fünf Garben übereinander, so dass sie einen bequemen Sitz hatten. Sie schob nun das Kopftuch in den Nacken, der Wind fächelte kühlend über ihre heiße Stirn, und gierig griff sie nach der Flasche mit dem verdünnten Apfelmost. Der Vater trank Bier. Sie sah von der Seite her in sein hageres Gesicht, das wie gegerbtes Leder aussah oder ein Holzschnitt aus Birnbaumholz, das lange in der Sonne gelegen hatte. Er biss in die Scheibe steinharten Brotes, dass es krachte.

Hoch über dem Acker schwebte ein Bussard. Konrad Freisinger verfolgte ihn mit schmalgeklemmten Augen und warf dann plötzlich, als handle es sich um die belangloseste Sache der Welt, die bedeutsamen Worte in die Stille:

»Du könntest den jungen Seidenspieler heiraten.«

Barbara erschrak nicht einmal so sehr und überlegte sich die Worte. ›Du könntest‹, hatte er gesagt. Nicht ›du musst‹.

»Wie kommst du darauf?«, fragte sie und schlug nach einer Bremse, die sich auf ihrem Arm niedergelassen hatte.

»Weil der alte Seidenspieler bei mir um dich angehalten hat.«

»Kann denn der junge nicht reden, dass er seinen Vater für sich fragen lässt?«

Der Bergwirt ließ den Bussard nicht aus den Augen, der jetzt senkrecht über ihnen stand.

»Kennst du ihn überhaupt?«, fragte er.

»Nur flüchtig.«

»Dann wirst du ihn bald näher kennen lernen. Am Sonntag kommt er zu uns.«

Er wollte nach dieser Eröffnung die Flasche an den Mund setzen, als der Bussard wie ein Pfeil niederschoss, um dann majestätisch davonzuziehen. Man meinte die Maus in seinen Fängen zappeln zu sehen. Das veranlasste den Bergwirt zu dem Gleichnis:

»Das ist im Menschenleben genauso. Da meinst du, du stehst mit beiden Füßen fest am Boden, und auf einmal schießt etwas auf dich nieder und hat dich beim Genick.«

»So soll es wahrscheinlich mir auch gehen mit dem jungen Seidenspieler.«

Der Bergwirt lachte, denn was Barbara da sagte, war doch nicht ernst zu nehmen.

»Der junge Seidenspieler ist kein Bussard.«

»Aber vielleicht ein Habicht. Die sind noch hinterhältiger.«

Für ein paar Minuten kam eine Welle frischen Windes aus dem Gebirge nieder und fächelte erfrischend über die erhitzten Gesichter.

»Packen wir's wieder?«, meinte der Bergwirt und stellte die leergetrunkene Flasche hinter sich.

»Einen Augenblick noch, Vater. Du weißt, dass ich nie viel gefragt habe, seit ich erwachsen bin. Aber jetzt möchte ich wissen, Vater – ist es dein Wille?«

Konrad Freisinger tändelte mit dem Riemen an seinem linken Handgelenk. »Ob was mein Wille wäre?«

»Dass ich den jungen Seidenspieler heirate.«

»Sagen wir besser, es ist mein Wunsch.«

»Wunsch und Wille sind doch bei dir so ziemlich das Gleiche.«

Ein leichtes Schmunzeln um die Mundwinkel, mit zwei länglichen Falten an den Wangen, die früher einmal Grübchen waren, meinte der Vater:

»Ich habe gar nicht gewusst, dass du so schlagfertig sein kannst, Barbara. Aber hör einmal zu: Ich merke, dass du in das Alter gekommen bist, in dem man über diese Dinge reden kann. Und ich bilde mir ein, dass du ziemlich genau in meine Art schlägst und nüchtern bleibst, wenn andere den Kopf verlieren. Vielleicht meinst du, dass der junge Seidenspieler dir nicht sympathisch sein könnte. Aber das kommt später ganz von selbst.«

»Nein«, antwortete Barbara entschieden. »Entweder man mag einen Menschen auf den ersten Blick gern oder man lehnt ihn ab. Wenn man sich damit tröstet, die Liebe käme später schon von selbst, belügt man sich selbst.«

Der Bergwirt schaute eine Weile zwischen seinen Knien auf den Boden nieder. Die glühende Sonne, die seit Wochen über dem Land stand, hatte tiefe Rinnen in den Boden gerissen.

»Es mag was Wahres dran sein, was du da sagst. Aber die praktische Seite im Leben schaut oft anders aus. Und mit der großen Liebe ist es wie mit der großen Kälte. Auf einmal bricht sie, und es kommt ganz laues Tauwetter. Auch im Leben zweier Menschen. Und dann ist es gut, wenn man in einem warmen Nest sitzt und dem Leben das abverlangen kann, was es zu bieten hat. Nicht an Freuden gerade, aber an Bequemlichkeit. Vielleicht verstehst du mich noch nicht ganz, aber –«

»Doch, doch«, unterbrach Barbara ihn. »Ich verstehe genau, was du meinst. Wie man sich bettet, so schläft man.«

»Möglichst weich, jawohl.«

»Das weichste Bett kann zum härtesten werden, wenn man ohne Liebe darauf liegen muss. Ich weiß nicht, wie du gedacht hast, als du jung warst, kann mir aber denken, dass du die Mutter nicht bloß genommen hast, weil sie die Tochter des gut situierten Bärenwirts von Percha war, die dir fünfzigtausend Mark in deine Bergwirtschaft gebracht hat. Wahrscheinlich hättest du auch reichere haben können.

»Da hast du Recht«, lachte Konrad Freisinger, stand nun auf und zog seine Hose höher.

Er ging dorthin, wo er die Sense ins Korn gelegt hatte, schnallte den Riemen um den Griff und wetzte das Blatt. Barbara stand neben ihm und band ihr Kopftuch wieder tief in die Stirn.

»Jetzt möchte ich bloß noch wissen, Vater: Würdest du mich zwingen einen zu nehmen, den ich überhaupt nicht mag?«

Eine Sekunde lang starrte er sie erstaunt an. Dann schüttelte er den Kopf. »Nein, dazu würde ich dich nicht zwingen. Aber ich würde dich zwingen, nicht einen zu nehmen, der mir nicht passt.«

Sein Arm holte aus zum Schnitt, und rauschend stürzte die gelbe Mauer vor ihm zusammen.

Am Abend hatten sie das ganz Feld gemäht und stellten die Garben noch auf. Die ganze Zeit hatten sie nichts mehr gesprochen und darum kam die Frage, die der Bergwirt auf einmal stellte, wie ein Pfeil, der von der Sehne geschnellt war.

»Ist es vielleicht so, dass du schon einen gern hast?«

Diesmal erschrak Barbara und es war gut, dass sie sich gerade um eine Garbe bücken musste. Die Frage bewies ihr, dass der Vater sich die ganze Zeit über mit dem Vespergespräch beschäftigt hatte. Was sollte sie nun antworten? Aber es blieb nicht viel Zeit zu überlegen, ob sie die Wahrheit sagen sollte. Verzweifelt suchte sie nach einem Ausweg.

»Wie kommst darauf?«, fragte sie.

»Nur so«, antwortete er knapp und fing von etwas anderem an. »Wenn das Wetter schön bleibt, können wir das Korn übermorgen schon heimfahren.«

Barbara schlang das Strohband um das letzte Garbenmandl und hatte das Gefühl, als sei jetzt soeben etwas Gefährliches an ihr vorbeigeweht.

Aber als sie dann im sinkenden Abend den Hang hinunterschritten, war ein Gefühl der Bitterkeit in ihr und sie sagte sich unentwegt: Heute habe ich meine Liebe verleugnet. Das darf ich dem Andreas nicht sagen.

Dann fiel Simon Seidenspieler ihr wieder ein. Und da wusste sie plötzlich, dass die Entscheidung herannahte, dass sie ihr Geheimnis nicht mehr lange verstecken könnte und dass sie würde sagen müssen, was sie heute noch feige geleugnet hatte.

Mit unruhigem Herzen sah Barbara dem Sonntag entgegen, wusste sie doch, dass auch Andreas kommen würde. So hatten sie es am letzten Samstag ausgemacht, und seither hatten sie sich nicht mehr getroffen.

Der Vater hatte den Namen Seidenspieler nicht mehr erwähnt. Dafür war die Bergwirtin wie besessen von dem Gedanken, dass von diesem Sonntagnachmittag für Barbara das Glück ihres Lebens abhing.

»Sei nur recht nett und freundlich zu ihm«, sagte sie, während sie zusammen in der Küche das Geschirr abspülten. »Nein, dass du einmal so ein Glück haben würdest, hätte ich mir nicht träumen lassen.«

»Glück, Mamm? Ich kenne den Kerl kaum.«

Die Bergwirtin riss es herum. »Kerl, sagst du? Ein netter Mensch ist er, das kann ich dir versichern! Als ich neulich mit dem Vater in Dorrach war, da habe ich mich ausgezeichnet mit ihm unterhalten. Er war so aufmerksam zu mir und hat mich wissen lassen, dass er dich eigentlich schon lange gern sieht.«

»Dann wundert es mich, warum er noch nie gekommen ist.«

»Weil er eben ein anständiger Mensch ist und geduldig gewartet hat, bis du in das richtige Alter kommst.«

In Barbara zitterte alles vor Erregung. »Könnte es dann nicht sein, dass er mit seinem langen Warten zu spät kommt?«

Vor Schreck ließ die Bergwirtin einen Teller fallen. Sie hob die Scherben auf und lächelte hilflos.

»Hast du mir einen Schrecken eingejagt!«

»Warum denn, Mamm? Es gibt in meinem Zimmer einen Spiegel, der mir sagt, wie ich ausschaue, seit ich erwachsen bin. Es wäre doch ein rechtes Armutszeugnis für mich, wenn ich noch gar keinem gefallen hätte. Alle sind ja nicht so anständig und warten geduldig ab, bis ihnen weggeschnappt wird, was sie gerne haben möchten.«

»Ich will nicht hoffen, dass da bereits einer ist, von dem ich nichts weiß. Du scheinst dir gar nicht klar zu sein, welch eine große Ehre das ist, wenn sich einer wie der junge Herr Seidenspieler für dich interessiert. Der könnte wirklich an jedem Finger eine haben, aber nein, in dich hat er sich verschaut.«

Sie schob einen Stoß Teller in den Küchenschrank und schlug das Türchen heftig zu. Es war ihr einfach unbegreiflich, dass die Tochter eine derartige Gleichgültigkeit an den Tag legte. Und während Barbara in das Gastzimmer hinüberging, um den Tisch zu decken, an dem die Familie Pfleger aus dem Rheinland Kaffee zu trinken pflegte, wie jeden Tag um halb drei Uhr, dachte die Bergwirtin angestrengt darüber nach, wer wohl ihrer Barbara den Kopf schon verdreht haben könnte. Vielleicht gar der junge Zollassistent, der in letzter Zeit so gerne bei ihnen einkehrte? Oder der Forstschüler Pröhmer, dessen Weg jetzt auf einmal so oft zum Berggasthof Hahnenkranz führte? Auch ein paar Bauernsöhne von Talham zog sie in ihren Gedankenkreis ein. Nur auf den Holzarbeiter Andreas Gradl kam sie nicht, der seit dem Himmelfahrtstag schon zweimal hier gewesen war. Wozu auch? Er war ja bloß ein Holzarbeiter.

In der Wirtsstube saß Konrad Freisinger mit ein paar Bauern und dem Oberförster Aichner zusammen. Barbara stellte die Tassen auf, schenkte dann ein paar Biergläser voll und ließ ihren Blick immer wieder zum Fenster hinausgehen, aber nicht talwärts, von wo Simon Seidenspieler kommen musste, sondern über den Hang hinauf zu dem schmalen Steig, den Andreas zu gehen pflegte.

Aber weder Simon noch Andreas waren zu sehen. Dafür aber der Bertl, der mit der Malerin Beate Forell den Hang herunterkam. Sie wohnte im Berggasthof und war den ganzen Tag mit ihrem Skizzenbuch unterwegs. Heute hatte der Bertl sie auf die Gablspitze führen müssen, und als die beiden nun so den Hang herunterkamen, sahen sie aus wie David und Goliath, denn Frau Beate war groß und stämmig von Gestalt und schritt weit ausholend auf ihren braunen Sandaletten neben dem Bertl daher, das Skizzenbuch unter dem Arm.

Vier Tage war sie hier, und was über die vielen Skizzen hinaus bereits entstanden war, war eine innige Zuneigung zu Barbara, der schönen Tochter des Bergwirts. So winkte sie ihr auch jetzt gleich zu, als sie Barbara am Fenster stehen sah. Und Barbara winkte zurück, ließ den Arm aber gleich wieder sinken, weil sie oben am Grat die schmale Silhouette eines Mannes auftauchen sah.

Der Bertl warf den Rucksack auf die Hausbank und lamentierte: »Ich hab's ihr ja gleich gesagt, sie soll feste Schuhe anziehen. Jetzt hat sie es! Die Füß' sind zerschunden und sie ist todmüde!«

Beate lächelte über den Eifer des Jungen und bat ihn, er möge ihr eine große Schüssel kalten Wassers vom Brunnen holen, in der sie ihre brennenden Füße kühlen könnte.

Barbara brachte ein Handtuch und Beate hob in ehrlicher Verwunderung die langen Wimpern.

»Wie du heut wieder aussiehst, Barbara!«

»Ja, wie denn?«

»Wie das blühende Leben! Ich muss dich malen, und wenn ich noch sechs Wochen hier bleiben müsste, bis du einmal Zeit dafür findest.«

In diesem Augenblick sah Barbara den jungen Seidenspieler aus dem Wald kommen. Sie machte auf dem Absatz kehrt, ging in die Küche, um für Beate den Kaffee herzurichten. Die Bergwirtin stand am Fenster. Als sie das Geschirr hinter sich klappern hörte, drehte sie sich um. In ihrem Gesicht war eitel Sonnenschein.

»Jetzt kommt er! Denk an das, Barbara, was ich dir gesagt habe! Recht nett musst mit ihm sein!«

Barbara spürte Ärger in sich hochsteigen, und sie fragte spöttisch: »Soll ich ihm gleich um den Hals fallen, oder erst dann, wenn er geht?« Die Mutter überhörte das und schaute wieder aus dem Fenster.

«Wie gut er gewachsen ist! Es ist schon eine Schande, dass keine anständige Straße zu uns raufführt. Sonst käme er ja mit dem Auto. So geht der arme Mensch bei der Hitze den weiten Weg zu Fuß.«

»Bei seiner großen Liebe zu mir darf ihm das nichts ausmachen.«

Da verlor die Bergwirtin ihre Fassung. Dunkelrot im Gesicht trat sie mit zwei schweren Schritten vor die Tochter hin.

»Jetzt will ich dir mal etwas sagen. Wenn du meinst, dass du spotten darfst, dann täusch dich nur nicht! Es liegt in unserm Sinn, dass du dich in das warme Nest der Firma Seidenspieler in Dorrach setzt. Lass dir ja nichts anderes einfallen.«

Noch nie hatte Barbara bemerkt, dass die Mutter einen so bösen Blick haben konnte. Eine schwere Traurigkeit umschattete ihr Herz, die immer dunkler wurde, als sie jetzt sah, wie die Mutter vor dem Spiegel am Küchenschrank ihr Haar zurechtmachte, die Schürze glatt strich und dann hinausrauschte, als wäre sie es, zu der ein Freier käme.

Hinter dem Fenster stehend, beobachtete Barbara weiter, wie die Mutter mit ausgestreckten Händen auf den jungen Seidenspieler zuging. Ihr Gesicht, vorhin gerade noch verzerrt in verhaltener Wut, war jetzt von einem strahlenden Lächeln, und in ihrer Stimme hatte sie den törichten Circengesang einer Frau, die schon tief in der Mitte des Lebens stand und für sich selbst noch alles erwartet.

»Mein lieber, lieber Herr Seidenspieler«, flötete sie. »Wie ich mich freue! Vielleicht wollen Sie gleich dort drüben unter dem Birnbaum Platz nehmen? Dort ist es schön schattig.«

In diesem Augenblick glaubte Barbara, ihre Mutter hassen zu müssen.

Simon Seidenspieler junior unterschied sich von seinem Vater dadurch, dass er das Joviale des alten Herrn durch einen gehörigen Schuss Blasiertheit ersetzte. Wenn der Vater sich noch menschlich gab, so glaubte der Sohn auf jene heruntersehen zu müssen, die anderen Kreisen angehörten.

Zwar trug auch er den üblichen Trachtenanzug, aber nicht aus simplem Bauernloden, sondern aus Kammgarn. Der Anzug, vom besten Schneider gefertigt, saß ihm wie angegossen. Der Gamsbart auf seinem Hut war echt und imponierend. Sein Gesicht war ein wenig aufgeschwemmt und ohne das gesunde Braun, das der Sommer schenkt. An einem Finger der linken Hand trug er einen mächtigen Siegelring mit den verschlungenen Anfangsbuchstaben seines Namens. Auffallend in seinem Gesicht waren die großen brauen Augen, die sanft wirkten und manchmal dumm wie Kuhaugen.

Wenn er sie weit öffnete, sah es so aus, als wolle er jemanden mit seinem Blick verschlingen. Die Barbara etwa, die jetzt mit einem Tablett aus dem Haus kam und auf den Birnbaum zuging.

Sein Blick entkleidete sie förmlich, und Barbara fühlte das. Eine leichte Röte glitt über ihre Stirn. Sie stellte ihm das Glas hin und goss ihm aus einem Steinkrug goldschimmernden Wein ein, Gimmeldinger Meerspinne, wie er bei der Mutter bestellt hatte.

»Wohl bekomm's!«

»Danke, Barbara!« Er lachte sie an, und sie sah, dass er goldene Eckzähne hatte. Dann nahm er den Hut ab, legte ihn vor sich auf den Tisch und wischte sich mit dem Taschentuch den Schweiß von der Stirn. »Da kommt man ins Schwitzen bei diesem Weg. Setz dich doch zu mir, Barbara.«

Sie nahm ihm gegenüber Platz, verschränkte die Arme über der Brust und behielt das Haus im Auge, falls man sie rufen sollte. Mit ihrer Beurteilung war sie bereits fertig, und das Ergebnis lautete: Er gefällt mir nicht.

»Es wäre nett«, sagte er dann, »wenn du für dich auch ein Glas holen würdest um mit mir anzustoßen.« Dann sah er die Bergwirtin am Fenster und hob die Hand. »Noch ein Glas, bitte.«

Der Bertl musste es bringen. Er stellte das Glas auf den Tisch. Dann entdeckten seine Augen den Gamsbart.

»Echt?«, fragte er.

Simon Seidenspieler lächelte nachsichtig. »Denkst du vielleicht, dass ich mit einer Imitation rumlaufe?«

»Du freilich nicht«, antwortete der Bertl und strich mit den Fingerspitzen über den silberzarten hellen Reif, an dem der Wert eines solchen Hutschmuckes abgeschätzt wurde. »Wird schon seine tausend Mark gekostet haben.«

»So ungefähr.«

»Wird schon seine zwanzig Zentimeter lang sein?«

»Zweiundzwanzig.«

Der Bertl nickte und gab seine Fachkenntnisse kund. »Ein schöner Bart. Der wär was für meines Vaters Sohn.«

»Was würdest denn du jetzt schon mit einem Gamsbart anfangen?«, fragte die Barbara.

»Jetzt brauch ich noch keinen. Aber später einmal. Am besten ist es, man schießt sich so was selbst.« Der Bertl sagte das so, als sei dies bereits sein unumstößlicher Beschluss, und stelzte davon.

»Der angehende Wildschütz«, lachte Simon und hob dann sein Glas. »Worauf wollen wir anstoßen, Barbara? Auf meinen neuen Wagen?«

Es war ihr so ziemlich gleich, worauf er anstoßen wollte. Ihr Blick huschte immer wieder den Hang hinauf, wo sie vor einer Viertelstunde den Andreas gesehen hatte.

Weil sie nichts über das neue Auto fragte, musste Simon eben selbst davon erzählen.

»Ja, die Woche haben wir ihn gekriegt, den neuen Wagen. Einen Mercedes. Aber leider bin ich nur bis zu dem Feldkreuz am Lärchenwald damit gekommen. Dann hat der Kühler gekocht.«

»Aha«, sagte Barbara.

»Das ist natürlich dumm, dass man nicht ohne weiteres bis zu euch rauffahren kann. Wie man nur so abgelegen leben kann!«

»Man gewöhnt sich daran«, antwortete Barbara.

»Später wirst du es nicht mehr verstehen, dass du einmal so leben konntest.«

Barbara horchte genau auf jedes Wort, bereitete sich sozusagen auf das vor, was doch heute noch unbedingt kommen musste. Die Liebeserklärung, oder wie man es nennen wollte. Ihre Gereiztheit wuchs.

»Wann werde ich das nicht mehr wissen?«

Seine Hand spielte mit dem Weinglas. Der Siegelring glänzte im Licht. Langsam hob Simon die Augen und sah sie an. »Ich nehme an, Barbara, du weißt, was unsere Eltern beschlossen haben.«

»Eigentlich nicht. Die Mamm hat mir erst heut gesagt, dass du raufkommst.«

»Sonst nichts?«

»Doch, dass ich recht nett zu dir sein soll.« Es tat Barbara direkt wohl, diese Antwort geben zu können und sich einfältig zu geben.

»Ach so«, sagte er und lächelte wieder. Es war gerade so, als passe er jede Gelegenheit ab, seine Goldzähne zeigen zu können. Er zog ein silbernes Zigarettenetui heraus und ein ebenfalls silbernes Feuerzeug. »Du rauchst wohl nicht?«

Barbara schüttelte den Kopf.

»Es wundert mich eigentlich, Barbara, dass deine Eltern dir noch nichts davon gesagt haben, dass ich dich verdammt gern hab.«

»Wie gern?«, fragte sie mit gerunzelten Brauen. »Verdammt?«

»Das ist so meine Redensart, an die du dich schon gewöhnen wirst. Aber im Ernst, Barbara, mir ist noch kein Mädchen untergekommen, das mich so gefesselt hätte. In dir finde ich alles so wunderbar vereint: Anmut, eine herrliche Figur, und, wie ich annehme, auch noch ein guter Charakter. Worauf ich Wert lege. Wenn es mir noch gelingt, dir gewisse Umgangsformen beizubringen, so glaube ich, dass aus dir eine Dame zu machen ist, um die mich alle beneiden werden.«

Barbara hatte die verschränkten Hände heruntergenommen und die Hände jetzt im Schoß ineinander verkrampft. Sie wollte aufschreien vor Scham und Zorn und grub die Fingernägel in ohnmächtiger Wut in die Handballen, bis es schmerzte. Und niemand rief nach ihr. Es schien genau so beabsichtigt zu sein, dass sie hier sitzen bleiben und sich Kränkungen anhören musste. Sie sah, dass der Florian Kaffee auftragen musste, und sie sah auch die Mutter zwischen Küche und Gaststube hin und her rennen. Sie sah auch die Malerin Beate auf der Hausbank sitzen, ihren Kaffee trinken und eine Zigarette rauchen. Sie saß unter dem Balkon und blickte zur Decke hinauf, den blauen Wölkchen nach, die sie ausstieß.

»Du sagst ja gar nichts?«, hörte sie Simons Stimme plötzlich wieder. »Ich hab dich doch nicht erschreckt?«

»Nein, nein. So was kann mich nicht erschrecken«, antwortete sie. Das »höchstens anekeln«, verschluckte sie gerade noch.

»Na also, ich habe es ja gewusst, dass wir uns schon verständigen werden. Wenn es nur nicht so verdammt weit bis hierher wäre! Du wirst es kaum glauben: vor etwa drei Jahren – ich war gerade in Ferien daheim – wurde ich das erste Mal auf dich aufmerksam. Du kamst mit deiner Mutter in unser Geschäft. Da habe ich sofort erkannt, dass du dich einmal zu einer Schönheit entwickeln würdest. Damals habe ich meinem Vater bereits die ersten Andeutungen in Bezug auf dich gemacht.«

Barbara sah, wie aus ihrem rechten Handballen ein dünner Faden Blut rann. So sehr hatte sie die Fingernägel hineingedrückt.

»Dann wundert mich nur, dass du in dieser langen Zeit noch nicht einmal zu uns herauf gekommen bist.«

»Was hätte es für einen Sinn gehabt? Du warst ja noch zu jung. Mittlerweile aber bist du in das richtige Alter gekommen. Wie doch die Zeit vergeht!«

»Und was hast du in der Zwischenzeit gemacht?«

Er lachte, warf die Zigarette zu Boden und trat mit dem Schuh darauf. »Kind, Kind, du fängst an, neugierig zu werden! Aber ich will ganz ehrlich sein. Ein Heiliger war ich nicht. Hab mal die, mal eine andere in den Arm genommen. Aber meine Sehnsucht warst immer du!«

»Immerhin etwas«, antwortete die Barbara trocken.

Simon zog amüsiert die Augenbrauen hoch. »Es hat sich keine mit dir messen können. Kein Grund zur Eifersucht, Kind.«

»Eifern? Ich und eifern?« Barbara lachte aus vollem Halse, und in ihrer Brust drängten sich die Worte, die sie ihm jetzt ins Gesicht schreien wollte.

In diesem Augenblick kam der Vater aus dem Haus

und ging auf den Tisch unterm Birnbaum zu. Er kam Barbara vor wie ein rettender Engel.

»Barbara«, sagte er, »da sind gerade die vier Holzarbeiter wieder gekommen. Sie werden gleich Musik machen. Sie sollen Kaffee trinken auf meine Rechnung. Vorausgesetzt, dass sie Kaffee mögen. Sonst Bier. – Na, Seidenspieler, wie steh'n die Aktien?«

Der Bergwirt nahm Platz und streckte die langen Beine weit von sich. »Und dem Herrn Vater geht's gut?«

»Danke der Nachfrage. Heute geht es ihm wieder besser. Gestern haben Leber und Galle ihm recht zu schaffen gemacht.«

Freisinger nickte. »Er hat halt früher gern viel getrunken. Das rächt sich dann, wenn man in die Sechziger kommt.«

Währenddessen hatte Barbara die Gaststube betreten. Der finstere Ausdruck in ihrem Gesicht war wie weggeflogen. Ihre Augen suchten Andreas, ihre Blicke fanden sich. Es war wie ein zärtliches Grüßen. Barbara fühlte sich wie aus einem Wirbel herausgezogen und wieder hineingestellt in die verlässliche Ruhe ihrer Welt. Das waren ihre Menschen. Auch die Sommerfrischler im Nebenzimmer gehörten dazu. Unter allen war nicht ein Mensch, der so überheblich zu ihr gesprochen hätte wie dieser Simon.

Sie musste sogleich ein paar Gläser Bier einschenken. Von allen Seiten rief man nach ihr. Und alle Stimmen klangen so, als ob man sie lange Zeit vermisst hätte, wo sie doch nur eine kleine halbe Stunde unterm Birnbaum gesessen hatte, um sich die hohle Schönrederei Simon Seidenspielers anzuhören, von dem die Mutter behauptete, er sei ein netter Mensch.

Sie stellte Andreas ein Bier hin. Er stimmte gerade die Saiten der Gitarre, die dem Bergwirtshaus gehörte und immer an der Wand zwischen den Rehgeweihen hing. Trotzdem bekam er blitzschnell ihre Hand zu fassen. Diese Hand war warm und gut, war wie das Rettungstau, das man einem Ertrinkenden zuwarf.

»Grüß dich, Barbara.«

»Grüß dich, Andreas.«

Dann rannte sie in die Küche, um die Bestellungen aufzugeben. Kaffee und Kuchen, ein paar Aufschnittplatten und Würste.

»Na, was sagst jetzt?«, fragte die Mutter wie im Triumph. »Ist er nicht ein netter Mensch?«

»O ja, ein sehr netter Mensch, Mamm. Ich könnte ihn stundenlang streicheln.«

»Na also!«

»Aber mit der Handfläche, meine ich, so auf einen halben Meter Abstand und dann mit viel Schwung, dass es richtig klatscht!« Barbara war bereit, den Kampf aufzunehmen, und war recht rebellisch.

Aber die Mutter fasste es falsch auf und lachte. »Das meint man anfangs, bis man einen Menschen dann näher kennt. Meine Schwester Anna zum Beispiel, die im Vorjahr gestorben ist – wie viel hast jetzt gesagt? Drei Portionen Kaffee?«

»Vier Portionen und fünf Tassen.«

»Wo bin ich jetzt stecken geblieben? Ach ja, meine Schwester Anna, die hat ihren späteren Mann, den Lorenz, als sie noch ledig war, nie leiden können. Später hat sie ihn so lieb gehabt, dass sie ihm sogar seine Seitensprünge verziehen hat.«

»Das gleiche stünde auch mir bevor. Bloß, dass ich nicht verzeihen könnte.«

»Der Simon? Nein, das traue ich ihm nicht zu.«

»Dem trau ich noch viel mehr zu.«

»Eine andere würde einen Luftsprung vor Freude machen, wenn sie in so eine angesehene Familie einheiraten könnte.«

»Die Freude gönne ich einer andren gerne. Ich leg keinen Wert darauf, in eine Familie einzuheiraten, in der die Menschen mit zweierlei Maß gemessen werden.«

»Das bildest du dir doch nur ein.«

Da schwieg Barbara, weil es ihr doch wenig Zweck zu haben schien, der Mutter klarzumachen, dass sie niemals in das Patrizierhaus in Dorrach gehen würde, aus dem der junge Simon heute gekommen war, um großspurig davon zu reden, wie wunderbar vereint er bei ihr alles finde. Sie nahm die Tabletts mit den Kaffeekännchen und konnte es sich dann, bevor sie aus der Küche ging, doch nicht verkneifen zu sagen:

»Eins tröstet mich. Der Vater hat gesagt, dass er mich nicht zwingen will.«

Darüber hatte die Bergwirtin dann recht angestrengt nachzudenken. Man brauchte Barbara doch nicht zu zwingen. Sie hatte einfach die elterliche Autorität zu respektieren, um dann schließlich selbst zu erkennen, was sie jetzt in ihrem jugendlichen Unverstand ausschlagen wollte. Sie ist eben doch noch zu jung, um das große Glück zu erfassen, das ihr geboten wurde. Aber wie sie den jungen Mann da draußen einschätzte, würde es ihm sicher gelingen, ihren Trotz zu besiegen.

Am Abend, als Simon aufbrach, ließ es sich allerdings nicht vermeiden, dass Barbara sich ihm nochmals eine kurze Weile widmen musste. Er war immerhin auch Gast, ein Gast, der das Ergebnis seines Besuches in den Worten zusammenfasste:

»Viel Zeit hast für mich ja gerade nicht gehabt.«

»Das hat nicht an mir gelegen. Siehst ja, dass wir das Haus voller Gäste haben.«

»Das muss eben geändert werden«, antwortete er selbstbewusst und so, als hätte er hier etwas anzuordnen. »Es müsste wenigstens sonntags eine Aushilfskassiererin hier sein. Ich habe das deinem Vater schon angedeutet. An einem der nächsten Sonntage werden wir zwei dann einmal einen Ausflug mit meinem neuen Mercedes machen.«

»Hast du das auch dem Vater gesagt?«

»Ja, natürlich.«

»Und war er einverstanden?«

»Warum sollte er nicht einverstanden sein? Mir scheint, du begreifst immer noch nicht ganz, wer ich eigentlich bin.«

»Doch, doch, das habe ich in den ersten fünf Minuten schon erfasst.«

Er streckte ihr die Hand hin. »Ich muss jetzt gehen, Barbara.«

»Komm gut heim.« Sie wusste, dass sie ihm, dem Gast, jetzt eigentlich sagen müsste: Auf Wiedersehen, beehr uns wieder.

Dafür hatte die Bergwirtin ihm all das zu sagen, was Barbara nicht sagen wollte. Sie begleitete ihn bis zum Gatter und öffnete es sogar für ihn.

»Sie müssen halt Geduld haben mit der Barbara. Es ist alles ein bissl schnell für sie gekommen. Und sie ist ja auch noch in allem so unerfahren.«

»Das kriegen wir schon hin«, sagte er siegessicher. »Es ist nur schade, dass ich so wenig mit ihr sprechen konnte. Ihr müsst unbedingt eine Aushilfskassiererin einstellen. Sie hatte nur höchstens eine halbe Stunde Zeit für mich.«

»Ja, ich weiß schon. Aber es sind ausgerechnet heut so viele Leut gekommen. An manchen Sonntagen ist dann wieder gar nichts los.«

Simon Seidenspieler rückte an seinem Hut. »Was ich noch sagen wollte: es wäre ganz gut, wenn Sie ein wenig Acht geben würden auf die Barbara. Schließlich kann ich nicht jeden Sonntag den weiten Weg heraufkommen.«

»Da brauchen Sie sich keine Gedanken machen. Ich werde wie ein Luchs auf sie aufpassen.«

»Dann ist es gut. Wer sind denn die Burschen, die da musizieren?«

»Bloß ein paar Holzknechte.«

Simon Seidenspieler ging nun. Er hatte nur bis zum Lärchenwald zu gehen. Dort stand sein Wagen.

Die Malerin Beate Forell war nicht mehr so jung, wie sie sich kleidete, aber sie gehörte zu jenen Menschen, denen alles hervorragend steht, was sie tragen. Sie sah die Welt und die Menschen mit den Augen der Künstlerin, die sie wirklich war. Sie nahm von allem, was um sie vorging, sofort intensiv Besitz, nicht etwa, weil sie einen habgierigen, rücksichtslosen Charakter besaß, sondern weil vor ihren Künstleraugen einfach alles offen dalag, und weil sie manche Dinge wie mit einem sechsten Sinn erahnte, ohne nachfragen zu müssen.

An diesem Sonntag, es mochte vielleicht schon auf Mitternacht zugehen, lag sie noch hellwach in ihrem

Bett und hielt in der einen Hand ein Buch, in dem sie las.

Im Haus war es schon ganz still geworden. Nur ein frischer Wind, der am Spätabend noch aufgekommen war, sang um die Fenster.

Zuweilen war ihr, als vernähme sie aus dem Zimmer nebenan ein qualvolles Stöhnen. Dann hörte sie zu lesen auf und horchte. Die Zwischenmauern schienen dünn zu sein. Wer da drüben in dem anderen Zimmer lag, das wusste sie auch, und als sie wieder das angstvolle Ächzen vernahm, stand sie auf und schlüpfte in ihren Morgenrock.

Wenig später öffnete sie die Tür des Nebenzimmers und wunderte sich, dass sie nicht versperrt war. Sie ließ den Strahl einer Taschenlampe durch den Raum streifen und sah Barbara in ihrem Bett liegen, das Gesicht zur Seite geneigt, die Arme hinter dem Kopf verschränkt.

Vorsichtig trat sie so nahe, dass sie den Atem aus dem halbgeöffneten Mund spürte.

Barbaras Brauen waren eng zusammengezogen. Sie musste einen schweren Traum haben, und gerade, als Beate sich wieder aufrichtete, stöhnte sie erneut qualvoll auf und jammerte:

»Kommt gar nicht in Frage…«

Dabei zuckten ihre Hände wie zur Abwehr hoch. Und nun erst rief Beate sie beim Namen, zuerst ganz leise, dann lauter.

Ruck um Ruck wachte Barbara auf. Die Lider öffneten sich, als ob Tarnkappen zurückgeschlagen würden. Dann schauten ihre Augen ein wenig verwirrt in das Gesicht der Malerin.

»Du hast so schwer geträumt, Barbara«, sagte Beate. »So laut hast du gestöhnt, dass ich es bis in mein Zimmer hörte.«

Barbara war jetzt hellwach. Aber sie blieb ganz still liegen.

»Das tut mir Leid. Jetzt weiß ich auch, was ich geträumt habe.«

Beate Forell machte die Nachttischlampe an und legte ihre Taschenlampe weg. Dann setzte sie sich auf den Bettrand und umschloss Barbaras Hände.

»Es braucht dir nicht Leid tun, Liebes. Ich hatte noch nicht geschlafen. Aber wenn du Vertrauen zu mir hast, kannst du mir deinen Traum erzählen. Allerdings glaube ich, dass ich ihn auch so weiß.«

Barbara schaute verwundert in das Gesicht der Malerin.

»Was könnten Sie schon von mir wissen?«

Beate streichelte mit weichen Fingern über Barbaras Stirn. »Wenn es dir recht ist, dann sag ruhig du zu mir. Und was ich von dir weiß? Nichts Genaues. Aber ich ahne so manches. Als ich am späten Abend noch um das Haus ging, sah ich bei der Tennbrücke jemanden stehen, der mir ›Barbara‹ entgegengeflüstert hat.«

Barbara erschrak.

»Du brauchst nicht zu erschrecken, Barbara. Auf mich hat er ja nicht gewartet und er hat seinen Irrtum auch gleich erkannt.«

»Andreas ist es gewesen«, flüsterte sie.

»Andreas heißt er? Ein hübscher junger Mann! Ich habe ihn mir immer wieder ansehen müssen, als er in der Stube gespielt hat. Aber seinetwegen hast du den schweren Traum doch wohl nicht gehabt.«

»Sondern?«

»Wahrscheinlich wegen des anderen, mit dem du

am Nachmittag unterm Birnbaum sitzen musstest, weil deine Mutter es so haben wollte.«

»Das ist ja schon fast unheimlich, was du alles weißt«, meinte Barbara.

»Nein, das Letztere weiß ich vom Bertl.«

Nun zuckte Barbara wirklich erschrocken zusammen. »Vom Bertl? Weiß er auch etwas von Andreas?«

»Nein, er hat mir nur erzählt, dass heute ein Freier für dich kommen würde, schwer reich, nach der Version deines kleinen Bruders.«

»Schwer reich«, Barbara lachte erbittert auf. »Aber arm in seinem Inneren. Mir ist nicht leicht ein Mensch so zuwider wie er.«

Beate angelte sich jetzt aus der Tasche ihres Morgenrockes eine Zigarette und zündete sie an.

»Wenn du mir jetzt weiter nichts mehr erzählen möchtest, Barbara – ich kann mir bereits meinen Reim auf alles machen. Nur eine Frage noch: Du liebst diesen Andreas?«

»Und wie!«, kam es spontan aus Barbaras Mund. »Er ist bloß ein armer Holzarbeiter, aber hundertmal besser als der andere!«

In herzlicher Zuneigung strich Beate dem Mädchen übers Haar, und Barbara fühlte dabei ein ungeheures Vertrauen in sich wachsen, Vertrauen und Glück zugleich darüber, dass es plötzlich einen Menschen gab, mit dem sie offen reden konnte. Diese Erkenntnis sagte ihr, dass sie eigentlich schon lange jemandem ihr Herz hätte ausschütten müssen, um sich alles von der Seele zu reden, die ganze Verwirrung, das ganz Glück und alle Schatten, die aufgekommen waren, seit man den jungen Seidenspieler in ihr Leben hineinzudrängen versuchte.

Langsam und zögernd begann sie, dann sprudelte es wie ein Quell aus ihr heraus.

Beate Forell verstand sie gut. Die Geschichte hatte nichts Fremdes für sie, es war eines jener Märchen, wie das Volk sie immer liebt, auch wenn sie nicht mehr in die Zeit passen wollten.

Sie rauchte eine dritte und eine vierte Zigarette, nicht weil das, was sie vernahm, etwa zu erregend für sie gewesen wäre, sondern weil die Erinnerung an versunkene Jugend sie grüßte, in der alle solchen Erlebnisse die rosenrote Schönheit haben oder den stillen Glanz einer Verzauberung. Auch sie war einmal so verzaubert gewesen, aber der Ring, der den Zauber umschlungen hatte, war jäh zersprungen, und Beate Forell war mit der fallenden Woge in eine schaurige Tiefe gerissen worden, aus der sie nur wieder ins Licht hinauffand, weil sie sich als Künstlerin verwirklichen konnte. Sie hätte nicht gewusst, wohin sie ihre erste Enttäuschung geführt hätte, wenn das Aufsteigen einer neuen Leidenschaft ihren Niederschlag nicht in der Kunst gefunden hätte, in der sich dann ihr Leben nochmals erneuerte und strahlend erhob.

Aber diesem jungen Mädchen da, das außer seiner Schönheit und einem unverdorbenem Charakter nichts besaß als den Glauben an seine Liebe, diesem Geschöpf musste geholfen werden, und wenn es auch vorerst nur mit dem Rat war, den eingeschlagenen Weg nicht zu verlassen und dem Märchen verhaftet zu bleiben, bis es Wirklichkeit würde.

»Jetzt weißt du alles«, sagte Barbara. »Warum ich dir das alles erzählt habe? Ich weiß es nicht. Aber helfen wirst auch du mir nicht können.«

»Willst du von mir einen Rat annehmen?«.

Barbara schaute eine Weile nachdenklich vor sich hin. »Was würdest denn du an meiner Stelle tun?«

»So darfst du nicht fragen, Barbara, weil man mit Sechsunddreißig nüchterner über die Dinge denkt als mit achtzehn. Ich kann dir nur sagen, du darfst dich unter gar keinen Umständen binden, wenn dein Herz es nicht will. Ohne Liebe zu heiraten, ist ein Verbrechen an sich selbst. Man soll immer nur dem Ruf seines Herzens folgen.«

»Auch dann, wenn man dadurch die Eltern vor den Kopf stößt?«

»Auch dann! In dieser Hinsicht machen sich viele Eltern schuldig. Dabei wissen sie das gar nicht einmal und meinen es sicher gut, wenn dabei auch Eitelkeit oder Selbstsucht eine gewisse Rolle spielen.«

»Ja, das kann sein. Bei meiner Mutter wenigstens.«

»Wichtig ist zunächst für dich, dass du dir selbst ganz klar bist, was du willst, und dass du ganz genau weißt, wie du mit diesem Andreas daran bist. Kennst du ihn schon so gut, dass du bereit bist, alles auf dich zu nehmen, was kommen mag? Weißt du, ob er dich – und nur dich allein – für sein Leben braucht?«

»Das habe ich ihn noch nicht gefragt. Wir können ja nur so selten zusammen sein.«

»Dann schreib ihm und stelle diese Frage ganz nachdrücklich.«

»Schreiben?«, fragte Barbara nachdenklich und gestand dann errötend: »Ich weiß aber seine genaue Anschrift nicht.«

»Es lässt sich auf meinen Wanderungen sicher erfahren, wo der Holzarbeiter Andreas Gradl arbeitet«, meinte Beate und fügte hinzu: »Es macht mir gar nichts aus, wenn ich in meinem Skizzenbuch auch einen Brief mittrage.«

»Würdest du das wirklich tun?«

»Warum nicht? Nur auf diese Weise kann ich dir helfen. Ich tue es gern, weil ich dich in mein Herz geschlossen habe. Und noch eins, Barbara: Du musst den Mut zur Wahrheit haben und dem Simon reinen Wein einschenken, dass er sich keine falschen Hoffnungen macht.«

Barbara dachte wieder eine Weile angestrengt nach und meinte dann: »Schreiben kann ich ihm das nicht?«

»Doch, aber es wirkt nachdrücklicher, wenn du es ihm persönlich sagst. Und jetzt versuche zu schlafen.«

Beate legte mütterlich das Deckbett sauber zurecht und streichelte Barbara die Wange. Und Barbara wünschte sich in dieser Minute nur, dass auch ihre Mutter so viel Verständnis hätte, dass sie auch bei ihr diese wunderbare Geborgenheit zu fühlen bekäme, die sie jetzt empfand, und die ihr das Einschlafen so leicht machte, dass sie das leise Weggehen von Beate schon nicht mehr wahrnahm.

Die Bergwirtin hatte aber dieses Verständnis nicht und würde es vermutlich auch nie bekommen. Sie schien nur mehr von dem Gedanken beherrscht zu sein, Barbara unter allen Umständen in das Haus Seidenspieler in Dorrach zu schleusen. Sie sang Loblieder über den jungen Mann da unten, der von allen jungen Männern in Dorrach als Einziger eine schwarze Limousine fuhr, und auch ihr Ehemann bekam den Kehrreim dieses Liedes noch zu später Stunde im ehelichen Schlafzimmer zu hören, bis es ihm einmal zu dumm wurde und er zornig mit seinem Handstummel auf das Deckbett schlug.

»Jetzt weiß ich schon bald nicht mehr, bist du verrückt nach dem jungen Mann, oder soll die Barbara ihn nehmen? Am liebsten ist mir, du lässt mich mit dem Zeug in Ruh, ist ja schließlich auch Frauensache, die Töchter unter die Haube zu bringen!«

Nein, der Bergwirt wollte und konnte sich mit dieser Sache nicht belasten. Er hatte jetzt andere Sorgen. Im Herbst waren die Landtagswahlen, und er hatte sich bereits mit dem ganzen Gewicht seiner Persönlichkeit in den Wahlkampf geworfen, war viel unterwegs, um seine Reden zu halten.

Nach drei Wochen war es so weit, dass die Bergwirtin an einem Sonntagnachmittag ihre Tochter zum Lärchenwald hinunterschickte, weil dort Simon Seidenspieler mit seinem Wagen auf sie wartete.

Barbara seufzte. Sie hatte es gar nicht eilig und unterwegs setzte sie sich einmal auf einen Baumstumpf und gab sich ganz dieser seltsam lustvollen Schwermut hin. Ein Falter setzte sich auf ihre Schulter, sie rührte sich nicht. Es war ihr zumute, als sei sie auf dem Weg zu einem Begräbnis und nicht zu einem von der Mutter verabredeten Stelldichein.

Sie trug ein hellgraues Kostüm im Trachten-Stil, mit Silberknöpfen und grünem Revers. Das ließ sie älter und reifer erscheinen. Und während sie so dasaß, überlegte sie, wie sie es Simon beibringen sollte. Ob sie es ihm gleich sagen sollte, oder erst, wenn sie vom Ausflug zurückkamen. Aber sagen musste sie es ihm. Es gab keinen anderen Weg. Wie um sich noch mal Mut zu holen, zog sie Andreas' Brief aus der Tasche, den Beate ihr gebracht hatte, und las ihn wohl schon zum zehnten Mal:

»Liebste Barbara! Du glaubst gar nicht, wie dein Brief mich gefreut hat. Aber wie kannst du fragen, ob ich dich für mein Leben brauche? Freilich brauche ich dich, und wie! Ich hab dich so gern, Barbara, dass ich ohne dich nicht mehr leben möchte. Allerdings ist es schlimm, dass ich keinen anderen Beruf habe. Das Leben lang Holzarbeiter zu sein, ist ein hartes Schicksal und manchmal frag ich mich, was soll denn aus uns zwei noch werden? Ob deine Liebe stark genug ist für ein solches Leben ohne Wohlstand? Ich kann dir nur eins versprechen, dass ich arbeiten werde für dich und unser Glück von früh bis spät, und wenn wir jeden Pfennig zusammenlegen, werden wir uns vielleicht doch einmal ein kleines Haus bauen können, an einem Hang, mit einem Garten und vielen Blumen. Wenn du meinst, dass wir uns auf die Malerin verlassen können, möchte ich dich bitten, mir öfter einen Brief zukommen zu lassen. Es ist ja so schön, dass sie auf unserer Seite steht und uns helfen will. Immer wieder muss ich deinen Brief lesen, wo du mir schreibst, dass du mich lieb hast über alles. Hoffentlich kommt nicht einmal ein anderer dazwischen, der dir mehr zu bieten hat als ich. Ich hab ja nichts als meine Liebe zu dir und zwei starke Arme, die arbeiten können. Und damit du Bescheid weißt: Ich hab dich so gern, wie der Baum seine Äste und der Himmel seine Sterne. Sie können ohne das andere nicht leben und ich auch nicht ohne dich! In aller Liebe und tausend Küsse, dein Andreas.«

Barbara steckte den Brief in den Umschlag zurück und schob ihn in die Seitentasche ihrer Kostümjacke.

Dann richtete sie sich seufzend auf und legte den Rest des Weges zurück.

Noch bevor sie aus dem schattigen Lärchenwald trat, sah sie neben dem Feldkreuz schon den schwarzen Mercedes stehen, der ihr wie ein Ungeheuer vorkam, das sie verschlingen wollte. Simon lehnte am Kühler und rauchte eine Zigarette. Heute trug er einen hellen Sommeranzug von modernem Schnitt. Als er Barbara aus dem Wald treten sah, warf er die Zigarette auf den Weg und sah auf seine Armbanduhr. Keinen Schritt kam er ihr entgegen. Aber er genoss ihr Herankommen mit staunenden Augen. Sein Zorn wegen des langen Wartens verrauchte etwas, und es klang nur sehr ungnädig, als er sagte:

»Ist es jetzt zwei Uhr? Seit einer halben Stunde warte ich hier bereits!«

Barbara bekam ganz schmale Augen. Wenn er etwas freundlicher gewesen wäre, hätte sie sich vielleicht entschuldigt. So aber sagte sie:

»Bin ich vielleicht dein Jagdhund, der auf einen Pfiff spuren muss? Ich habe ein wenig gerastet im Wald. Oder durfte ich das nicht?«

Mit etwas Unbehagen zuckte er die Schulter. Was war denn das für ein Ton? Wie kam die Bergwirtin dazu, ihm zu erzählen, ihre Tochter hätte große Sehnsucht nach ihm? Das sah nicht danach aus.

»Na ja«, sagte er einlenkend, »nur nicht gleich patzig sein. Ich darf doch wohl Pünktlichkeit erwarten. Und ich hab deiner Mutter gesagt, dass ich um zwei Uhr hier bin. Dass ich nicht zu euch hinauffahren kann, liegt nicht an mir sondern an den katastrophalen Wegverhältnissen.«

»Ich kann den Weg nicht besser machen, als er ist.«

»Nein, das kannst du nicht. Natürlich nicht.« Er lachte wie über einen guten Witz und öffnete die Wagentüre. »Hauptsache ist, dass du gekommen bist.«

»Ja, weil die Mutter es so wollte.«

Barbara hatte Platz genommen. Er schloss die Tür, ging um das Auto herum und stieg ein. Bevor er den Motor anließ, fragte er:

»Aber du bist doch gern gekommen?«

Durch die Windschutzscheibe starr nach vorn blikkend, antwortete sie: »Darüber möchte ich heute noch mit dir sprechen.«

»Gut! Aber jetzt erst einen Kuss, bevor wir losfahren.« Er wollte den Arm um sie legen, aber Barbara schlüpfte unter ihm hinweg. Eisige Abwehr war in ihr, nichts als Abwehr.

»Ach so«, sagte er und ließ den Motor anspringen. »Man ist noch nicht dazu aufgelegt. Auch schön. Wohin fahren wir?«

»Das möchte ich dir überlassen.«

»Vielleicht nach Nussberg? Dort gibt es ein recht nettes Café.«

Barbara nickte. Es war ihr gleichgültig, wohin sie fuhren.

Sie dachte, es hätte alles berauschend schön sein können, wenn der Mann neben ihr Andreas gewesen wäre. Andreas würde wohl nie ein so luxuriöses Auto besitzen. Als dieser Gedanke sie durchzuckte, schämte sie sich darüber, und ihre Sehnsucht nach Andreas wurde riesengroß. Ja, sie glaubte, dass sie ihn noch nie so geliebt hätte wie in diesen Minuten.

Sie fuhren in Dorrach ein, am Haus der Seidenspielers vorbei, dann durch das Hunnentor wieder hinaus auf die freie Straße. Als sie Dorrach schon ein gutes Stück hinter sich hatten, begann er zu reden:

»Also, Barbara, du weißt ja nun, dass ich dich liebe, und ich hoffe, dass du allmählich zugänglicher wirst und mir nicht dauernd dein Rühr-mich-nicht-an-Gesicht zeigst. Oder bist du immer so?«

»Das kommt ganz darauf an, wie man sich mir gegenüber benimmt.«

Er schien nachzudenken. Dann sagte er: »Ich werde mich also bemühen mich so zu benehmen, wie du es wünschst.«

»Vor allem«, sagte Barbara, »sollst du es nicht so auffassen, als wäre es eine Gnade für mich, wenn ich mir dir mitfahren darf.«

»So habe ich es zwar nicht aufgefasst, immerhin habe ich mir gedacht – nach dem, was deine Mutter so sagte – dass es dich recht freuen würde.«

Die Bäume am Straßenrand flogen vorbei. Auf den Wiesen weideten buntscheckige Kühe. Ein schneeweißer Kirchturm leuchtete in der Ferne.

»Hör einmal zu, Simon: Wollen wir doch meine Mutter ganz aus dem Spiel lassen. Was wir uns zu sagen haben, das geht nur uns zwei etwas an.«

»Da hast du zwar Recht, aber es ist doch so, dass mein Vater mit dem deinen über uns beide gesprochen hat und dass es bei uns daheim eine beschlossene Sache ist, dass ich dich in unser Haus bringe als meine Frau.«

»So alles über meinen Kopf hinweg?«

»Nicht ganz, Barbara, denn als ich das letzte Mal bei euch oben war, da habe ich dir doch reinen Wein eingeschenkt.«

»Ja, bloß hast du eines dabei vergessen, nämlich

mich zu fragen, ob ich einverstanden bin.« Der weiße Kirchturm war jetzt ganz nahe. An einer Tafel am Straßenrand stand »Bichl, Landkreis Dorrach«. »Fahr bitte ein bisschen langsamer«, verlangte Barbara.

»Hier gibt's nicht viel zu sehen«, meinte Simon. »Ein Bauernkaff wie jedes andere.«

Es ging viel zu schnell, als dass Barbara viel hätte wahrnehmen können. Links und rechts lagen schmucke Bauernhöfe, kleine und große. Dann der Kirchplatz mit dem Friedhof und am Ende der Ortschaft noch ein kleines, schmuckes Holzhaus mit vielen Blumen auf dem Balkon und an den Fenstern. Auf der Hausbank saß eine Frau mit schneeweißem Haar und instinktiv fühlte Barbara, dass dies Andreas' Mutter sein müsste. Am liebsten hätte sie gesagt: »Halt, lass mich aussteigen.« Aber da lag das Haus schon wieder weit zurück. In der Ferne sah man bereits den Luftkurort Nussberg an seinem See liegen.

»Wobei sind wir jetzt stehen geblieben?«, fragte Simon unvermittelt.

»Dass du vergessen hast mich zu fragen, ob ich mit allem einverstanden bin.«

Zum ersten Mal wurde Simon nachdenklich und verlor etwas von seiner großspurigen Art. Diese Barbara war verdammt stolz, viel stolzer und selbstbewusster als andere Mädchen in ihrem Alter. So mühelos ging das doch nicht, sie fiel auf den äußeren Glanz nicht herein, sie schlug nicht die Augen dankbar zu ihm auf, weil er zu ihr kam, sie wollte erobert werden.

»Ich hatte allerdings angenommen, dass du einverstanden wärst«, sagte er nach einer Weile.

Sie fuhren am Café Alpenblick vor, das direkt am

See gelegen war. Simon war wie verwandelt. Auf einmal schien Barbara für ihn eine Dame zu sein, der man die Hand beim Aussteigen reichen musste. Die Terrasse war voller Menschen, die an kleinen Tischen unter bunten Sonnenschirmen saßen. Simon sah voller Genugtuung, wie die Menschen ihnen nachsahen, und er wusste dass die bewundernden Blicke seiner Begleiterin galten.

An einem Tischchen fanden sie Platz. Er half ihr aus der Jacke, und als er sie über die Stuhllehne hängte, sah er den Brief in der Tasche.

Die Bedienung kam. »Wie immer, Herr Seidenspieler?«

Er nickte gnädig, legte Zigarettenetui und Feuerzeug vor sich hin und richtete den Sonnenschirm so, dass Barbaras Gesicht ganz im Schatten lag.

Der See war spiegelglatt. In seinem grünlichen Licht spiegelten sich Wald und Berge. Ein paar einsame Segelboote trieben langsam am anderen Ufer dahin.

»Gefällt es dir hier, Barbara?«

»O ja, es ist sehr schön.«

Die Bedienung stellte zwei Kännchen Kaffee ab und zwei Erdbeertorten mit Sahne. Simon schenkte Barbara ein. »Zucker und Milch?« fragte er.

Barbara hätte es schön finden können, sie war noch nie so bedient worden. Aber sie fand nichts schön, weder den Tag mit der leuchtenden Sonne noch die leise Musik, die aus der Tiefe des Gartens kam. Sie fand nichts schön und hätte weinen können vor Sehnsucht. Sie rührte in ihrer Tasse und starrte auf den See hinaus. Simon legte die Hand auf die Lehne ihres Stuhles, ohne dass sie es merkte.

»Wir müssen nochmals darauf zurückkommen«, sagte er nach einer Weile. »Ich war wirklich der Meinung, Barbara, dass du mit allem einverstanden wärst.«

»Das war eben falsch, und du würdest mir nur ein Armutszeugnis ausstellen, wenn du glauben würdest, dass ich bereits sehnsüchtig darauf gewartet hätte, dass du kommst.«

Ihre Antworten überraschten ihn immer mehr. Steil aufgerichtet, unnahbar, saß sie da. Die weiße Bluse stand am Hals ein wenig offen, so dass er das silberne Kettchen mit dem Marientaler sehen konnte. Je länger er sie betrachtete, desto stärker wuchs in ihm der Wille, ihren Stolz zu brechen. Ganz gefügig sollte sie ihm noch werden. Er musste es nur auf eine andere Art anpacken, behutsam, vorsichtig, und, wenn es sein musste, mit zäher Verbissenheit.

»Hör einmal zu, Barbara: Wir wollen heute den Tag nützen und ganz vernünftig miteinander reden.«

Sie nickte lebhaft. »Ja, alles genau besprechen, damit es keine Unklarheit mehr geben kann zwischen uns beiden.«

»Ich werde nach einem anderen Namen für dich suchen müssen«, meinte er. »Barbara, das klingt viel zu hart, zu unpersönlich. Wir müssen etwas ganz Zärtliches, etwas Weiches für dich finden.«

»Darin wirst du ja einige Erfahrung haben, oder?«

»Na ja«, lächelte er und griff nach dem Zigarettenetui. »Bei dir ist das nur ein bisschen komplizierter. Du bist so unnahbar, so unaufgeschlossen. Aber wenn das Eis erst einmal gebrochen ist ...«

»Was für ein Eis?«

»Deine Scheu vor mir, meine ich.« Er dachte angestrengt nach, aber kein Name wollte ihm recht passen. Weder »Tschapperl« noch »Spatzerl« oder »Herzl«.

»Du täuschst dich in mir, Simon. Ich habe nämlich keine Scheu vor dir.«

»Sollst du auch nicht haben, Liebling. Und ich sehe ein, dass ich ein bisschen Geduld haben muss. Wir werden jetzt jeden Sonntag miteinander irgendwohin fahren, Liebling.«

Barbara sah ihn lange an. Um ihren Mund zuckte ein wehes Lächeln. »Überall dorthin, wo du bisher mit deinen anderen Lieblingen schon gewesen bist?«

»Wie kommst du darauf?«

»Weil die Bedienung vorhin ganz genau gewusst hat, was sie bringen muss. Ich wollte nämlich keinen Kaffee.«

Nervös zog er an seiner Zigarette. »Donnerwetter, Mädchen, du beobachtest aber scharf! Also, zugegeben, ich bin nicht das erste Mal hier. Aber damit du beruhigt bist, es war jedesmal meine Schwester Sabine bei mir.«

»Du bist im Irrtum, Simon Seidenspieler. Ich bin nämlich gar nicht beunruhigt. Im Übrigen lügst du schlecht.«

Er wurde dunkelrot vor Verlegenheit. Wie hatte er sich in diesem Mädchen getäuscht! Wo er gemeint hatte, ganz leichtes Spiel zu haben, klopfte sie ihm ein ums andere Mal auf die Finger. Den Stuhl näher an den ihren heranrückend, wurde er ganz zutraulich und legte Schmelz in seine Stimme. Es mag sein, dass es durchaus ehrlich gemeint war, was er jetzt alles bekannte. Es konnte aber auch sein, dass ihn nur seine Eitelkeit dazu verleitete, von seinen Eroberungen zu erzählen, und wie leicht er es immer gehabt habe.

Barbara hörte ihm schweigend zu und fühlte, wie es ihr immer leichter wurde, ihm das zu sagen, was heute noch gesagt werden musste, damit er eines Tages nicht auch erzählen konnte, wie sehr ihm auch die Tochter des Bergwirts Freisinger verfallen gewesen sei.

Die Bedienung brachte nach dem Kaffee eine Flasche Wein »wie immer« und zwei Gläser. Der Wein war nicht sauer und nicht süß, er trank sich gut. Aber ehe die Flasche leer getrunken war, stand der Abend mit rotem Leuchten über den Bergen, das auch über die Hälfte des Sees hinzitterte, während die andere Hälfte schon im Schatten lag.

»Ich denke, dass wir jetzt heimfahren sollten«, meinte Barbara, stand auf und ging ein paar Schritte vor, um den Unermüdlichen besser sehen zu können, der immer wieder vom hohen Sprungbrett mit einem Salto ins Wasser sprang.

Diesen Augenblick benutzte Simon, den Brief aus Barbaras Jacketttasche zu nehmen und zu sich zu stecken.

»Eigentlich könnten wir ja noch eine Kleinigkeit essen«, meinte er, als Barbara zurückkam.

Sie schüttelte den Kopf. »Ich möchte heim.«

Er winkte der Bedienung und zahlte mit ein paar Geldscheinen, die er lose in der Jackentasche trug. Dann half er Barbara in ihr Jackett.

Als sie dann im Auto saßen, sagte Barbara: »Du kriegst jetzt von mir genau fünfzehn Mark sechzig.«

»Aber, was redest du denn da?«

»Doch, doch. Das hast du für mich ausgelegt. Ich habe leider kein Geld dabei, aber du bekommst es schon.«

»Du gibst mir einen Kuss und die Sache ist erledigt, wenn du schon meinst, dass du mir etwas schuldig bist.«

»Ja, ich bin dir etwas schuldig, Simon. Die Wahrheit nämlich. Ich habe dir bisher etwas verschwiegen, das ich dir bei der ersten Begegnung gleich hätte sagen müssen.«

»Du machst es spannend. Schieß los!«

Weil aber die Ortschaft Bichl bereits in Sicht kam, schwieg Barbara vorerst noch. Aber so sehr sie auch schauen mochte, die Hausbank vor dem Holzhaus mit den vielen Blumen war jetzt leer.

»Was hättest du mir gleich sagen müssen?«, fragte Simon, als sie die Ortschaft hinter sich hatten.

»Du hattest nämlich vergessen, mich zu fragen, ob ich überhaupt noch frei bin.«

Simon verlangsamte die Fahrt und riskierte einen schnellen Blick in ihr Gesicht.

»Ach so«, sagte er dann. »Auf den Gedanken wäre ich freilich nicht gekommen. Bist du es vielleicht nicht mehr?«

»Nein, Simon, ich bin nicht mehr frei.«

Das traf ihn wie ein unvermittelter Stoß und nahm ihm etwas von seiner Überlegenheit.

»Dann verstehe ich aber nicht, dass deine Eltern mir das nicht gleich gesagt haben.«

»Das ist ganz einfach, Simon. Sie wissen nichts davon.«

»Das hätte ich mir denken können! Und wer ist der Glückliche, der mir den Rang abgelaufen hat?«

»Ist denn das so wichtig?«

»Und ob das wichtig ist! Erfahren werde ich es so oder so. Ich nehme aber an, dass er dir mehr zu bieten hat als ich, was ich mir allerdings nicht recht denken kann. In Dorrach gibt es sonst niemanden, der besser situiert wäre als wir.«

»Wenn du es von dieser Seite betrachtest, hat er mir nur wenig zu bieten. Aber ist das so wichtig, wenn man einen Menschen gern hat?«

Jetzt schien er erst langsam zu begreifen, dass er bei Barbara keine Chancen zu haben schien. Das verletzte ihn tief in seiner Eitelkeit.

»Du scheinst dir darüber noch keine Gedanken gemacht zu haben, was es heißt, sich selbst erst mühsam ein Nest zu bauen, anstatt sich in ein fertiges zu setzen.«

»Nein, das habe ich noch nicht.«

Das Gespräch verstummte, weil sie in Dorrach einfuhren. Simon deutete auf ein paar Mietshäuser, die der Familie Seidenspieler gehörten.

»Die zwei allein sind schon ein Vermögen wert. Im Ganzen haben wir neun oder zehn, so genau weiß ich's gar nicht.«

Barbara antwortete ihm nicht darauf, dachte nur: eine Hütte mit Andreas wäre mir lieber als deine zehn Häuser.

Langsam kroch der Wagen jetzt den Berg hinauf. Simon versuchte, die Wasserrinnen möglichst vorsichtig zu nehmen wegen der Federung. Nebenbei aber hatte er angestrengt nachzudenken über die Niederlage, die er heute hatte einstecken müssen.

Barbara hatte die Hände im Schoß verschränkt und sah geradeaus. Es war ihr auf einmal ganz leicht zumute, weil sie ihm die Wahrheit gesagt hatte, und sie deutete sein Schweigen so, dass er sich bereits damit abgefunden hätte.

Hierin aber täuschte sie sich gewaltig, denn seit Simon es wusste, schien sie ihm noch begehrenswerter. Und als sie bei dem Feldkreuz am Lärchenwald hielten, stellte er den Motor ab und zog die Handbremse fest. Dann legte er den Arm um Barbaras Schultern.

»Jetzt hör einmal gut zu, Mädchen: Du musst nicht denken, dass ich jetzt auf dich verzichte, weil du mir gesagt hast, dass du einen anderen gern hättest. Das glaub ich nämlich gar nicht, und wenn es so wäre, dann werde ich dich dem anderen ausspannen.«

Barbara schob seinen Arm weg.

»Dazu gehören zwei. Und jetzt lass mich aussteigen.«

»Dazu gehören auch zwei«, antwortete er und riss sie an sich. Das kam so unvermittelt, dass Barbara sich nicht mehr dagegen wehren konnte. Ihren kleinen Aufschrei erstickte er mit seinen Lippen, die gierig über ihr Gesicht hin küssten. Es erfüllte sie mit Scham und Ekel. Es war so eng im Wagen, dass sie sich kaum rühren konnte. Da gelang es ihr, für einen Augenblick ihre rechte Hand zu befreien.

Mit geballter Faust schlug sie zweimal zu, wohin sie gerade traf. Der zweite Schlag traf sein linkes Auge. Es war wie der Schlag eines Hammers. Der jähe Schmerz ernüchterte ihn. Er lachte auf, zornig, unsicher, er sah ihr blasses Gesicht, in dem die blauen Augen nur so sprühten.

»Lass mich hinaus!«, bebte sie und fand trotz ihrer Erregung den Griff, mit dem sie die Tür öffnete. Draußen stand sie und holte tief Atem.

»Das wirst du noch bitter bereuen«, schrie er mit

verzerrtem Gesicht durch das heruntergekurbelte Fenster. »Dir mach ich noch warm, da pass auf!«

Da wurde Barbara ganz ruhig. Sie streckte sich, als wäre sie gerade aus einem tiefen Traum erwacht. Die Farbe kehrte wieder in ihr Gesicht zurück.

»Tu, was du nicht lassen kannst!«, schrie sie ihm voller Verachtung zu. »Verpetz mich bei meinen Eltern! Aber dich heiraten? Lieber gehe ich betteln!«

Sie drehte sich um und rannte in den Wald hinein wie gehetzt und wie in Angst, dass Simon ihr folgen und sie einholen könnte. Aber Simon dachte gar nicht daran, er saß in seinem Wagen wie versteinert und begriff nicht, dass so etwas hatte geschehen können. Man hatte ihn geschlagen, ihn, den Simon Seidenspieler. Ein simples Bauernmädchen hatte ihn geschlagen. Langsam beugte er sich vor, betrachtete sein Gesicht im Rückspiegel und erschrak heftig, denn sein linkes Auge fing an, anzuschwellen und war ganz dunkelrot.

Da erst fiel ihm der Brief ein, den er entwendet hatte. Hastig zerrte er ihn heraus und begann zu lesen. Er las mit angehaltenem Atem und fühlte sich durch jede Zeile gedemütigt. Dann lachte er auf, kurz, verzerrt, bis in die letzte Pore hinein von Rachegedanken erfüllt.

Langsam wendete er den Wagen und fuhr nach Dorrach zurück. Als er dort ankam, betrachtete er noch mal sein Gesicht im Spiegel. Das Auge war nun fast geschlossen und dick angeschwollen. Morgen würde es vielleicht blau sein, und während er durch die Garage ins Haus hinüberging, überlegte er, welche Ausrede er gebrauchen könnte, denn dass eine Mädchenfaust ihn so zugerichtet hatte, das durfte er nie und nimmer zugeben.

Barbara merkte erst zu Hause, dass sie den Brief verloren hatte. Auf den Gedanken, dass Simon ihn haben könnte, kam sie nicht.

Für Simon Seidenspieler war es nicht schwer, zu erfahren, wer der Holzarbeiter war, namens Andreas, der für seine geliebte Barbara von früh bis spät arbeiten wollte.

Vier Tage später schon fügte es sich, dass einer der Arbeiter vom Forstamt in das Geschäft kam, um ein paar Eisenkeile zu kaufen. Simon sah den Mann durch die offen stehende Tür des Büros, in dem er, das linke Auge mit einer schwarzen Kappe bedeckt, über den Kontobüchern saß.

Er gab sich einen Ruck und ging hinaus in den Laden.

»Sie werden schon bedient?«

Eine dumme Frage, denn er sah ja, dass das Mädchen bereits die beiden Eisenkeile einwickelte. Dann nahm er sein Zigarettenetui heraus und bot auch dem Mann vom Forstamt eine an.

»Was mir gerade einfällt: gibt es bei euch einen Holzarbeiter mit dem Vornamen Andreas?«

»Andreas?« Der andere dachte nach. »Meinen Sie den alten Stöcher Andreas?«

»Alt? Nein, nein, alt kann der noch nicht sein.«

»Ach so, jetzt weiß ich's. Sie meinen den Gradl Anderl. Der ist bei der Dreierpartie und arbeitet zur Zeit am Silberkogl oben.«

»So, so«, tat Simon gleichgültig und streifte die Asche seiner Zigarette ab. »Ist er von Dorrach?«

»Nein, er wohnt in Bichl. Am Wochenende kommt

er aber immer nach Dorrach ins Forsthaus, um seinen Lohn abzuholen. Soll ich ihm was ausrichten?«

»Nein, es war bloß so eine Frage. Danke schön, und beehren sie uns wieder.«

Simon verschwand wieder in seinem Büro, schloss jetzt die Tür hinter sich, schob den schwarzen Schutzdeckel auf die Stirn und betrachtete wieder einmal das Schandmal seiner Schmach, das inzwischen blau geworden war wie ein Veilchenbeet.

Nach Bichl war es nicht weit. Simon wartete, bis die blaue Färbung ganz verschwunden war, dann fuhr er eines Abends hinaus nach Bichl und konnte dort ohne Mühe erfahren, wer dieser Andreas Gradl war. Leider war nichts Schlechtes über ihn in Erfahrung zu bringen. Die Bedienung, mit der er darüber sprach, lobte ihn als einen arbeitsamen, anständigen Burschen, der für seine alte Mutter rührend sorge und kaum einmal über den Durst trank. Er erfuhr auch, dass sie in dem kleinen Holzhaus, das dem Molkereibesitzer Garreis gehörte, in billiger Miete lebten, und dass die Gradlin manchmal im Sommer, wenn Hochbetrieb war, hier im Gasthof zur Post in der Küche aushalf.

Simon war zufrieden mit dem, was er erfahren hatte, und etwa drei Wochen nach dem Vorfall mit Barbara erschien er im Bergwirtshaus zum Hahnenkranz und tat ganz so, als sei überhaupt nichts geschehen.

Barbara wurde einen Augenblick irr und war voller Misstrauen gegenüber so viel Freundlichkeit.

»Und wie geht es dir?«, fragte er.

»Wie soll es mir gehen? Gut.«

»Das hört man gern. Ich müsste von mir eigentlich das Gegenteil behaupten.«

»Warum, was fehlt dir denn?«

»Du, Barbara. Du fehlst mir. Du hast mit deiner kleinen Faust in mir nichts zerschlagen, sondern nur aufgeweckt. Jetzt weiß ich erst, dass du kein Eisklotz bist! Man könnte den Burschen beneiden, dem du dein Herz geschenkt hast.«

Sie saßen diesmal nicht unterm Birnbaum, sondern im kleinen Nebenzimmer, weil der Tag nicht besonders schön war. Und dass Simon hier saß, das war der Geschicklichkeit der Bergwirtin zu verdanken, denn wie hätte Barbara im großen Gastraum, in dem die Sommergäste saßen, mit ihm ungestört sprechen können?

Irgendetwas mahnte Barbara zur Vorsicht, trotz des freundlichen Tones. Seine Augen blickten so sanft, doch dahinter lauerten zuckende Blitze.

»Ich dachte nicht, Simon, dass du nochmals heraufkämst, nach dem, was zwischen uns vorgefallen ist.«

»Vorgefallen? Was ist denn zwischen uns schon groß vorgefallen?«

»Ich hab dich immerhin ins Gesicht schlagen müssen.«

»Dass du es getan hast, sagt mir noch nicht, dass du es ein zweites Mal tun willst. Vielleicht verirrt sich deine Hand doch noch einmal zu einem Streicheln. Ich weiß, ich weiß – ich muss nur Geduld haben. Ich werde mich darin üben, auch wenn es schwer fällt. Einmal wirst du ja doch einsehen, dass deine Verirrung zu keinem Ziel führen kann.«

»Was für eine Verirrung?«, fragte Barbara, obwohl sie erkannte, dass er etwas erfahren haben musste.

»Du weißt ganz gut, was ich meine. Aber ich bin nicht heraufgekommen um deinen Eltern zu erzählen, wie du dich mir gegenüber benommen hast.«

»Sondern?«

»Um dich wiederzusehen. Es könnte immerhin sein, dass du inzwischen zur Einsicht gekommen bist.«

Barbara musste in diesem Augenblick hinaus, denn es war nach ihr gerufen worden. Schon an der Tür stehend, sagte sie noch:

»Es ist so schade, Simon, dass man mit dir nicht vernünftig reden kann.«

Draußen war sie.

Simon blieb nicht lange allein. Die Bergwirtin trank ihren Nachmittagskaffee mit ihm.

Mit hochgezogenen Brauen hörte sich Simon an, was doch die Wahrheit nicht sein konnte. Barbara ginge jetzt immer mit einem fröhlichem Gesicht durch die Tage. Man merke ihr direkt an, wie sie jetzt aufblühe.

»Und das«, sagte sie, »haben Sie zuwege gebracht.«

Simon verzog das Gesicht und strich über sein linkes Auge, das über der Braue immer noch ein wenig schmerzte, wenn man hindrückte.

»Und Sie meinen, dass das wirklich mit mir etwas zu tun hat?«

»Mit wem denn sonst? Verlassen Sie sich nur auf mich. Eine Mutter täuscht sich nicht leicht.«

»Sie sieht aber auch nicht in das Herz ihrer Tochter und kann nicht wissen, was darin vorgeht.«

»Ich schon«, behauptete die Wirtin und wusste von Barbara so viele Vorteile aufzuzählen, dass es für einen Mann ein geradezu sträflicher Leichtsinn gewesen wäre, wenn er nicht zugegriffen hätte.

Aber Simon hatte zugegriffen und ein blaues Auge davon bekommen. Das Merkwürdige an der Sache war aber, dass er zum ersten Mal an sich die Feststellung machte, dass es auch etwas anderes gab als nur leichte Tändelei, wie er sie gewohnt war. Oder war nur der Gedanke, dass sie schon einem anderen gehörte, die Ursache, dass ein leidenschaftliches Begehren in ihm wuchs und immer stärker wurde? Er brauchte nur an den Brief zu denken, dann stieg es ganz heiß in ihm auf, und er brannte direkt darauf, den Nebenbuhler kennen zu lernen. Das war auch mit ein Grund, warum er heute da war, weil er ausgekundschaftet hatte, dass dieser Andreas Gradl an manchen Sonntagen hier sei. Der Holzarbeiter, der von einem kleinen Haus träumte.

»Am nächsten Sonntag ist in Dorrach der Laurentiusmarkt«, knüpfte er das Gespräch wieder an. »Die Barbara wird doch hinunterkommen?«

»Natürlich wird sie kommen«, versprach die Wirtin und machte dann ihrem Mann Platz, der hereinkam um ihr zu sagen, dass sie drei Portionen Aufschnitt herrichten solle.

Konrad Freisinger war das Gegenteil von seiner Frau. Er dachte gar nicht daran, dem jungen Seidenspieler schön zu tun, denn Simon war es doch, der etwas von ihm wollte. Er wollte nichts von ihm, höchstens seine Stimme bei der kommenden Wahl. Aber auch die wollte er ihm nicht abbetteln.

Diesem hochaufgeschossenen Mann gegenüber fühlte Simon sich immer ein wenig unsicher. Im Bannstrahl seiner blauen Augen kam er sich immer durchschaut vor, und es schien nicht ratsam, den Zorn dieses Mannes herauszufordern. Deshalb stellte Simon seine Frage sehr vorsichtig:

»Es hat doch noch alles seine Richtigkeit, dass eure Barbara meine Frau werden soll?«

Wie in leiser Verwunderung zog Freisinger seine Brauen hoch. »Hab ich vielleicht schon einmal nicht zu meinem Wort gestanden? Freilich, wie ihr zwei miteinander fertig werdet, das ist nicht meine, sondern eure Sache.« Der Stuhl, auf dem er sich niederließ, knarrte unter dem Gewicht.

»Das beruhigt mich«, sagte Simon.

»Wenn die Barbara dich nicht will, können weder ich noch du sie dazu zwingen. Aber warum soll sie dich nicht mögen? Bist ja so weit ein ganz respektabler junger Mann, wenn auch träge, wie alle in deinem Alter.«

Simon machte seine großen, sanften Kuhaugen. »Wieso soll ich träge sein?«

»Ich habe gesagt, alle in deinem Alter. Kümmert ihr euch vielleicht um Politik? Das lasst ihr recht schön uns Alte machen.«

»Wir könnten's euch ja doch nicht recht machen.«

Der Bergwirt lachte und nickte zufrieden vor sich hin. »Da hast du auch wieder Recht, euch fehlt doch die Erfahrung.«

»Werden Sie diesmal in den Landtag kommen?«

»Das liegt wieder nicht an mir, sondern an euch. Ich kann jetzt im Augenblick bloß Rammblock sein, der die Türen aufreißt. Ihr müsst mit euren Stimmen dafür sorgen, dass man sie mir nicht wieder vor der Nase zuschlägt.«

Der Bergwirt kam schön langsam wieder in sein Element und hielt dem jungen Seidenspieler ein Referat, das leider auf unfruchtbaren Boden fiel, denn für Simon war Politik ein uninteressantes Gebiet.

»Ich muss jetzt wegfahren in eine Versammlung nach Tann«, sagte der Bergwirt. »Wenn du mit hinunterfahren willst?«

»Ich habe beim Feldkreuz meinen Wagen stehen.«

»Gut, dann bis dahin. Du musst aber nicht.«

»Doch, es passt mir. Barbara hat sowieso keine Zeit.«

»Das musst du verstehen, du bist ja nicht der einzige Gast.«

Simon musste hinübergehen in die Gaststube um bezahlen zu können. Seine Zeche machte sechzehn Mark dreißig. Er legte zwanzig Mark hin und meinte, es sei schon recht. Barbara aber gab ihm auf die geschuldeten fünfzehn Mark sechzig heraus und sagte:

»Das bin ich dir noch schuldig.«

Sie sagte es so laut, dass die Nächstsitzenden es hören konnten. Die Malerin Beate Forell lächelte auf eine so infame Art, dass Simon einen roten Kopf bekam. Zu deutlich hatte Barbara ihm gezeigt, dass sie von ihm nichts geschenkt haben wollte. Trotzdem machte er noch mal gute Miene zum bösen Spiel und lächelte süßsauer:

»Wir sehen uns ja dann auf dem Laurenzimarkt. Bis dahin, auf Wiedersehen.«

Die Hand, die er ihr reichte, konnte sie nicht gut ausschlagen. Aber ihre Hand lag ganz kraftlos und ohne Druck in der seinen.

Am Samstag schickte die Bergwirtin den Bertl ins Ziegenhaus, damit die Parzingerin am Sonntag heraufkäme zum Aushelfen. Barbara wurde mitgeteilt, dass sie am anderen Tag zum Laurenzimarkt gehen müsse.

»Ich meine, du solltest dein neues Kleid anziehen«, sagte die Mutter.

»Das blau getupfte?«, fragte Barbara und war voll

prickelnder Erregung. Beate war wieder einmal mit einem Brief unterwegs gewesen, und Andreas würde so gegen zwei Uhr beim Hunnentor auf sie warten. Ihm zuliebe wollte sie das Blaugetupfte anziehen, und nur seinetwegen bat sie die Mutter, ob sie ihr nicht die silberne Halskette mit der Goldschließe leihen würde. Das war ein alter, sehr wertvoller Familienschmuck, den die Bergwirtin nicht so leicht aus den Händen gab. Aber Simon Seidenspieler zuliebe hätte sie an Barbara noch mehr ausgeliehen. Es war ein wunderliches Wortspiel, das jetzt zwischen Mutter und Tochter begann.

»Vielleicht stellt er dich seiner Mutter vor«, sagte die Bergwirtin und ließ in dieser Vermutung ihren brennenden Wunsch durchblicken, dass es doch so sein solle.

»Wenn wir die Zeit dazu finden«, antwortete Barbara. »Ich möchte seine Mutter ganz gern kennen lernen.«

»Eine stattliche Frau, um ein gutes Stück dicker als ich, aber recht vornehm.«

»Ich will nämlich tanzen mit ihm. Viel tanzen.«

»Und wenn er dich zum Essen einlädt, dann bestell dir nur nicht gleich das Teuerste. Das macht keinen guten Eindruck.«

»Ein Paar Knackwürste werd ich ihm schon wert sein.«

»Na ja, zu bescheiden brauchst auch wieder nicht sein. Am besten ist, du lässt ihn bestellen, aber wenn es ans Zahlen geht, musst deinen Geldbeutel rausziehen und so tun, als ob du selbst zahlen möchtest.«

Barbara lachte. »Und wenn er mich dann wirklich selbst bezahlen lässt?«

»Das glaubst du doch selbst nicht! Dazu ist er doch viel zu sehr Kavalier.«

»Noch mehr imponiert mir sein guter und aufrichtiger Charakter.«

»Ja, das glaub ich. Er ist ein guter Mensch und so bescheiden in allem. Er lässt sich überhaupt nicht anmerken, dass er einmal viele Millionen erbt.«

»Am liebsten, sagt er, wär ihm ein kleines Haus mit einem Garten und vielen Blumen. Und arbeiten will er für mich von früh bis spät, dass ich auch recht glücklich werde.«

Die Bergwirtin ist ganz gerührt von so viel Bescheidenheit und Güte.

»Da siehst du es wenigstens, wie gern er dich hat.«

»Ja, Mutter, er hat mich wirklich gern.«

»Und am Anfang hast du gemeint, es wär nichts für dich. Wie war's denn eigentlich an dem Sonntag, wo ihr in Nussberg wart? Da hast du mir gar nicht viel erzählt. Bist ein bisschen nett gewesen zu ihm?«

In Barbara gluckste es vor Fröhlichkeit.

»O ja, ich habe ihn sogar gestreichelt. Aber er hat eine recht empfindliche Haut.«

Die Mutter lächelte selig und sagte:

»Der Vater meint immer, Leute in der Position wie der Simon, die sollten sich auch politisch ein bisschen hervortun. Aber ich geb dir den Rat, Mädchen, halt ihn bloß da heraus, sonst geht es dir wie mir. Du siehst es ja selbst: Der Vater hat zu nichts mehr Zeit, ist kaum mehr Wirt, noch Bauer oder Vater. Manchmal meine ich, er ist nicht mit mir, sondern mit der Politik verheiratet. Gott verhüte, dass er in den Landtag gewählt wird, sonst haben wir überhaupt nichts mehr von ihm.«

Barbara schaute die Mutter verwundert an.

»Das sollst du nicht sagen, Mutter. Ich wünsche, dass er Erfolg hat. Dass er endlich einmal an sein Ziel kommt. Seine besten Jahre hat er geopfert und auf dieses Ziel hingearbeitet. Du musst doch besser wissen als ich, wie sehr ihm die Politik zum Lebenszweck geworden ist. Er tut es ja nicht für sich, und irgendein Sinn muss doch dahinterstecken, denke ich.«

Weil die Bergwirtin dieser heftigen Parteinahme nichts entgegenzusetzen hatte und erkannte, dass auch in der Tochter etwas Ungestümes war, suchte sie Zuflucht in der Redensart:

»Das verstehst du noch nicht.«

Dann kam der Sonntag. Barbara konnte es kaum erwarten, von zu Hause fortzukommen, denn wenn sie auch den Simon Seidenspieler hatte warten lassen, Andreas sollte nicht warten.

Beim Siegloher am Eck erstmals anhaltend, hörte Barbara das fröhliche Gedudel der Jahrmarktsorgeln und die weithinschallende Stimme des billigen Jakobs. Die bunten Dächer der Buden und Stände leuchteten in der Sonne, und einmal hörte man auch die Blechmusik vom Saal der Sternbrauerei. Sie sah die Zeiger auf den Münstertürmen und atmete auf, es war noch nicht zu spät.

An diesem Tag, an dem die Bauern von nah und fern herbeiströmten, hatten in Dorrach auch die Geschäfte offen. Barbara ging unter den Arkaden hin und her und sah durch die Lücken der Kramerstände auf die andere Seite hinüber. Sie sah Herrn und Frau Seidenspieler im ersten Stock ihres mächtigen Hauses aus einem Fenster lehnen und duckte sich ein wenig.

Plötzlich stutzte sie. Die Konditorei Schweighofer

hatte Tische und Stühle auf das Trottoir gestellt, und an einem dieser Tischchen saß Simon vor einem Eisbecher. Er saß seit einer halben Stunde hier und dachte, dass er hier Barbara auf keinen Fall übersehen könnte.

Aber er übersah sie doch, denn Barbara schlüpfte in den nächstbesten Hausflur, verließ das Haus auf der Rückseite wieder und kam auf einem kleinen Umweg zum Hunnentor, als es von den Münstertürmen zwei Uhr schlug.

Andreas war bereits da. Seine Augen leuchteten glücklich und er hätte sie am liebsten gleich in seine Arme genommen, so überwältigt war er von ihrem Anblick. Aber er wollte nicht, dass sie sich bedrängt fühlte.

Sie schritten hintereinander auf einem schmalen Wiesenpfad, der seitwärts abbog, und dann neben der Dorrach immer weiter, bis der Jahrmarktslärm nicht mehr zu hören war.

Dann setzten sie sich ans Ufer der Dorrach ins warme Sommergras und waren glücklich über diese Stunden des Alleinseins.

Andreas musste sie immerzu ansehen. So schön war sie ihm noch nie erschienen. Es war ihm ganz eng ums Herz.

»Glaub mir, Barbara, ich hatte Angst, dass du vielleicht gar nicht kommen dürftest.«

Sie hielt seine Hand fest und schaute auf die Wellen hin, die geruhsam dahinplätscherten.

»Ich habe nicht deinetwegen kommen dürfen«, sagte sie. »Die Mutter hat mich geschickt, aber nicht, um dich zu treffen.«

Andreas ließ den Kopf sinken.

»Was soll das noch werden mit uns, Barbara?«

»Aus uns wird genau das, war wir fertigbringen, wenn wir fest zusammenhalten und stark sind. Heute muss die Entscheidung fallen, Andreas. Irgendwann muss ja einmal Klarheit geschaffen werden, ich will und kann nicht mehr länger lügen.«

»Wenn ich dich so reden höre, Barbara, dann wird alles leicht. Und dann kann ich auch nicht mehr länger zurückhalten mit meinem Geheimnis.«

»Was? Geheimnisse hast du vor mir?«

»Und welche! Ich hab beim Forstamt gekündigt und übernehme die Zagglersäge ab nächsten Ersten. Ein kleines Werk bloß, aber man kann es ausbauen mit der Zeit. Ich krieg sie auf Leibrente und das Geld pro Monat werd ich schon aufbringen. Es wird zwar nicht viel rausspringen am Anfang, aber ein Grundstück ist es auf alle Fälle, und es hört sich halt doch besser an als Holzarbeiter.«

Barbaras Wangen kamen ins Glühen. Lange schaute sie ihm in die Augen.

»Anderl, das musst mir schon noch genau erklären! Du bist, scheint 's, schon mittendrin, unsere Zukunft zu bauen! Was ist das, Leibrente?«

In den Uferstauden flüsterte der Wind. Die Sichel des wachsenden Mondes stand hoch im seidenblauen Himmel. Einmal hörte man kurz ein paar Fetzen einer Marschmusik aus dem Städtchen herüberwehen. Dann war wieder Stille.

Mit der Leibrente war das so: In Bichl besaß Georg Zaggler ein uraltes Sägewerk. Er war hochbetagt und hatte weder Frau noch Kinder. Manchmal war Andreas' Mutter hingegangen und hatte ihm das Haus gereinigt, ihm die Wäsche in Ordnung gebracht und ihn gepflegt, als er kürzlich einmal krank war. Sie hatte die beiden Kühe versorgt und ihm geholfen, das Heu einzubringen. Dabei waren sie darauf zu sprechen gekommen, wie hilflos doch ein Mann sei, wenn die Frau gestorben war und keine Kinder vorhanden waren.

»Was willst denn mit deinem Besitz einmal machen?«, hatte die Gradlin gefragt, und er hatte lange mit der Antwort gewartet.

»Wenn ich ihn verkaufe, recht viel krieg ich nicht dafür, und wenn ich noch zehn Jahr leben sollte, verbrauche ich das Geld, und dann steh ich in meinen alten Tagen mit nichts da. Ich hab mir schon gedacht, ob ich das Ganze nicht auf Leibrente hergeben soll. Aber den rechten Menschen dazu finden? Die meisten warten ja dann bloß darauf, dass ich recht bald sterb.«

Die Gradlin hatte daraufhin nichts geantwortet. Aber sie hatte mit Andreas gesprochen. Am nächsten Tag gingen sie beide zur Sägemühle und wurden handelseins, dass Andreas sie für eine erschwingliche monatliche Leibrente haben solle. Zaggler beanspruchte für sich nur zwei Zimmer, das andere stünde alles Andreas und seiner Mutter zur Verfügung. Solange er könne, würde er gern noch ein bissl mithelfen, dafür müsse er aber das Essen bekommen.

Andreas hatte es sich genau überlegt und sich alles angesehen. Es war alles ein bissl verlottert, das zweite Sägegatter stand überhaupt still. Statt zwei Kühe könnten drei hineingestellt werden, wenn man die Gründe besser bewirtschaftete. Ein Risiko war es nicht, selbst wenn der Zaggler noch zehn Jahre oder länger leben würde. Also hatte Andreas genickt.

»Also gut, Zaggler, ich geh darauf ein«, hatte er gesagt. »Bloß muss das alles notariell festgelegt werden. Ich möcht sicher gehn, weißt.«

»Dass ich nicht gleich an dich gedacht hab«, hatte sich der Zaggler gewundert. »Von dir glaub ich, dass du der Rechte bist. Du wartest gewiss nicht drauf, dass ich sterb.«

So stand jetzt die Lage. Andreas fragte:

»Hoffentlich bist du mit allem einverstanden, Barbara?«

»Du fragst, ob ich einverstanden bin? Mit dir wär ich in die kleinste Hütte gegangen.«

Sein froher, leuchtender Blick umfing sie zärtlich.

»Und könntest jeden Tag in einem andern Haus wohnen, wenn du den jungen Seidenspieler –«

Blitzschnell legte sie ihre Hand auf seinen Mund.

»Nimm den Namen nie mehr in den Mund, Andreas! Ich möchte ja nicht im Schatten, sondern in der Sonne leben.«

Wieder hörte man im Wehen des Windes die Walzerklänge der Dorracher Musik, die in der Sternbrauerei zum Tanz aufspielte.

Barbara sprang auf und zog Andreas mit hoch.

»Lass uns tanzen, Andreas.«

Hand in Hand liefen sie nun den Klängen entgegen, die ihnen der Schönwetterwind entgegentrug. Barbara war von einem großen Glück durchdrungen, ihre blauen Augen hatten einen Glanz von wunderbarer Tiefe, auf ihrem nachtdunklen Haar flimmerte die Sonne, und die silbernen Nadeln, mit denen sie ihr Haar aufgesteckt hatte, leuchteten wie Diamanten.

Als sie im Sternbräugarten erschienen, wurde Andreas von einem der Tische her mit lautem Hallo begrüßt. Dort saßen seine Freunde aus Bichl.

Der Löscher Peter drehte seine Schnurrbartspitzen unternehmungslustig in die Höhe und bekam heiße Augen.

»Wo hast denn du dieses bildschöne Mädchen her?«

»Habt ihr noch einen Platz für uns zwei?«, fragte Andreas.

Bereitwillig rückten sie zusammen, aber als der Löscher Peter gleich seinen Arm um Barbaras Schultern legen wollte, schlug Andreas ihm recht unsanft auf die Finger.

»Hände weg! In dem Revier hast du nichts zu suchen!«

Dann tanzten sie. Und wie sie tanzten! Ein herrliches Paar, eine Augenweide für jedermann. Eine ihr fremde Woge süßer Lust wollte Barbara überfluten, sie schmiegte sich in seine starken Arme und schwebte dahin, von Glückseligkeit erfüllt.

Die Bichler Freunde wollten alle mit ihr tanzen. Und sie tanzte mit jedem, warf übermütig lachend den Kopf zurück über ihre gut gemeinten, wenn auch derben Anspielungen, und runzelte hart die Brauen, als der Löscher Peter anzüglich werden wollte. Er war Schmied von Beruf, ein Riese von Gestalt, mit Händen, die so groß waren wie Suppenteller.

»Nicht frech werden, sonst hab ich das letzte Mal mit dir getanzt«, warnte Barbara.

»Olala«, lachte der Peter. »Das möcht ich mir nicht verscherzen! Aber du musst mir sagen, ob der Anderl ein Recht auf dich hat.«

»Sonst wär ich nicht mit ihm da.«

»Dann ist's gut. Dann bist du sozusagen tabu für mich. Jedem andern würde ich sein Mdächen wegschnappen, wenn es so gebaut wär wie du. Aber dem Anderl darf ich nicht ins Gehege kommen. Dazu mag ich ihn zu gern.«

In der Pause boten die Bedienungen Bratwürstl mit Kraut an, und wer größere Ansprüche stellte, konnte auch einen Nierenbraten oder eine Schweinshaxe bestellen.

Dann begann die Musik wieder zu spielen, es kam wieder Gewoge in die Menge von ungefähr fünfhundert Menschen. Und wo etwa zweihundert Mädchen und Frauen herumsaßen, konnte es leicht als Anmaßung angesehen werden, dass Simon Seidenspieler darauf bestand, dass eine Einzige mit ihm zu tanzen habe.

Plötzlich stand er am Tisch und sagte nicht etwa: Darf ich bitten, sondern er gab einen unmissverständlichen Befehl: »Komm mit.«

Andreas legte seine Hand auf Barbaras Schulter, um gleichsam anzudeuten, dass sie bei ihm zu bleiben habe.

Simon hob die Brauen, ärgerlich und verwundert zugleich.

»Hast du nicht gehört, Barbara? Du sollst zu mir kommen.« Gleichzeitig legte er seine linke Hand mit dem Siegelring auf die andere Schulter Barbaras. Da traf ihn ein empfindlicher Schlag auf die Hand. Langsam stand Andreas auf.

»Die Barbara bleibt hier.«

Simon lachte spöttisch auf.

»Hast du das zu entscheiden? Du Holzknecht?«

Andreas wechselte die Farbe. Sein Kinn schob sich hart vor. Aber bevor er noch etwas erwidern konnte, hatte der Löscher Peter sich erhoben.

»Hörst du nicht gut, du aufgeblasenes Muttersöhnchen? Die Barbara bleibt hier, hat er gesagt! Verdrück dich, aber schleunigst, sonst muss ich nachhelfen!«

Das war eine offene Drohung, und Simon, blass geworden, zog es vor, hoheitsvoll wegzugehen. Aber in seinem Innern kochte es vor Wut.

Zunächst ging er in das Gastzimmer zurück und bestellte die beiden Paprikaschnitzel ab. Dann schüttete er ein Glas Wein hinunter und noch ein zweites und geriet allmählich in den Zustand jener Halbwüchsigen, die seit dem Mittag schon mehr getrunken hatten, als sie vertragen konnten. In ihrer leichten Trunkenheit fühlten sie sich stark und erwachsen und geehrt zugleich, weil Herr Simon Seidenspieler sich zu ihnen setzte.

»Zahlst eine Maß Bier?«, fragte einer. Es war der Schlossergeselle Lippert.

Simon überflog die Zahl der Köpfe, zählte ein gutes Dutzend. Und recht viel zahlreicher waren die anderen auch nicht.

»Das kommt darauf an«, sagte er. »Ich zahle jedem ein Essen und zwei Maß Bier, wenn ihr mir einen Gefallen tut.«

Das wirkte auf die erhitzten Köpfe wie ein Signal. Jeden Gefallen werde man ihm tun. Er solle nur sagen, um was es sich drehe.

Nichts war leichter als das. Man hatte Herrn Seidenspieler, ihrem Herrn Seidenspieler, wie sie ihn gleich nannten, einen Tanz verweigert. Und das musste gesühnt werden. Wo käme man da hin! Man war ja schließlich in Dorrach, und so ein windiger Bauerntölpel aus Bichl erlaubt sich eine derartige Herausforderung.

»Da brauch ich niemand«, sagte der Schlosser. »Den pack ich bei seiner Gurgel und heb ihn so lange in die Luft, bis er verhungert.«

»Nimm es nicht zu leicht«, warnte Simon. »Der hat auch keine Buttermilch im Blut. Und wahrscheinlich werden ihm seine Spezln helfen.«

»Die Bichler Sauhirten«, lachte einer, und die anderen fielen ein. »Das wäre ja noch schöner, wenn wir Dorracher uns von denen ins Bockshorn jagen ließen! Wir sind ja nicht bloß zwölfe! In null Komma nichts haben wir dreißig beieinander!«

Simon wurde es plötzlich ein wenig Angst vor so viel Kampfesgier. Andererseits brannte er darauf, die angetane Schmach zu tilgen.

»Aber eins muss ich mir ausbitten: Es darf nicht den Anschein erwecken, dass ich euch aufgehetzt hätte. Ich will mit der Sache nichts zu tun haben.« Er schaute durchs Fenster hinaus und sah die beiden wieder zusammen tanzen. Die Wut kochte in ihm wieder hoch, er knirschte mit den Zähnen.

»Sollen wir zuerst noch essen oder vorher da draußen die Kleinigkeit erledigen?«, fragte der Schlosser.

»'s Essen kommt immer erst nach der Arbeit«, lachte einer kampflüstern. »Also, auf geht's!«

»Nur langsam«, entschied der Schlosser. »Also, welcher ist es?«

Simon zeigte durchs Fenster hinaus. »Der dort, mit dem Adlerflaum auf dem Hut.«

»Der mit der Freisinger Barbara tanzt?«

»Ja, der.«

»Gut, ich werd mir jetzt auch eine suchen und tanzen. Ihr andern haltet euch ganz unauffällig in der Nähe und greift erst ein, wenn ihr seht, dass ich unter Druck komme.«

»Aber, wie gesagt, es darf nicht den Anschein erwecken, als ob ich dahinterstünde«, meinte Simon etwas kleinlauter.

»Nein, aber du kannst inzwischen das Essen bestellen und dann zuschaun, wie man so was macht.«

Der Schlossergeselle Alois Lippert ging als Erster hinaus, ein wenig breitbeinig, die Brust vorgeschoben, die Arme schlenkernd. Die Absätze zusammenschlagend, verneigte er sich vor Lisa Dorn, dem Dienstmädchen des Tierarztes.

Die Musik spielte gerade eine feurige Polka. Alois wackelte in den Hüften und drängte sich während der Tour in die Nähe des Bichler Sauhirten mit dem Adlerflaum, der mit seiner schwarzhaarigen Schönheit weltvergessen dahinschwebte.

Das zweite Stück war ein Walzer, und bereits im ersten Drittel rempelte Alois ziemlich unsanft den Andreas an. Andreas sagte noch nichts. Der Zusammenstoß konnte auch unbeabsichtigt gewesen sein. Kurz darauf aber folgte schon der zweite Anstoß, diesmal viel derber und offensichtlicher. Andreas wollte Barbara loslassen, aber sie hielt ihn fest.

»Lass ihn doch, den Lackl.«

Gleich darauf aber war das Bein des Schlossers schräg zwischen die Beine des anderen Paares gespreizt. Barbara kam ins Stolpern. Sie riss Andreas mit, sie stürzten zu Boden.

Genauso schnell aber war Andreas wieder auf den

Füßen, und ehe Barbara ihn daran hindern konnte, stieß er dem Schlosser eine gestochene Rechts ins Gesicht. Das kam so schnell und unvermittelt und auch so gänzlich unerwartet, dass Alois Lippert den Schrei vergaß, den der Schmerz ihm entreißen wollte. Ein paar Sekunden taumelte er, dann senkte er den Nacken, stieß nach vorn und rannte ein zweites Mal in einen wilden Schwinger hinein, der ihn von den Füßen riss.

Dann sah Andreas sich plötzlich eingekeilt. In Sekundenschnelle begriff er, dass dies ein abgekartetes Spiel war, und er ahnte auch, wer dahintersteckte.

»Ach so«, lachte er zornig auf. »Jetzt versteh ich. Barbara, geh weg.« Er riss seine Jacke herunter und warf sie ihr in die Arme.

Ein paar Schläge trommelten auf ihn nieder, denen er nicht ausweichen konnte. Dann schlug er um sich wie ein Berserker. Wo die Hände nicht mehr ausreichten, nahm er die Füße zu Hilfe. Und doch erkannte er, dass er gegen diese Übermacht nichts ausrichten konnte. Sie hingen bereits an seinen Armen, mussten ihn im nächsten Moment zu Boden reißen.

Plötzlich spürte er, dass er Luft bekam. Mit Armen, die gleichmäßig wie die Kolben einer Maschine arbeiteten, warf der Löscher Peter von Bichl einen um den anderen zurück. Wie zwei Dreschflegel sausten seine Schmiedhände nach links und rechts. Und wen er zur Seite warf, den nahmen sich die anderen Bichler vor.

Die Musik spielte so laut wie möglich, aber es wollte und konnte niemand mehr tanzen. Flüche schallten durch die Luft, Mädchen kreischten entsetzt auf.

»Aufhörn! Aufhörn!«, schrie jemand, aber es hielt sich niemand daran. Die Dorracher bekamen zwar

Verstärkung, doch gegen die Bichler war nichts auszurichten.

Andreas hatte gerade den Maurer Hierangl unter seinen Fäusten. Er drückte ihn gegen das Geländer des Tanzpodiums und hielt ihm die Faust unter die Nase.

»Ich schlag dir alle Zähn ein, wenn du mir nicht sagst, wer das angezettelt hat!«

Der Hierangl beantwortete die Frage mit einem jähen Griff an Andreas' Gurgl. Dann ging er ächzend in die Knie, hielt beide Hände schützend über den Kopf und wimmerte:

»Hör auf, ich sag's schon!«

Andreas riss ihn wieder in die Höhe.

»Also, raus mit der Sprache! War es der Seidenspieler?«

»Ja, ja, der Seidenspieler. Zwei Maß Bier hat er einem jeden versprochen und was zu essen.«

Als er aufblickte sah Andreas plötzlich Simons Gesicht weit hinter der angestauten Menge am Hintereingang der Brauerei. Angeekelt stieß er den Hierangl von sich und bahnte sich einen Weg durch die Menge.

Als Simon sah, was da unerbittlich auf ihn zukam, drehte er sich um und verschwand im Hausflur. Aber statt in die Gaststube zu gehen, begann er den Fehler, nach links abzubiegen, wo es in die Mälzerei ging. Andreas sah ihn noch rechtzeitig um die Ecke biegen und machte lange Beine. Gerade als Simon die Tür zur Malzkammer schließen wollte, stellte Andreas seinen Fuß dazwischen.

Dann schloss er die Tür hinter sich. Simon wich immer weiter zurück, bis zu den Gerstensäcken, die an der Wand lehnten. Hier fasste Andreas ihn mit einem schnellen Griff an der Brust und zog ihn zu sich her.

»Du willst ein Mann sein! Andere müssen für dich den Kopf hinhalten, und du steckst dabei deine Händ in die Hosentaschen!«

»Lassen Sie mich sofort los!«, schrie Simon, in der Hoffnung, dass es jemand hören könnte. Aber das war so aussichtslos wie ein Schrei in der Wüste, und weil Simon das erkannte, versuchte er es auf eine andere Weise.

»Was wollen Sie denn überhaupt von mir?«

»Ich will von dir gar nichts. Aber du willst was von mir. Du willst mir die Barbara abspenstig machen. Und du hast die Halbbesoffenen aufgehetzt, dass sie mich fertigmachen sollen. Du kannst dir danach anschaun, wie ihnen das bekommen ist. Gute Lust hab ich ja, dir auch ein paar runterzuhauen. Aber so jemanden wie du will ich gar nicht anlangen. Du bist mir zu dreckig.«

»Das möchte ich Ihnen auch nicht raten. Ich würde Sie unweigerlich zur Anzeige bringen wegen Körperverletzung.«

Andreas lachte ihm kalt ins Gesicht.

»Du Idiot, du! Dafür müsstest du erst einen Zeugen haben. Du scheinst vergessen zu haben, dass wir ganz allein hier sind, dass dich niemand schrein hört, und dass ich dich windelweich schlagen könnte. Aber wie gesagt, du bist mir zu dreckig. Ich gebe dir nur den einen Rat: Lass die Barbara in Ruh, sonst schlag ich dir deine Augen so blau, dass du wieder vierzehn Tag nicht aus dem Haus gehen kannst.«

Simon zitterte vor Angst. Und in dieser Angst versuchte er es nun auf eine andere Art.

»Ach, die Barbara hat geplaudert?«

»Glaubst denn du vielleicht, dass die mir was verheimlicht? Da hättest du früher kommen müssen. Jetzt gehört sie mir, und was ich einmal in meinen Händen habe, das nimmt mir keiner mehr. Am allerwenigsten so ein Lappen, wie du einer bist!«

Andreas gab ihm noch einen Stoß vor die Brust, dass er gegen die Gerstensäcke taumelte, dann ging er hinaus. Draußen war bereits alles vorüber. Der Schlossergeselle Lippert wurde gerade von einem Sanitäter verbunden und weggebracht. Den Löscher Peter jedoch hatten die zwei Gendarmen im Kreuzfeuer ihrer Vernehmung. Andreas näherte sich dieser Gruppe und hörte, wie der Peter sagte:

»Wenn ich seh, dass ein Freund von mir überfallen wird, dann muss ich ihm doch helfen, oder nicht? Ich hab überhaupt fast nicht zugeschlagen, die sind mir einfach in die Händ gelaufen, da kann ich nichts dafür.«

»In Ihre Hände möchte ich nicht gerne laufen«, scherzte der eine Gendarm und lächelte.

Gerade als Andreas sich in das Gespräch mischen wollte, kam Barbara auf ihn zu, reichte ihm seine Jacke und fasste ihn bei der Hand.

»Komm, Andreas, gehen wir.«

Sie fragte nichts, sie machte ihm keine Vorwürfe, weil sie wusste, dass auch dies erst hatte geschehen müssen, um endlich den Mut zu finden, ihre Liebe zu bekennen. Jetzt würde die große Auseinandersetzung kommen, es gab kein Ausweichen mehr.

Der Lärm des Jahrmarkttrubels blieb hinter ihnen zurück. Immer höher kamen sie. Der Abend leuchtete in allen Farben. Etwas abseits vom Weg setzten sie sich auf einen Grashügel. Die Dämmerung wuchs und breitete sich aus. Aus dem Lärchenwald kroch langsam die Nacht. Sie hatten plötzlich Hunger, und Barbara nahm das Lebkuchenherz mit dem Seidenband, das Andreas ihr gekauft hatte, vom Hals. Sie las langsam den Spruch, der daraufstand:

»Kein Feuer, keine Kohle kann brennen
so heiß
wie heimliche Liebe, von der niemand was weiß …«

»Morgen werden sie es alle wissen«, lächelte sie bitter, brach das Herz in der Mitte auseinander und gab Andreas die eine Hälfte.

Noch nie waren sie so lange zusammen gewesen. Sie hatten Zeit, viel Zeit sogar. Sie sagten sich alles, was sie sich bisher noch nicht gesagt hatten. Eine Eule rief aus der Tiefe des Waldes. Ihre Köpfe lehnten aneinander, die Hände hielten sie ineinander verschlungen. So sahen sie zu den Sternen auf, die sich langsam am Himmel entzündeten, und es schien ihnen, als seien die Sterne das einzig Tröstliche für sie in dieser Welt.

In solchen Gebirgstälern laufen die Neuigkeiten so schnell wie im Urwald von Trommel zu Trommel. So erfuhr der Bergwirt Konrad Freisinger am nächsten Tag schon durch den Bäcker Lenzl, dass in Dorrach eine schwere Rauferei stattgefunden habe.

Er erfuhr zwar keine Einzelheiten, nur dass ein paar Burschen aus Dorrach ins Krankenhaus eingeliefert und ein gutes Dutzend von Doktor Urban genäht und verpflastert worden waren.

Aber Barbara musste es wissen. Barbara war gestern auf dem Laurenzimarkt. Sie war auf der Wiese oben und wendete das Gras, das am Morgen gemäht war. Freisinger hielt nur noch seinen kurzen Mittagsschlaf, dann nahm er einen Rechen und ging auch hinauf zur Wiese.

»Du, Barbara«, fragte er freundlich, »was war denn da gestern in Dorrach? Ist da nicht eine Rauferei gewesen?«

Jetzt kommt es, dachte Barbara. Und ich werde gar nichts leugnen, nahm sie sich vor.

»Ja, es ist gerauft worden.«

»Wer hat gerauft? Lass dir doch nicht jedes Wort abbetteln.«

»Die Dorracher mit den Bichlern.«

»Und die Dorracher haben die Schläge einstecken müssen. Wie kam es denn dazu?«

Barbara hielt in ihrer Arbeit inne, spreizte den Rechen vor sich hin und stützte das Kinn darauf.

»Ja, wie kam es dazu? Einer von den Dorrachern, der Schlosser Alois, hat mir beim Tanzen den Fuß gestellt, und wir sind hingeflogen.«

»Wer, wir?«

»Der – der Gradl Andreas und ich.«

»Welcher Andreas?«

»Du kennst ihn, Vater. Er war schon ein paarmal bei uns und – wenn du dich erinnern kannst – er hat am Himmelfahrtstag auch Gitarre gespielt.«

»Ach, der Holzarbeiter aus Bichl?«

»Ja, der.«

Der Bergwirt schmunzelte.

»Jetzt kann ich mir's schon zusammenreimen! Dann ist es wahrscheinlich deinetwegen passiert. Du hast mit dem Bichler getanzt, und die Dorracher wollten da nicht zuschaun. Das war zu meiner Zeit auch schon so. Einmal haben wir eine richtige Saalschlacht gehabt, da sind die Maßkrüge geflogen und die Stühle. Ich habe damals drei Wochen lang ein Pflaster tragen müssen. Aber den Anzinger Gregor von Bichl hab ich dafür aufs Kreuz gelegt, dass er das Aufstehen erst nach sechs Wochen im Krankenhaus gelernt hat.« Er bückte sich nach einem Büschel Gras und roch daran. Dann warf er es wieder weg. »Und wie hat sich der Simon dazu verhalten?«

»Der hat weit weggestanden und hat zugeschaut. Aber danach haben sie erzählt, dass er es gewesen ist, der die Rauferei angezettelt hat.«

Konrad Freisinger schaute lange vor sich hin. Die Luft flimmerte über dem Berg. Mücken tanzten und standen wie silberne Säulen im leichten Wind.

»Das sieht ihm gleich«, sagte er dann und hatte wieder dieses spöttische Schmunzeln um seinen Mund. »Einen Helden kriegst einmal nicht mit ihm. Solche Leute wie die Seidenspieler lassen sich aus ihrer bürgerlichen Behäbigkeit nicht aufschrecken.«

Er griff wieder nach seinem Rechen. Und während sie hintereinander über den Hang schritten, sprachen sie nicht mehr über den Fall. Der Sturm war nochmals vorübergegangen. Barbara atmete auf. Sie hatte die Segel bereits gesetzt, um ihn aufzufangen, aber der Vater hatte alles mit leichten Fragen überspielt, nicht die leiseste Vermutung steckte hinter seinen Fragen, und Barbara glaubte, erst reden zu dürfen, wenn es keinen anderen Ausweg mehr gab.

Das aber trat schon am nächsten Tag ein.

Vormittags bekam der Bergwirt Konrad Freisinger

einen eingeschriebenen Brief. Dies war an sich nichts Seltenes. In seiner Eigenschaft als Kreistagsabgeordneter bekam er öfter solche Briefe. Dieser Brief aber trug als Absender den Namen Simon Seidenspieler junior. Es war ihm noch ein zweiter Brief zur Kenntnisnahme beigelegt.

Simon Seidenspieler schrieb mit Tinte auf feinstes Büttenpapier:

» … und muss ich hiermit leider meine Konsequenzen ziehen. Beiliegender Brief wird Ihnen bestätigen, dass meine Gründe gerechtfertigt sind. Es wäre unter meiner Würde, der Nachfolger eines Holzknechts zu sein, und ich bin fest überzeugt, dass Sie meine Gründe zu würdigen wissen. Mit freundlichen Grüßen Simon Seidenspieler junior.«

Mit gerunzelten Brauen nahm der Bergwirt den zweiten Brief aus dem Umschlag, las ganz langsam, Satz für Satz, runzelte die Brauen immer stärker und bekam zum Schluss eine messerscharfe Falte über der Nasenwurzel. Sein Atem ging schwer. Dann presste sich sein Mund ganz schmal zu einem dünnen Strich zusammen. Er riss die Tür auf.

»Barbara!«

»Was willst denn von ihr?«, fragte die Wirtin von der Küche heraus. »Die ist oben auf der Wiese.«

»Wenn sie kommt, schick sie zu mir!«

Da sah er Beate Forell am Fenster vorübergehen. Er riss es auf und bedeutete ihr ohne Einleitung, dass um 13.45 Uhr von Dorrach ein Zug abfahre, den sie benutzen müsse.

Da Beate den Brief in seiner Hand sah, wusste sie auch gleich, was das zu bedeuten hatte. Aber sie war nicht der Mensch, der sich vor einem Gesicht fürchtete, in dem der Zorn glühte. Sie sah dem Mann vielmehr ganz ungerührt in die blanken blauen Augen.

»Ich habe aber keineswegs vor, heute schon abzureisen. Ich gedenke noch etwa drei Wochen zu bleiben.«

»Das werden Sie eben nicht«, antwortete er mit mühsam unterdrückter Aggression. »Gäste, die Liebesbriefe für meine Tochter vermitteln, kann ich in meinem Haus nicht brauchen.«

»Ach, Sie wissen?«, fragte Beate und lehnte ihre Staffelei an die Mauer. »Ich könnte Ihnen da doch einiges sagen, Herr Freisinger. Meine Meinung ist, dass man ein Kind nicht zwingen sollte –«

»Sie mischen sich in Dinge ein, die Sie nichts angehen«, unterbrach er sie auffahrend. »Ihre Meinung können Sie ruhig für sich behalten, sie interessiert mich nicht im mindesten. Wie gesagt, um 13.45 Uhr ab Dorrach.«

»Sie können mich aus Ihrem Haus weisen, ja, das können Sie, und ich finde die Art, wie Sie das tun, gar nicht einmal unhöflich. Aber Sie können mich nicht zwingen, den Zug um 13.45 Uhr zu benutzen. Ich werde mir in Talham ein Zimmer nehmen.«

Konrad Freisinger warf den Kopf zurück. Sein Kinn stand scharf nach vorn. In seinen blauen Augen schimmerten kleine Eiskristalle.

»Tun Sie, was Sie nicht lassen können! Eins merken Sie sich aber: Mit meiner Tochter werden Sie nicht mehr zusammenkommen! Dafür werde ich sorgen!«

Er warf das Fenster zu, las den Brief zum zweiten Mal und ging dann in die Küche vor, in der die Wirtin gerade die Schinkenknödel zubereitete.

»Sag, Mamm, wo hast denn du deine Augen die ganze Zeit gehabt?«

Die Wirtin richtete sich auf, hob dann den Arm und wischte sich den Schweiß von der Stirn. »Was soll denn das wieder heißen?«

»Das soll heißen, dass unsere Barbara eine Liebschaft mit einem windigen Holzknecht hat, und du bist so siebengescheit und merkst nichts davon.«

Das Doppelkinn der Wirtin zitterte vor Schreck. Sie musste sich hinsetzen.

»Das kann nicht wahr sein, Konrad. Der junge Seidenspieler –«

»Ach was, lass mich doch mit dem Schlappschwanz zufrieden! Vielleicht wäre der gar nicht der richtige Mann für sie gewesen. Der Holzknecht aber zweimal nicht! Da meint man, im eigenen Haus wäre alles in schönster Ordnung, und dabei geschehen hinter meinem Rücken Dinge, die ich nicht gutheißen kann!«

»Ach du meine Güte«, jammerte die Wirtin und schlug die Hände zusammen. »Verpatzt sie sich so eine gute Partie! Aber mir kannst du doch keinen Vorwurf machen!«

»Soll ich mich vielleicht darum auch noch kümmern? Ich hab meinen Kopf sowieso schon randvoll.«

»Ja, voll Politik.«

Er fuhr herum. »Jawohl, voll Politik! Wenn andere schlafen, muss ja einer aufstehn und predigen! Sei es, wie es will, von heut ab geht mir die Barbara nicht mehr allein aus dem Haus, verstanden? Und schlafen tut sie bei dir im Zimmer. Für mich richtest das Kanapee im Nebenzimmer her. In der nächsten Zeit werd ich sowieso selten daheim sein können. Ah, da kommt sie ja.«

Er ging hinaus und fing Barbara ab, bevor sie der Malerin begegnen konnte, die gerade mit einem Koffer die Treppe herunterkam.

Er packte sie am Arm, führte sie in die Tenne, nahm ihr den Rechen aus der Hand und schloss das Tor. Bei allem sagte er kein Wort. Aber Barbara wusste, was die Stunde geschlagen hatte, und reckte ihre Schultern.

»Saustall!«, schrie der Bergwirt. Es war das einzige Wort, das er herausschrie, das einzige Mal überhaupt, dass Barbara den Vater schreien hörte. Sie sah gleichzeitig den Brief, den er aus der Hosentasche zerrte.

»Du kennst den Brief?«

»Ja«, sagte sie, ohne lange zu überlegen. Nur wie er in die Hände des Vaters kam, war ihr vorläufig noch ein Rätsel.

»Der ist mir heute zugeschickt worden, mit einem anderen, wonach ein gewisser Simon Seidenspieler glaubt, seine Konsequenzen ziehen zu müssen. Das einzige, was ich verstehe und an ihm schätze. Ich würde es auch nicht anders machen.«

»Dann weiß ich es auch«, kam es Barbara wie eine Erleuchtung. »Er muss mir damals den Brief aus meiner Jackentasche gestohlen haben.«

»Das weiß ich nicht. Auf alle Fälle habe ich ihn, und –«

»Du hast selbst gesagt, Vater, dass du mich nicht zwingen willst.«

»Unterbrich mich gefälligst nicht! Ja, ich habe gesagt, dass ich dich nicht zwingen will. Du kannst aber von mir nicht erwarten, dass ich zuschaue zu einem Techtelmechtel – wenn es nicht schon mehr ist –, das von vornherein keinen Sinn haben kann. Ich mach dir keine Vorwürfe, Barbara, aber ich verlange von dir, dass du Vernunft annimmst und mir die Schande nicht antust.«

Barbara sah in das Gebälk über sich. Durch die offenen Tennluken wehte der Wind und bewegte die Spinnweben an den Dachbalken.

»Du nennst Schande, Vater, was keine Schande sein kann.«

In seinem Gesicht zuckte es wie Wetterleuchten. »Du redest so, weil du noch jung und unerfahren bist. Der Kerl hat dir den Kopf verdreht, und du siehst den Himmel voller Geigen, wo es nur armselige Brotkrümel sind.«

Barbaras junges Gesicht bekam eine steinerne Härte.

»Lieber harte Brotkrümel als alle Tage Gebratenes.«

Der Bergwirt lachte auf. Vom Heustock flatterte gackernd eine Henne herunter. »Was für romantische Flausen der Nichtsnutz dir in den Kopf gesetzt hat!«

Barbara hob ihm das Gesicht entgegen. Sie hätte mit keiner Wimper gezuckt, wenn er sie jetzt geschlagen hätte. In ihren Augen schimmerte es feucht.

»Der, Vater, den du einen Nichtsnutz nennst, ist ein Mensch wie du und ich. Aufrichtig, ehrlich. Nur arm. Ist das eine Schande? Und ist es nicht Pflicht der Reichen, den Armen so viel Glück zu schenken, dass sie davon reich werden? Innerlich reich, meine ich. Und wenn ich Vergleiche anstelle, dann muss ich sagen, dass Andreas mehr Ehre im kleinen Finger hat als der Simon Seidenspieler im ganzen Leib. Ich verlange nichts Unmögliches, Vater, und wünsche mir nichts sehnlicher als ein einfaches Glück mit Mann und Kindern.«

»Und mit Brotsuppe und Kartoffeln!«, warf er sarkastisch ein.

»Ja, auch das, wenn es nichts anderes sein kann. Schau, Vater, ich hab dich gern, du weißt das. Und ich glaube, dass du mich auch gern hast. Dann kann es doch nicht dein Wunsch sein, mich an einen Mann zu verkuppeln, den ich verachte.«

Der Bergwirt machte eine ärgerliche Bewegung mit der Hand. »Wer spricht denn von Verkuppeln? Ich achte deinen Wunsch und will dich nicht zwingen, den Seidenspieler zu nehmen, wenn er dich so abstößt. Ich erwarte aber, dass du auch meinen Willen respektierst und dich nicht in eine Leidenschaft verrennst, aus der es nur ein böses Erwachen geben kann. Du bist noch jung, lass dir Zeit. Ich werde die Augen offen haben und für dich einen Mann suchen, der die Voraussetzungen hat für das, was du jetzt träumst.«

»Was ich jetzt träume?« Barbara lächelte trübe. »Ich träume nicht, Vater. Ich bin zu sehr deine Tochter und weiß, was ich will. Es gibt für mich nur einen Mann, den ich liebe, und den ich nie verlassen werde – Andreas.«

Konrad Freisinger war doch irgendwie berührt von der Willensstärke, die hier offenbar wurde und sich über die seine hinwegsetzen zu wollen schien. Das konnte und durfte nicht sein, zumal er fest überzeugt war, dass es bei Barbara noch nicht so tief gehen konnte. Eine Verliebtheit eben, die wieder vergeht, wenn mit den Jahren die Vernunft zu wachsen beginnt.

»Dann muss ich dir sagen, Barbara, dass ich es zu verhindern weiß, und zwar mit allen Mitteln. Du gehst mir von heute an nicht mehr allein aus dem Haus.«

Barbara zuckte zusammen. »Also eingesperrt?«

»Wenn du es so auffasst, ist es eine Dummheit. Eingesperrte betrachten für gewöhnlich die Welt durch ein Gitterfenster. Du aber hast die Freiheit über die siebenunddreißig Tagwerk hin, die zum Berggasthof Hahnenkranz gehören. Darüber hinaus aber führt für dich kein Weg, weder nach Dorrach noch sonst wohin.«

Aber nach Talham in die Kirche, durchzuckte es Barbara. Und dann war auch noch der andere Weg da, die Hilfe der Malerin Beate.

Gerade als ob der Bergwirt ihre Gedanken erraten hätte, sagte er:

»Was Beate Forell betrifft, die mit dir unter einer Decke gesteckt hat, so habe ich ihr schon gesagt, dass sie auf dem schnellsten Weg verschwinden soll. Ich nehme nur Sommergäste in mein Haus auf, aber keine Briefträger.«

Da zerbrach in Barbara der letzte Funken Hoffnung. Ihre Augen dunkelten vor Zorn, und nur dem Zorn war es zu verdanken, dass sie dem Vater so unbeherrscht ins Gesicht schrie:

»Das war gemein!«

Das Gesicht des Bergwirts verzerrte sich, er sah dieses junge, zornsprühende Gesicht vor sich, die Augen voller Verachtung, den Mund voller Trotz. Und da holte er aus und schlug eine schallende Ohrfeige in Barbaras Gesicht.

Gleich darauf tat es ihm leid. Er hatte noch nie eines seiner Kinder geschlagen. Sie hatten immer seinem Blick gehorcht und seinem Wort. Aber dass Barbara ihn der Gemeinheit bezichtigte, das konnte er nicht auf die leichte Schulter nehmen.

Konrad Freisinger schob die Hand in die Tasche, gerade so, als schäme er sich, dass sie zugeschlagen hatte. Seine Stimme klang jetzt ganz ruhig, fast ein wenig traurig:

»Gemein, sagst du? Darfst ausgerechnet du das sagen? Wann wäre ich jemals gemein gewesen? Mir scheint, du bist von dem Kerl schon so verdorben worden, dass du meinst, du kannst frech werden und mich beschimpfen!«

»Lass Andreas aus dem Spiel, Vater«, bettelte Barbara. »Es tut mir Leid, dass ich es gesagt habe.«

»Davon habe ich nichts. Es ist gesagt worden. Von meinem Kind ist es mir gesagt worden. Und das werde ich mir merken. Ich werde dich nie mehr schlagen, darauf kannst du dich verlassen. Aber ich werde mich auch nicht mehr groß um dich kümmern.«

Das war das Letzte, was Vater und Tochter sich die nächsten zwei Wochen noch sagten. Der Bergwirt war viel unterwegs in diesen vierzehn Tagen. Der Wahlkampf war in vollem Gange. Fast jeden zweiten Tag sprach er auf irgendeiner Versammlung als Spitzenkandidat. Die Säle waren überfüllt, denn es war ein Genuss, den Bergwirt reden zu hören, der sich in der Sprache des Volkes auszudrücken verstand. Dieser Mann würde sich immer mit Leib und Seele für den Bauernstand einsetzen, und es war gut zu wissen, dass da einer der ihren sich so viel Kampfgeist bewahrt hatte.

Niemand ahnte, dass dieser Mann, der vor Tausenden von Menschen so wortgewaltig sein konnte, daheim seiner Tochter gegenüber eisig schwieg. Hier standen Trotz gegen Trotz, Stolz gegen Stolz.

Nein, kein Wort hatte Freisinger seitdem mit Barbara gesprochen. Er brachte Florian in dieser Zeit in die Stadt, sorgte für eine billige, aber saubere Unterkunft für ihn, obwohl er es viel leichter hätte haben können, denn die Malerin Beate Forell hatte ihm angeboten, Florian in ihrem geräumigen Haus ein Zimmer zu geben und sich um ihn zu kümmern.

Das kam nun aber nicht mehr in Frage.

Beate saß jetzt in Talham und fing den sterbenden Sommer in ihre Skizzen ein. Den sterbenden Sommer und die Menschen, die ihren Weg kreuzten. Nur drei Schnäpse hatte es sie gekostet, dann trug der Horlacherbauer, bei dem sie wohnte, einen Brief zum Hahnenkranz, den er heimlich Barbara zusteckte. In dem Brief stand:

»Werde dir selbst auf keinen Fall untreu, liebe Barbara. Und wenn du meinst, es daheim nicht mehr aushalten zu können, darfst du jederzeit zu mir kommen. Ich bin noch etwa vierzehn Tage hier, dann fahre ich nach München zurück. Anbei noch meine Visitenkarte mit der genauen Adresse. Ich habe auch Andreas von der veränderten Lage verständigt, du kannst ganz beruhigt sein, er steht zu dir. Am kommenden Sonntag, wenn du nach Talham zur Kirche gehst, wartet er auf dich an der bewussten Stelle. Ich bin immer für dich da, Liebes, und verbleibe herzlichst Deine Beate Forell.«

Das war alles recht klug eingefädelt, aber es war ohne die Rechnung des Bergwirts gemacht. Er schickte die Bergwirtin an diesem Sonntag zur Kirche und Barbara musste für fünfzehn Pensionsgäste kochen.

Da erst spürte Barbara, welch ungeheure Macht der

Wille des Vaters war. Sie beugte sich für diesen einen Tag noch und verließ am nächsten Morgen um drei Uhr, als die Mutter fest schlief, die bis Mitternacht wieder gejammert und geklagt und sie ein unfolgsames, törichtes Ding genannt hatte, nur mit einem Rucksack bepackt, das Elternhaus am Hahnenkranz.

Um sechs Uhr stand sie am Hunnentor in Dorrach und wartete auf den Postomnibus, der nach Percha fuhr. Dort betrat sie die Gaststube des Adlerwirts, wo man sie zuerst misstrauisch, dann aber, als sie den Grund ihrer Flucht genannt hatte, mit offenen Armen aufnahm.

Kilian Burger, der Adlerwirt, war der Schwager Konrad Freisingers und lebte mit ihm seit Jahren in bitterer Feindschaft. Mit einem wahren Wonnegefühl schrieb er an den Herrn Konrad Freisinger eine Karte und teilte ihm mit, dass seine Tochter Barbara sich bei ihm befinde und zunächst seiner Frau in der Küche helfe, was immerhin noch besser sei, als daheim, jeder Freiheit beraubt, eine niedere Magd zu spielen.

Der Bergwirt wurde grau bis in die Lippen hinein, als er die Karte bekam. Alles, nur dies hätte die Barbara ihm nicht antun dürfen. Schmerz, Wut und Trauer schüttelten den Mann für Sekunden. Dann ging er mit der Karte in die Küche und warf sie auf den Tisch.

»Von heut ab wirst du dich daran gewöhnen müssen, Mamm, dass wir keine Tochter mehr haben.«

Den Aufschrei der Frau hörte er schon nicht mehr. Er erstarb in dem donnernden Schlag, mit dem er die Tür hinter sich zuwarf. Er ging aus dem Haus, den Berg hinauf, immer höher, und als er gegen Mittag zurückkam, war sein Gesicht wieder wie immer, hager und braun.

Das Leben ging weiter. Die Monate hatten es eilig, die Jahre zu vollenden.

Der Bergwirt Konrad Freisinger war jetzt Landtagsabgeordneter, hatte endlich sein Ziel erreicht und war doch ein einsamer Mensch.

Die Teerstraße, die von Dorrach am Berggasthof vorbei bis zur Brandlplatte hinaufführte, war fertig geworden. Die Leute meinten, dass sie alle Verbesserungen der letzten Zeit ihrem Vertreter im Landtag, dem Konrad Freisinger, zu verdanken hätte. Sein Ansehen stieg, und er sah keine Veranlassung, eine Erklärung abzugeben, dass die Straße auf die Brandlplatte, die so nahe an der Grenze lag, ohne jeden Einfluss seinerseits gebaut worden wäre, weil dies längst im Zuge der umfangreichen Bauvorhaben beschlossen gewesen war.

Durch die Erschließung dieses Gebietes zur Grenze hin wurde der Berggasthof zum Hahnenkranz eine viel besuchte Ausflugsgaststätte. Man konnte jetzt bequem mit dem Auto dorthin kommen, und Simon Seidenspieler hätte jetzt seinen Wagen nicht mehr beim Lärchenwald unten stehen zu lassen brauchen. Aber Simon Seidenspieler kam nie mehr.

Auf dem Berggasthof gab es jetzt eine ständige Kassiererin und zwei Angestellte. Die Lisa vom Ziegenhäusl half Frau Helene in der Küche, und der Bertl wuchs zu einem ranken und schlanken Burschen heran, der sich trotz seiner Jugend schon allerlei Herrenallüren angeeignet hätte, wenn die Richtlinien für das, was auf dem Berghof zu geschehen habe, nicht regelmäßig aus der Stadt gekommen wären. Konrad Freisinger schrieb jeden zweiten Tag einen Brief, und die Bergwirtin wusste, dass ihr Mann diese Briefe, die eigentlich mehr Anordnungen waren, während der Sitzungen schrieb. Besonders in der Zeit, als ein Seitentrakt mit einem Speisesaal und darüber noch zehn Fremdenzimmer gebaut wurden, fiel dem Herrn Abgeordneten immer wieder etwas ein.

»Gib den Maurern vormittags und nachmittags eine halbe Bier gratis, dann arbeiten sie besser«, schrieb er zum Beispiel, um dann wieder auf die Debatten zu horchen, in die er auch leidenschaftlich eingriff. Danach schrieb er wieder ein paar Anordnungen für daheim:

»Vergesst nicht, die Lena zum Stier zu bringen. Und stellt das Kalb der Wally auf, wenn es weiblichen Geschlechts ist ...«

Um diese Zeit trug er sich auch mit dem Gedanken, sich ein neues Auto zuzulegen, das er mit seinem sprichwörtlichen Geiz zusammengespart hatte. Sein Geiz war bei allen Abgeordneten bekannt und ging sogar so weit, dass er selbst auf das billigste Gasthofzimmer verzichtete und lieber in dem dürftigen Zimmer seines Sohnes Florian auf dem Sofa schlief, weil er sich seine Diäten eben für diesen Wagen sparte.

Als es dann soweit war, fuhr er übers Wochenende mit Florian in dem neuen Wagen die achtzig Kilometer nach Dorrach und den Berg hinauf.

Der Wagen wurde von allen gebührend bestaunt und von Bertl in einem unbewachten Augenblick auch gleich ausprobiert. Die Fahrt endete auf einem Kieshaufen, und der Bergwirt wusste, dass er zukünftig nicht mehr vergessen durfte, den Schlüssel abzuziehen.

Von Barbara wurde nie gesprochen. Sie war das verlorene Schaf, die pflichtvergessene Tochter, die schuld war, dass der Mutter Haar weiß geworden war und der Vater zu Hause nur mehr das Notwendigste sprach.

Dieses Schweigen aber war längst kein Trotz mehr, sondern fast so etwas wie Furcht, dass der frühere Holzarbeiter Andreas Gradl tatsächlich seinen Weg machen werde und man mit den Voraussagen über Barbaras böse Zukunft nicht Recht behielte. Hatte er nicht das verkommene Sägewerk hochgebracht? Nach den neuesten Informationen sollte er jetzt schon zehn Leute beschäftigen. Der Bergwirt fand kein Mittel, gegen ihn anzugehen. Die einzige Macht bestand nur darin, die Heiratsgenehmigung zu verweigern, um die Andreas Gradl ihn in Barbaras Namen gebeten hatte. Aber es dauerte ja nicht mehr lange, dann war Barbara volljährig, dann entglitt ihm auch diese Macht. Die beiden jungen Menschen hatten sich über seinen Willen hinweggesetzt, sie waren stärker als er – lachten sie vielleicht sogar über seine Rückständigkeit?

Nein, sie lachten nicht. Barbara litt sogar schmerzlich unter dem Zerwürfnis mit dem Elternhaus. Sie schrieb dem Vater und der Mutter zum Namenstag und zu Neujahr. Aber niemand antwortete ihr. Außer Florian. Florian war der Einzige, der heimlich mit ihr in Verbindung stand. Gerade am Anfang seiner Studienzeit beschrieb er der Schwester in verzweifelten Briefen seine Einsamkeit, damals, als er vor Heimweh fast umkam. In der Zwischenzeit hatte er sich eingewöhnt, lernte verbissen und fand sich damit ab, dass nicht er, sondern der Bertl einmal Herr auf dem herrlichen Besitz am Fuße des Hahnenkranz sein würde.

Barbara nahm im Hause des Onkels in Percha eine

recht bedeutende Stelle ein. Zuerst war sie ein halbes Jahr in der Küche beschäftigt gewesen, dann als Zimmermädchen und jetzt als Beschließerin. Sie hatte über alles zu wachen und ihr war alles anvertraut, die Schlüssel zu den Wäscheschränken und zum Weinkeller. Wenn es nötig war, dann half sie auch im Metzgerladen aus und stand hinter der Registrierkasse oder sonntags auch an der Theke. Der Gasthof zum Adler hatte großen Zulauf.

In erster Ehe war Kilian Burger mit einer Schwester des Bergwirts Freisinger verheiratet gewesen. Nur ein Jahr, dann starb sie mit dem ersten Kind. Freisinger hatte nun geglaubt, dass er die restliche Mitgift an den Adlerwirt nicht mehr auszuzahlen brauche. In einem Prozess, den der Adlerwirt anstrengte, verlor er und musste auch noch die Gerichtskosten bezahlen.

In zweiter Ehe war Kilian Burger dann mit Katharina Lechner verheiratet. Die war jetzt eine bildhübsche Dreißigerin, die ihm die Zwillinge geschenkt hatte, zwei Buben, die jetzt fünf Jahre alt waren.

Die Feindschaft zwischen den Schwagern war Kathi fremd. Sie begriff nicht, wie man sich wegen ein paar tausend Mark so hassen konnte. Außerdem, der Bergwirt Freisinger gefiel ihr. In der Zeit des Wahlkampfes hatte Freisinger einmal im Adlersaal gesprochen. Auf der Saaltreppe waren Konrad Freisinger und Kilian Burger sich begegnet und mit eisigen Gesichtern aneinander vorbeigegangen. Kathi aber fand ihn wundervoll, wie er da oben stand und ohne jedes Konzept die Herzen der Menschen gewann, wie er sie mitriss und begeistern konnte. Sie wünschte sich, dass ihr Kilian nur ein Zwanzigstel vom geschliffenen

Geist des Schwagers besäße. Dann ließ sie sich von Kilian Burger geduldig erklären, warum sie bei der Wahl den Gegenkandidaten wählen müsse, und gab Konrad Freisinger ihre Stimme.

Acht Tage nach dieser Begegnung kam Barbara ins Haus. Was bei Kilian Burger ein Frohlocken erzeugte, erzeugte bei Kathi erst Misstrauen. Töchter, die von zu Hause fortliefen, waren nach ihrer Ansicht mit Vorsicht zu genießen. Dann wurde Mitleid daraus, das sich mit der Zeit in mütterliche Gefühle verwandelte, weil sie merkte, wie sehr Barbara selbst unter dem Bruch mit dem Elternhaus litt.

Kathi studierte den jungen Mann, der eines Sonntags recht bescheiden im hintersten Winkel der Gaststube saß, recht genau. Es gefiel ihr sogar, dass er sich das Billigste, was auf der Speisenkarte stand, bestellte. Sie betrachtete ihn durch das kleine Guckfenster immer wieder und konnte verstehen, dass Barbara seinetwegen das Elternhaus verlassen hatte. Bei dieser Erkenntnis begann das Bild des Landtagsabgeordneten Freisinger ein bisschen zu wackeln, denn sie war der Meinung, dass Eltern solchen jungen Menschen eine Brücke bauen müssten und sie nicht verstoßen dürften.

Um zwei Uhr saß Andreas immer noch vor dem ersten Glas Bier. Wieder ein Pluspunkt für ihn, und Kathi überlegte schon, ob sie ihm Essen und Bier nicht erlassen solle. Aber noch während sie darüber nachdachte, bezahlte er bereits.

Von zwei bis vier Uhr hatte Barbara ihre Ruhezeit, ein paar Stunden also, in denen sie ausruhen konnte.

Barbara sah in dem duftigen Dirndlkleid, das sie angezogen hatte, bezaubernd aus. Sie war eine herrlich erblühte junge Frau, in deren blauen Augen der Himmel zu leuchten schien.

»Ja, meine Liebe, geh nur«, sagte Kathi, als Barbara fragte, ob sie für die paar Stunden fortgehen könne.

Um vier Uhr kamen sie zurück. Wieder ein Pluspunkt, für den Andreas und Barbara im kleinen Nebenzimmer noch Bohnenkaffee und Erdbeertorte serviert bekamen. Dann musste Barbara wieder ihres Amtes walten.

Das ging jeden Sonntag so bis in den späten Herbst hinein. Da erst fühlte Kathi das dringende Bedürfnis, den jungen Mann zu sich in das Büro zu bitten, zu einer »Aussprache«, wie sie sagte.

Kathi war sehr ernst.

»Nimm bitte Platz.«

Andreas setzte sich in den Plüschsessel, der Frau gegenüber, wusste nicht recht wohin mit den Händen und legte sie schließlich brav, wie ein Schuljunge, auf die Kante des Schreibtisches, auf dem ein Haufen Papier lag.

Kathi ließ sich Zeit, sehr viel Zeit, kramte in den Papieren und betrachtete immer wieder den jungen Mann ihr gegenüber. Sie lehnte sich dann weit in ihrem Sessel zurück.

»Erzähl mir einmal, Andreas, aus deinem Leben.«

Andreas, mit Minderwertigkeitskomplexen nie sonderlich behaftet, begann zu zählen. Aber schon nach den ersten Sätzen unterbrach sie ihn.

»Nein, nein, deine Kindheit interessiert mich nicht. Dass du Holzarbeiter warst, hat Barbara mir längst erzählt. Auch das von dem Sägewerk, das du auf Leibrente übernommen hast, weiß ich. Wie aber stellst du dir die weitere Zukunft vor? Ich denke, dass ihr ja bald heiraten wollt. Sehr zu meinem Leidwesen, denn solch eine Hilfe wie die Barbara bekomme ich nicht so schnell wieder. Ich müsste dir eigentlich böse sein, weil du mir etwas wegnehmen willst, das ich gerne für mich behalten möchte. Bringt denn das Sägewerk so viel ein, dass du Frau und Kinder ernähren kannst?«

Da erst brach es aus Andreas heraus.

»Tja, Geld müsste man halt haben. Es tut sich was, aber es ist halt mein Ehrgeiz, rauszukommen aus der kleinen Rechnerei. Und ich könnte es auch. Da hat mir einer ein Angebot gemacht, Kisten zu fabrizieren. Aber dazu bräucht ich Maschinen. Und die kosten Geld.«

Es wurde eine Weile sehr still. Ein Kanarienvogel schmetterte seine Triller in den kleinen Raum, und der Herbstwind stöhnte um die Fenster.

»Wie viel?«

Andreas nahm die Hände vom Schreibtisch und verkrampfte sie ineinander.

»Ich war auch schon auf der Sparkasse deswegen. Sie sagten mir, ich bräuchte einen Bürgen.«

»Wie viel, habe ich gefragt.«

»Hundertfünfzigtausend.«

Kathi überlegte. Das Fliesenlegen in Küche und Laden, die ganze Renovierung überhaupt, war bereits abbezahlt. Burger hatte unbeschränkten Kredit bei der Bank.

»Wenn ich für dich bürge?«

In Andreas' Augen leuchtete es auf.

»Das würden Sie tun?«

»Aber nicht nur um deiner schönen Augen willen, sondern weil mir Barbara ans Herz gewachsen ist wie ein eigenes Kind. Aber – du darfst dir nicht einbilden, dass mit den hundertfünfzigtausend Mark schon alles erledigt ist. Du wirst dieses und jenes noch brauchen. Vor allem kannst du ja nicht ewig mit einem Fahrrad in der Welt herumfahren und wirst dich motorisieren müssen. Dann noch etwas: Du musst an den Bergwirt Freisinger schreiben, sehr anständig und höflich. Ich kann nicht glauben, dass ein Vater so hartherzig sein könnte, seine Einwilligung zu verweigern, wenn ihr heiraten wollt.«

Hier aber täuschte sich Kathi Burger. Konrad Freisinger verweigerte die Genehmigung glatt. Dafür ging das andere um so besser, Kathi Burger hatte ihm gesagt, dass sie für ihn bürge. Da sämtliche Geschäfte durch ihre Hand gingen, hätte sie das auch ohne Einwilligung ihres Mannes tun können. Aber um ihn nicht zu verletzen, fragte sie ihn eines Abends, ob er einverstanden sei, für den jungen Mann aus der Sägemühle in Bichl zu bürgen.

Zuerst spreizte sich Kilian Burger, wie immer, wenn es um Geld ging. Erst als er die Zusammenhänge wusste und begriff, dass er damit dem Schwager Abgeordneten in den Rücken fallen konnte, stimmte er freudig zu.

»Und überdies«, sagte ihm seine Frau, »werden wir uns über kurz oder lang einen schwereren Wagen zulegen müssen, der dir auch einen Anhänger zieht.«

Bisher war Kathi immer dagegen gewesen, wenn er etwas davon gesagt hatte. Jetzt aber erklärte sie ihm, dass ihr Wagen ja nun abgeschrieben sei und bereits achtzigtausend Kilometer drauf habe. Aber einem, der nicht so viel zu fahren habe, könnte er immerhin noch zwei Jahre gute Dienste tun.

So fuhr nach etwa sechs Wochen Andreas Gradl

mit dem billig erworbenen Wagen des Adlerwirts von Percha nach Bichl, putzte ihm gemeinsam mit dem Löscher Peter in dessen Schmiedewerkstätte die Eingeweide sauber aus, schenkte ihm neue Zündkerzen und opferte zwei Kilo himmelblauen Lack. Dann stand das Auto wie neugeboren da. Die erste Fahrt mit der himmelblauen Schönheit machte Andreas mit seiner Mutter zuerst nach dem Wallfahrtsort Maria-Birk und dann nach Percha, wo sie im Gasthof zum Adler einkehrten.

So ging die Zeit dahin. Barbara wurde zwanzig und Andreas fünfundzwanzig. Kathi sah ihre Not, und schrieb von sich aus einen Brief an Konrad Freisinger, appellierte an sein Vaterherz, schilderte den jungen Andreas als einen fleißigen, tüchtigen Menschen, der seinen Weg im Leben machen werde.

Es dauerte zwei Wochen, bis Antwort kam. Der Brief war mit der Maschine, wahrscheinlich von irgendeiner Sekretärin im Landtag geschrieben. Diktiert aber hatte ihn zweifellos Konrad Freisinger selbst. Es waren seine Gedanken, die Schärfe seines Tones, die eiskalte Höflichkeit, mit der er sich erkundigte, aus welchen Gründen sich die verehrte Frau Burger in Dinge einmische, die sie, seiner unmaßgeblichen Meinung nach, gar nichts angingen. Wenn eine Tochter den Mut habe, davonzulaufen, ohne zu fragen, ob das eines Vaters Herz bewege oder nicht, dann solle sie sich eben in Geduld üben und so lange warten, bis sie volljährig sei und tun könne, wozu er nie und nimmer, aus Prinzip schon, seinen Segen geben werde.

»Ja, dann halt ohne väterlichen Segen«, sagte Kathi Burger ohne Wimpernzucken und flüsterte Andreas etwas leise ins Ohr.

Andreas stutzte zuerst, dann lächelte er.

»Aber es ist doch nicht wahr! So kann ich doch nicht lügen.«

»Es ist nur eine Notlüge. Der Mann ist nicht nur stur, sondern auch hochmütig. Und seinem Hochmut will ich gerne einen Dämpfer aufsetzen. Was er als Vater verweigert, könnte ihn als Abgeordneten zum Nachgeben zwingen. Auf alle Fälle müsstest du es einmal versuchen.«

Und Andreas versuchte es. Er hatte in Dorrach am Bahnhof zu tun, wo an diesem Nachmittag wieder dreihundert neue Kisten verladen wurden. Danach sah er den Wagen des Bergwirts vor dem Sternbräu stehen, stellte seinen daneben und betrat die Gaststube.

Der Herr Abgeordnete saß mit einigen Herren im Nebenzimmer, aber Andreas konnte warten, bis er einmal hinausging. Er ging ihm nach und grüßte mit aller Höflichkeit, die er diesem Mann zu schulden glaubte.

»Grüß Gott, Herr Freisinger.«

Freisinger blickte auf, und sein Gesicht verfinsterte sich. Den Gruß beantwortete er nicht.

»Hätten Sie ein paar Minuten für mich Zeit, Herr Freisinger?«

»Als Abgeordneter ja, sonst nicht.«

»Könnten wir nicht ein wenig aus dem dunklen Flur hinausgehen?«

»Wegen zwei Minuten? Aber meinetwegen.«

Sie gingen zu der Haustür hinaus und standen im Hof. Außer ihnen war niemand da. Aus dem Stall hörte man ein Pferd wiehern, und aus dem Sudhaus kam das leise Summen der Transmissionen. Am liebsten hätte Andreas den Herrn Abgeordneten in die Malzkammer gedrängt, wo er damals den Simon gestellt hatte. Aber Konrad Freisinger blieb mitten im Hof stehen.

»Also, worum dreht es sich?«

»Wenn wir mehr Zeit hätten, würde ich Sie zunächst fragen, warum ich Ihnen so verhasst bin.«

»Verhasst? Junger Mann, Sie überschätzen sich. Sie sind mir zu gleichgültig, und Hass ist überhaupt etwas, das mir nicht liegt. Sehen Sie den Strohbüschel dort vor der Stalltür liegen? Sehen Sie, so gleichgültig wie der sind auch Sie mir.«

Andreas fühlte, wie ihm das Blut zu Kopf stieg. Aber er beherrschte sich, beherrschte sich Barbara zuliebe, weil sein Gegenüber doch ihr Vater war. Andernfalls wäre er nicht bereit gewesen, sich abkanzeln zu lassen wie ein Schulbub. Zu seiner Holzarbeiterzeit hätte er es vielleicht geschluckt. Jetzt aber stand etwas hinter ihm, ein kleines Werk, das noch ausbaufähig war, ein ganz nettes Bankkonto und einige beachtliche Außenstände. Das alles gab ihm einen gewissen Rückhalt und hob sein Selbstbewusstsein.

»Das ist schade«, sagte er. »Und ich bedauere es. Ihre Tochter denkt ein wenig anders.«

Freisinger zog seine Uhr auf und schaute an Andreas vorbei zum Taubenschlag hinüber, wo ein Tauber gurrte.

»Die zwei Minuten sind um. Also, was wollen Sie?«

»Nichts anderes als das, worum ich Sie schon einmal schriftlich gebeten habe. Geben Sie Ihre Erlaubnis, dass wir heiraten können.«

»Sonst habt ihr keine Sorgen? Und die Barbara ist

sich wohl zu gut, mich zu bitten? Aber natürlich, eine, die sich nachts aus dem Haus stiehlt und sich zur Verwandtschaft schleicht, wie sollte man von so einer auch erwarten können, dass sie um etwas bittet! Nein, ich will nicht! Sie musste wissen, was sie tat, als sie das Band zwischen sich und ihrem Elternhaus zerschnitten hat. In einem Jahr ist sie volljährig, dann kann sie tun und lassen, was sie will.«

Andreas hatte es eigentlich nicht sagen, hatte es auf ehrliche Art erreichen wollen. Jetzt blieb ihm aber doch kein anderer Weg, als zu dem zu greifen, was die Adlerwirtin in Percha eine Notlüge nannte. Irgendwie hatte er auch das dringende Bedürfnis, den Stolz dieses Mannes auf empfindliche Weise zu treffen.

»Also dann nicht«, sagte er. »Dann muss sich eben der Landtagsabgeordnete Freisinger damit abfinden, dass sein erstes Enkelkind unehelich zur Welt kommt.«

Das saß. Der Freisinger geriet für Sekunden aus der Fassung und konnte nicht verhindern, dass Entsetzen seine Augen weiteten und Schreck und Wut sein Gesicht verzerrten. Dann wurden seine Augen ganz schmal.

»Du hinterlistiger Hund!«

Blitzschnell zuckte seine linke Hand, weil er in dieser immer noch die meiste Kraft spürte, vor. Genauso schnell aber bog Andreas das Gesicht zur Seite. Der harte Stoß der verstümmelten Hand traf ihn nur noch an der Schulter. Den zweiten Schlag aber fing er mit der rechten Hand auf, bog dem Bergwirt den Arm nach hinten.

Ein Ächzen aus schmalgepressten Lippen. Sein Körper bäumte sich vor, seine ganze zähe Kraft warf er in die Waagschale und flehte innerlich: Nur nicht zu Boden. Himmel, lass es nicht zu, dass ich zu boden muss …

Andreas aber war von einer fast wilden Lust erfasst, diesen Hochmut zu brechen. Er schien es auf gar nichts anderes mehr abgesehen zu haben, als dass dieser Mann vor ihn zu knien kam.

Der Bergwirt Konrad Freisinger musste in jäher Angst erkennen, dass er der jugendlichen Kraft nicht mehr gewachsen war. Seine Knie begannen zu wanken. Mit unbarmherziger Gewalt drückte Andreas ihn nieder. Er ließ nicht nach, der Boden kam, kam immer näher. Der Landtagsabgeordnete Konrad Freisinger berührte das Kopfsteinpflaster zuerst mit dem einen, dann mit dem andern Knie. Dass er nicht auch noch mit dem Oberkörper nieder musste, verdankte er nur der Einsicht Andreas'.

Ernüchtert trat dieser zurück und fühlte auf einmal keine Befriedigung mehr in sich. Es war beschämend, diesen Mann auf dem Boden knien zu sehen.

»Das wollte ich nicht«, sagte er leise.

Langsam richtete sich der Bergwirt auf. In seinen Augen schien aller Glanz erloschen zu sein. Sein Atem ging schwer. Den Kopf weit zurücklegend, sagte er langsam:

»Bis zu dem Augenblick habe ich nicht gewusst, was Hass ist, und wen ich hassen sollte. Jetzt weiß ich es.«

Er drehte sich langsam um und ging ins Haus zurück.

Acht Tage später bekam Barbara über einen Rechtsantwalt die Genehmigung von ihrem Vater zur Heirat.

Die Hochzeit fand in aller Stille statt und wurde in Percha beim Adlerwirt gefeiert. Als Gäste waren nur Andreas' Mutter und die Malerin Beate Forell da. Barbara zeigte niemandem, wie schwer sie unter dem Zerwürfnis mit dem Elternhaus litt, und lächelte an diesem Tag zum ersten Mal wirklich, als kurz nach dem Mittagessen der Postbote ein Glückwunschtelegramm für das Brautpaar brachte.

Es kam von Florian.

Florian war ihr als Einziger aus der Familie innerlich verbunden geblieben und wünschte ihr von Herzen alles Glück der Welt.

Es war wie ein Schluck Wasser in eine ausgedörrte Kehle, denn Barbara wusste, dass sie mit ihrem Entschluss, nur nach ihrem Herzen zu heiraten, der Mutter weißes Haar und den Vater noch unversöhnlicher gemacht hatte. Wohl merkte diesem Mann niemand an, wie schwer er in seinem Stolz verletzt war, aber hinter seinen Gebärden lag nicht mehr die unbezwingbare Kraft, in seinen Reden nicht mehr der leidenschaftliche Schwung, und wer genau hinsah, der konnte die ersten weißen Fäden an seinen Schläfen sehen oder wahrnehmen, dass seine Schultern sich ein wenig nach vorn neigten, als seien Jahre, die doppelt und dreifach wogen, daraufgelegt worden.

Der Einzige, der sich über diese Entwicklung freute, war der Bertl. Trotz seiner Jugend – er war gerade fünfzehn geworden – entwickelte er einen ungeheuren Geschäftssinn und witterte in allem einen Vorteil. Die Schwester hatte nach ihrem Willen geheiratet, also brauchte man ihr auch nichts zu geben. Ihr Erbe blieb im Haus, wie der schweigende Zorn im Haus blieb über die Abtrünnige. Ansonsten war er ein pfiffiger Kerl, dieser Bertl, rank und schlank gewachsen, unternehmungslustig und zuweilen verwegen.

Im letzten Winter hatte er das Abfahrtsrennen vom Hahnenkranz in der Jugendklasse gewonnen. Sein Name hatte in der Zeitung gestanden. Der Sohn des Landtagsabgeordneten Freisinger, hatte es geheißen. Sein Ehrgeiz war aufgestachelt, und es brannte der Wille in ihm, in die internationale Klasse der besten Skiläufer nachzurücken. Wenn der Vater ihn nur mit dem Taschengeld nicht so kurz gehalten hätte! Florian bekam das Gleiche wie er. Aber Florian brauchte dafür nicht zu arbeiten. Studieren schien dem Bertl keine Arbeit zu sein.

So ging die Zeit dahin, und Konrad Freisinger begann auf einmal zu merken, dass er belogen worden war. Er war seltsamerweise über alles genau orientiert, was sich in der Kistenfabrik in Bichl begab. Er wusste, dass dieser Andreas ungewöhnlich tüchtig war, dass jetzt bereits zwanzig Arbeiter in seinem Werk beschäftigt waren, und dass der alte Zaggler ein recht beschauliches und angenehmes Leben führte.

Die Gradlin, Andreas' Mutter, sorgte bestens für ihn, und jeder konnte von ihm hören, dass er es in seinem Leben noch nie so schön gehabt hätte.

Was aber nun die Barbara betraf, so hätte sie mit ihrem Kind bereits in den zwölften Monat kommen müssen. Also war er angelogen worden, man hatte ihn hinters Licht geführt, und selbst wenn es zu vergessen gewesen wäre, dass er auf die Knie gemusst hatte, diese Lüge konnte er nicht verwinden.

Im Frühjahr darauf schenkte Barbara einem gesunden Knaben das Leben. Sie bekam ihn im Krankenhaus von Dorrach und der Kistenfabrikant Gradl war schon so wohlhabend geworden, dass er seine Barbara in ein Einzelzimmer betten lassen konnte.

Von diesem Zimmer aus konnte Barbara, als sie dann aufstehen durfte, direkt auf den Stadtplatz hinuntersehen, auf das mächtige Geschäftshaus der Seidenspieler, und sie dachte, dass sie jetzt auch dort wohnen könnte.

Am zweiten Tag bereits wusste Konrad Freisinger, dass er Großvater geworden war. Er rechnete nochmals nach. Nein, es war kein Irrtum. Es war eine Lüge gewesen, mit der dieser »hinterlistige Hund« ihm etwas vorgegaukelt hatte, auf das er hereingefallen war.

Konrad Freisinger geriet, vielleicht zum ersten Mal in seinem Leben, in eine Verwirrung, die wie ein Gestrüpp war, aus dem er auch mit dem besten Buschmesser nicht herausfinden konnte. Es ging trotz seines Widerstandes, den er den beiden entgegenzusetzen gemeint hatte, in Bichl anscheinend alles nach Wunsch. Sein Gewährsmann dort hatte ihm unter anderem zu berichten gewusst, dass die beiden wohl recht glücklich sein müssten, wenn der semmelblonde Sägmüller mit seiner jungen Frau des Abends oft Hand in Hand am Bach entlangwanderte und ihr jeden Wunsch erfüllte, den er ihr von den Augen ablas.

Es ist nicht so, als ob man nur ein Blatt vom Kalender reißt, sich sagt, »heut bin ich Großvater geworden«, und dann das Blatt in der Hand zerknüllt. Es steckte doch ein tieferer Sinn, eine heilige Ordnung sogar, dahinter. Der Baum hat einen neuen Trieb bekommen, der das Leben weitertragen würde in die nächsten Jahrzehnte hinein.

Solche Gedanken bewegten den Bergwirt Freisinger, als er am Ende einer Sitzungsperiode nach Hause fuhr. Er hatte wieder einmal mitgeholfen für das Volk zu regieren. Zu diesem Volk gehörte nun auch sein Enkel. So ein Unsinn, ihn Konrad zu taufen! Er ärgerte sich darüber, und zugleich überkam ihn eine leise Beschämung, weil die beiden ihm damit trotz allem so etwas wie eine erinnernde Liebe bewahrt hatten. Als ob es keinen anderen Namen gegeben hätte.

Bei der Abzweigung, wo es nach Bichl ging, fuhr er ganz langsam, hielt schließlich den Wagen ganz an, als müsse er die verwaschene Schrift auf dem Wegweiser genau studieren, die anzeigte, dass es noch zwei Kilometer nach Bichl seien.

Es müsste schön sein, dorthin fahren zu können. In fünf Minuten würde er es mit dem Wagen leicht schaffen. Und es müsste wiederum sehr schön sein, wenn man dort bei dieser neuen Kistenfabrik aussteigen und sagen könnte: »So, nun zeig mir einmal meinen ersten Enkel.«

Das wäre herrlich, aber zu diesem Glück hatte er sich den Weg verbaut. Sein Stolz ließ es nicht zu, nach Bichl zu fahren, um etwa in seiner Eigenschaft als Abgeordneter die Bezirksstraße anzusehen, die nach Angaben des dortigen Gemeinderates dringend ausgebaut werden müsste. Als Vater aber könnte er sich bei dieser Gelegenheit so nebenbei brennend wünschen, dass die verloren gegangene Tochter zufällig vorbeikäme, mit dem Kinderwagen vielleicht, in den man einen verstohlenen Blick werfen könnte, ob das, was drinnen lag und ins Leben hineinwuchs, die hohe Freisingerstirn habe, die dunkelblauen Augen oder den sanften Schwung um den Mund.

Konrad Freisinger horchte verwundert in sich hinein. Was waren denn das auf einmal für Anwandlungen? Hing das mit dem zunehmenden Alter zusammen? Wurde er sentimental und begann abzuwägen, was sein Leben mehr ausgefüllt hatte, die Kinder oder die Politik? Ganz heiß stieg es in ihm hoch, flutete dann wieder zurück in sein Herz und machte es traurig und schwer. Hatte er seine Kinder jemals ganz besessen? Eines war schon von ihm weggegangen. Hatte nicht auch der Bertl schon seine eigenen Gedanken, seine eigene Welt, an der er nicht teilhatte? Und was den Florian betraf, was kümmerte er sich schon um ihn! Dieser Bub büffelte für das Abitur, weil er wusste, dass man von ihm erwartete, dass er es bestand.

Aber er konnte ihm dabei nicht helfen. Er stand auch hier abseits. Florian baute sich sein eigenes Leben auf. Er ging allein und einsam seinen Weg, der so schmal war, dass der Vater nicht neben ihm gehen konnte. Hinter ihm ging er, ein großer, ungeheurer Schatten, der dem jungen Adler die Schwingen nicht heben half, sondern den Flug eher hemmte.

Vielleicht war es überhaupt eine Dummheit gewesen, ihn zum Studium zu drängen. Sie wohnten gemeinsam in einer Bude in der Stadt, und wenn Florian schon in tiefem Schlaf lag, saß er, der Vater, noch oftmals an dem wackeligen Tisch und ordnete seine Papiere für die Sitzung am nächsten Morgen. Zuweilen träumte Florian ganz laut. Aber er träumte nie von dem, was er tagsüber erlebt hatte, sondern immer nur von daheim in den Bergen, von den steilen Halden, auf denen das dünne Korn wuchs und der Hafer für die Pferde. Er träumte von den beiden Apfelschimmeln und seinem Bruder Bertl, den er zu beneiden schien, weil er dort leben durfte, wo es Natur, Ruhe und die Geborgenheit des heimatlich Vertrauten gab.

Ob der Bertl es eigentlich ganz erfasste, welch unverhofftes Glück ihm da einmal in die Hände fallen würde? Dieses herrliche Stück Heimat würde einmal sein Erbe sein. Ob sein ungestümes Temperament dieses Erbe wahren konnte? Seine Wurzeln saßen lockerer, es fehlte ihm die Bedächtigkeit des Freisingerblutes, er war zu sehr Allerweltsliebling. Die Kurgäste hatten einen Narren an dem schmalaufgeschossenen Jungen gefressen, der schon wie achtzehn aussah und doch erst sechzehn wurde. Das Gefährliche war, dass der Bertl wusste, wie gut er aussah, und er gefiel sich in der Rolle des jungen Bergwirts, der durch die Tischreihen ging und »guten Appetit« wünschte, manchmal seine schmalen Hände auf die Rücklehne des Stuhles eines weiblichen Gastes legte und kleine, freche Bemerkungen hinwarf, die gerade deshalb charmant waren, weil er noch zu jung für sie war.

Die Mutter sah in ihn hinein wie in einen Spiegel. Es war eine Affenliebe, mit der sie an ihrem hübschen Sohn hing, der sich hier mit jugendlichem Schwung um alles kümmerte, wenn der Vater im Landtag war.

Bertl stand auf der Terrasse, auf der die Sommergäste ihren Nachmittagskaffee tranken. Er wusste, dass der Vater heute kam, weil die Landtagsferien begonnen hatten. Nun war es mit seiner Macht, mit der er so gerne spielte, wieder auf viele Wochen vorbei, nun stand er wieder im Schatten dieses mächtigen Vaters und war nicht mehr als ein Bediensteter.

Da kam auch schon der schwarze Opel des Vaters

die Serpentinen heraufgekrochen. Laut und vernehmlich sagte der Bertl, so dass alle es hören konnten:

»Der Herr Abgeordnete kommt.«

Er sagte nie mehr ›Vater‹. Immer nur der ›Herr Abgeordnete‹ oder ›der Chef‹.

Dann verschwand er hinter dem Haus.

Die Jahre gingen über Dorrach und sein bergiges Hinterland hinweg. Sommer und Winter, Blüte, Reife und Ernte. Und dieser Wechsel der Zeiten ist das Gesetz des Lebens. Aus Kindern wurden Erwachsene. Die Jahre zeichneten ein paar Falten mehr in die alternden Gesichter, der Totengräber hatte zu tun wie auch die Hebamme. Leben und Sterben gingen durch die Jahreszeiten wie der Wind und der Regen. Es lebte die Liebe in ihnen wie der Hass und die Feindschaft. Manche Feindschaften erloschen, andere blieben bestehen, weil der Stolz nicht zuließ, sich zu beugen.

Nur der Stolz war es, der die Feindschaft zwischen dem Berggasthof zum Hahnenkranz und der Kistenfabrik in Bichl immer noch bestehen ließ. Ungeachtet dessen aber brachte Barbara ihr zweites Kind zur Welt. Es war wieder ein Junge, den sie nach dem Vater Andreas nannten.

Der Bergwirt Konrad Freisinger war ein zweites Mal in den Landtag gewählt worden und hatte alle Aussicht, als Staatssekretär ins Landwirtschaftsministerium zu kommen. Immer noch kerzenschlank und voller Spannkraft warf er sich in seine neue Aufgabe, war dadurch noch weniger daheim, und die Zügel übernahm dort immer mehr der nun volljährig gewordene Bertl.

Aber auch in Bichl war einer unbeirrt seinen Weg vorwärts gegangen. Andreas hatte das Werk vergrößert, schaffte neue Maschinen an und hatte den alten Bauernhof in ein herrliches Landhaus umgebaut.

Der frühere Holzarbeiter siegte auf der ganzen Linie. Man sagte ihm nach, dass er eine glückliche Hand habe. Aber das allein war es nicht, er war schon auch ungemein tüchtig. Schnell erfasste er alles, was an ihn herankam. Es war gerade so, als ob er einen sechsten Sinn habe dafür, wo er einsteigen dürfe oder wovon er die Finger lassen müsse. Sein Ansehen wuchs wie sein Werk, sein Name hatte einen guten Klang weit über das Land hinaus und konnte auch von denen nicht überhört werden, die es nur zu gern getan hätten.

Freilich gab es auch Neider, die ihm schaden wollten. Er lachte bloß darüber, lachte so lange, bis es ihm doch zu viel wurde, und als er eines Abends mit seinem Wagen von einer kurzen Geschäftsreise heimkam, sah Barbara ihm sofort an, dass er sich über etwas ärgerte.

»Was ist los, Andreas?«, fragte sie, in seinen Augen forschend. Er blickte über ihren Scheitel weg und löste sich langsam aus ihren Armen.

»Wo sind die Kinder?«

»Sie schlafen schon.«

Andreas ging ins Kinderzimmer, wie immer, wenn er von einer Reise zurückkam. Die Fäuste um die Stäbchen des Bettchens geklammert, stand er etwas vorgebeugt da und betrachtete lange das Gesicht seines Jüngsten, der in allem Barbara ähnlich sah. Im anderen Bett lag Konrad, ein strammer Junge bereits mit einem wilden Wuschelkopf.

Leise öffnete sich die Tür. Barbara steckte den Kopf herein.

»Kommst du zum Essen?«

Die Wolke auf seiner Stirn war verschwunden, der nagende Grimm hatte sich beim Anblick seiner beiden Sprösslinge wieder gelegt, und beim Anblick des sauber gedeckten Tisches kam der freundliche Glanz in seine Augen. So ein Heimkommen war jedesmal eine Wonne. Liebe und Behaglichkeit umgaben ihn, und während Barbara ihm dunkles Bier in den Steinkrug mit dem zinnernen Deckel schenkte, sagte er wie mit betonter Gleichgültigkeit:

»Was meinst du, was sie jetzt wieder über uns sagen?«

Da wusste sie, dass es ihn tiefer bewegen musste, weil er über Kleinigkeiten sonst nie sprach.

»Über uns oder über dich?«

»In dem Fall sind wir alle gemeint. Du und ich und auch meine Mutter. Zunächst aber einmal ich. Sie sagen, dass ich dem Zaggler die Säge abgeschwindelt hätte, dass wir ungeduldig auf seinen Tod warteten, dass wir ihm die Leibrente vorenthielten und ihn überdies schlecht behandelten.«

Barbara schaute zuerst verdutzt drein, dann lachte sie.

»Entschuldige, Andreas, wenn ich lache. Aber erst heute Nachmittag, als ich ihm den Kaffee hinübertrug, hat er mir gesagt, dass er sich seinen Lebensabend nicht so schön vorgestellt hätte.«

Andreas nickte und schnitt sich ein Stück von dem kalten Braten ab.

»Er könnte es auch nicht anders sagen, weil wir zwei ja die Letzten wären, die ihm nicht dankbar sein müssten. Er ist jetzt alt und soll es schön haben. Von einem alten Menschen geht Weisheit aus. Und weil ich nie anders gedacht habe, darum regt mich diese Verleumdung auf. Weißt du auch, von wem sie ausgeht?«

»Ach, das ist bloß wieder so ein Neidergeschwätz, musst dich nicht ärgern, Anderl.«

»Nein, diesmal nicht. Aber ich werde dem jungen Seidenspieler auf die Finger klopfen, dass er es sich überlegt, ein zweites Mal so unverschämt zu lügen.«

»Ach der«, sagte Barbara geringschätzig.

»Ja, der. Und ich werde ihn anzeigen, darauf kannst du dich verlassen, denn diesmal geht es nicht um mich allein, sondern auch um dich und meine Mutter. Der soll seinen Denkzettel bekommen!«

Barbara wollte es zwar noch abbiegen und meinte, er solle eine Nacht darüber schlafen, aber Andreas schüttelte den Kopf.

»Gib dir keine Mühe, der Simon Seidenspieler braucht uns nicht leid zu tun!«

Natürlich gewann Andreas den Prozess. Simon Seidenspieler musste sich vor Gericht vom alten Zaggler sagen lassen, dass er ein unverschämter Lügner sei. Er musste außer den Gerichtskosten tausend Mark an das Rote Kreuz zahlen und außerdem zweimal in der Kreiszeitung veröffentlichen lassen, dass die von ihm über den Kistenfabrikanten Andreas Gradl gemachten Äußerungen unwahr seien, und dass er sie mit dem Ausdruck des Bedauerns zurücknähme.

Das war die härteste Strafe für den Simon, und er stand vor seiner Braut, die er in einigen Wochen heiraten wollte, nicht gerade als Held da. Auch musste er sich von seinem Vater sagen lassen, dass diese Strafe noch zu gering sei, denn einem Menschen, der es vom einfachen Holzarbeiter so weit gebracht habe, dass er kaum mehr hinter dem Seidenspielerschen Reichtum zurückstehe, müsse man Achtung entgegenbringen.

Der Widerruf stand unter der Anzeige, dass Frau Barbara Gradl einem gesunden Mädchen das Leben geschenkt habe. Weil aber die Kreiszeitung nur in beschränktem Maße verbreitet war, ließ Andreas in seiner Freude noch eigens für die vielen Geschäftsfreunde und sonstigen Bekannten Karten drucken.

»Unsere Söhne Konrad und Andreas haben am 12. August ein Schwesterchen ›Magdalena‹ bekommen. Dies zeigen hocherfreut an: Barbara und Andreas Gradl, Kistenfabrik, Bichl über Dorrach.«

Barbara war es, die in der immerwährenden Hoffnung, dass der Familienzwist endlich einmal aufhören möge, an die Familie Konrad Freisinger im Berggasthof Hahnenkranz auch so eine Karte schickte.

Der Abgeordnete Freisinger war zufällig daheim. Er missverstand dies, fand diese Annäherung über den Postweg unverschämt und meinte, dass man ihn damit nur ärgern wolle. Die Bergwirtin wiederum war beleidigt, weil man dem Mädchen nicht ihren Namen gegeben hatte, sondern den Namen von Andreas' Mutter.

»So ein undankbares Geschöpf«, begann sie zu jammern. »Grad, als ob ich ein Niemand wäre. Damit will sie mir ja bloß eins auswischen! Aber ich werd es mir schon merken!«

»Ja, merk dir's nur«, antwortete der Bergwirt frostig.

»Und überhaupt, nicht ein einziges Mal hat sie in all den Jahren den Weg zu uns gefunden. Meint sie vielleicht, dass ich ihr nachlauf?«

»Vielleicht meint sie das.«

»Dabei kann sie alt werden!«

»Dazu hat sie noch lange Zeit. Wir werden alt, aber bei ihr ist das Leben in voller Blüte. Manchmal hab ich das Gefühl, als hätten wir auf die falsche Karte gesetzt und als geschehe gerade deswegen da drüben alles nach Wunsch. Zwei Buben und ein Mädchen. Ob wir das hier bei uns erleben dürfen, bleibt erst abzuwarten. Der Bertl ist ein leichtlebiger Bursch und das eine sag ich dir, Mamm, halt deine Augen offen! Gestern hab ich ihn beobachtet, wie er hinter der Lisa herschaute. Notfalls muss das Mädchen aus dem Haus, so tüchtig sie sonst auch ist.«

Die Bergwirtin schaute zuerst erschrocken drein. Dann lächelte sie beruhigt: »Der Bertl hat sich schon was Besseres gesucht.«

»So? Welche ist es denn?«

»Die Tina vom Sonnleitner.«

Konrad Freisinger horchte interessiert auf.

»Vom Sonnleitner in Ballham? Donnerwetter, das wär was Besonderes. Wie kommt er denn dahin?«

»Ja, du kennst deinen Bertl eben nicht!«

»Kann sein. Ich hab ihn bisher immer für einen Windhund gehalten, aber er entwickelt, scheint's, seine Fähigkeiten auf einem anderen Gebiet. Mit der Arbeit hat er es jedenfalls nicht recht.«

»Das darfst nicht sagen, Konrad. Seit du dich um Hof und Wirtschaft nicht mehr kümmern kannst, ist trotzdem alles wie am Schnürl gelaufen. Und weil wir schon davon reden, du solltest ihn mit dem Geld nicht gar so knapp halten. Es ist für einen jungen Mann nicht angenehm, wenn er um jede Mark zu seiner Mutter kommen muss.«

Der Bergwirt zog nachdenklich die Brauen zusammen.

»Um jede Mark ist gut. Ich fahr mit dem alten Kasten, und der Herr Sohn hat einen rasanten Volkswagen.«

»Das musst verstehen, Konrad –«

»Ach geh, was muss ich denn noch alles verstehen?«

»Es ist nicht mehr so wie früher, Konrad. Das Geschäft hat sich verfünffacht. Wenn jetzt was ausgeht, fährt der Bertl halt schnell runter nach Dorrach und ist in einer halben Stunde zurück. Die Fremden wollen an die Bahn gebracht oder dort abgeholt werden, soweit sie nicht selbst ein Auto haben. Nein, der Bertl ist schon recht. Um den brauchst du dir keine Sorgen zu machen.«

»Gut, ich will's ja hoffen. Auch das will ich hoffen, dass du ihm wirklich nicht mehr Geld zusteckst, als ihm gut tut. Sonst müsste ich dir die Bankvollmacht entziehen. Was hat denn sein Bruder schon? Zum bestandenen Abitur hab ich ihn neu eingekleidet. Darüber hinaus hat er außer seinem Taschengeld nicht viel Geld zur Verfügung. Und damit kommt er ganz gut aus. Wo ist die Lisa?«

»Wird in den Zimmern oben sein.«

»Schick sie mir ins Büro. Sie muss etwas schreiben für mich.«

Im Büro stand eine uralte Schreibmaschine, auf der die Lisa mit zwei Fingern tippte, aber es ging dennoch ganz flott. Und zu schreiben hatte der Abgeordnete Freisinger immer etwas, wenn er daheim war.

Die Lisa aus dem Ziegenhäusl war inzwischen vom Küchenmädchen zum Mädchen für alles aufgerückt.

Sie kümmerte sich um die Fremdenzimmer, um den Einkauf der Lebensmittel und schrieb täglich die Speisenkarten. Wenn Hochbetrieb war, half sie auch beim Bedienen und machte sich im Übrigen nicht schlecht. Ihr herzliches Wesen, die Art, wie sie auf jeden Gast einzugehen wusste, machte sie ungemein beliebt bei jedermann, und die Fremden geizten nicht mit Trinkgeldern, auch wenn diese jungerblühte Schönheit jeden Arm, der sich in den weiten Zimmerfluchten vertraulich um ihre Hüfte legen wollte, mit unnachahmlichem Stirnrunzeln wegzuschieben wusste.

Auch der Bertl hatte einen wunderschönen Korb von ihr bekommen und überdies die Warnung, dass sie es seiner Mutter sagen werde, wenn er meine, sich Rechte anmaßen zu dürfen, weil er der junge Herr im Hause sei. Der Bertl nahm das nicht sonderlich schwer, er war ja Hahn in vielen Körben.

Lisas rotblondes Haar war mit den Jahren nachgedunkelt und schimmerte jetzt fast tizianrot. Ihre schön geschwungenen Brauen aber waren dunkel wie die Augen. Unwillkürlich musste man diesem jungen Mädchen nachsehen, auch wenn der Bertl jetzt geringschätzig sagte, wenn die Sonne auf Lisas Haar leuchte, dann meine man, sie trüge einen Feuerwehrhelm.

Sie betrat das kleine Büro zu ebener Erde, in dem eine uralte Holzverkleidung den Geruch von altem Holz verströmte. Der Abgeordnete Freisinger liebte gerade diese Kammer, in der es nach Erinnerungen aus vergangenen Zeiten roch.

Langsam drehte er sich vom Fenster weg.

»Na, bist du schon da, Lisa. Spann gleich einen Bogen ein.«

Lisa wunderte sich oft, wie dieser Mann seine Gedanken in Worte fassen konnte.

Die Hände hinter dem Rücken verschränkt, ging er auf und ab und diktierte:

»Hast du es? Üble Folgen haben kann? Also dann weiter: Die soziologische Wandlung der Dörfer regt die Bauern zum ständigen Vergleich über ihre soziale Entwicklung und ihre von der übrigen Bevölkerung so stark abweichenden Einkommensverhältnisse an. Diese Wandlung übt unweigerlich auf unseren Bauernstand einen negativen Einfluss aus –«

So ging es fast zwei Stunden lang. Die alte Schreibmaschine donnerte unter Lisas flinken Fingern wie ein Maschinengewehr.

Der Bergwirt nahm die Bogen in die Hand und nickte zufrieden.

»Sauber hast du es gemacht, Lisa. Sauber wie immer.«

Lisa stülpte die Wachstuchhaube über die Maschine und rückte sie in die Ecke.

»Brauchen Sie mich noch?«

»Eigentlich nicht mehr. Aber was ich noch sagen wollte, Lisa: Wie alt bist du jetzt eigentlich?«

»So alt wie der Bertl.«

»Stimmt. Das hätte ich wissen müssen. Wo nur die Zeit hinkommt! Ich meine, du wärst gestern erst in unser Haus gekommen. Und da warst noch ein kleines Dirndl.«

»Das sechste Jahr bin ich schon hier.«

»Sechs Jahr schon! Und der Bertl – schau mich einmal ehrlich an – der Bertl lässt dir doch deine Ruh?«

»Ich verschaff sie mir schon.«

»Das heißt also, dass er es versucht hat. Tät mich

auch wundern, denn wenn ich dich so anschau, Lisa, du bist bildhübsch geworden. Aber schau, so eine Beziehung im Haus könnt ich nicht dulden. Und weil ich den Bertl ja nicht gut rausschmeißen könnte, müsstest du gehen. Das tät mir aber leid, weil du tüchtig bist und der Mamm fleißig an die Hand gehst. Das wär's also, was ich hab sagen wollen. Jetzt kannst du gehen.«

Er hatte nicht bemerkt, dass die Lisa bei seinen letzten Worten feuerrot geworden war und es plötzlich furchtbar eilig hatte hinauszukommen. Draußen lehnte sie sich an die Mauer und presste die Hand an ihr heftig klopfendes Herz.

Ein Wind hatte sie gestreift, der Sturm war ausgeblieben. Aber es war ganz gut zu wissen, wie der Bergwirt Konrad Freisinger dachte.

Eines Tages fuhr der Bergwirt Konrad Freisinger von Pitting kommend auf Dorrach zu, als er eine ältere Frau mit einem Kleinkind auf dem Arm am Wegrand stehen sah. Hilfsbereit wie er war, hielt er seinen alten Wagen, der in der ganzen Gegend bekannt war, an, drehte das Fenster herunter und fragte:

»Magst mitfahren, Oma?«

»Gern, wenn ich darf.«

Er öffnete die Tür und ließ sie einsteigen. Dann fuhr er langsam wieder an.

»Wo kommst denn her?«, fragte er leutselig.

»In Mitterbach war ich, bei einer Verwandten, und jetzt ist dem Kleinen da doch der Rückweg zu weit geworden. Hätt doch besser 's Wagerl mitgenommen.«

»Bist von Dorrach?«

»Nein, von Bichl.«

»So, so, von Bichl.« Der Bergwirt schaute von der Seite her in das braun gebrannte Kindergesicht mit den hellblonden Locken. »Ein nettes Büberl. Wie alt?«

»Drei Jahr.«

»Dein Enkel?«

Ein kaum merkliches Lächeln spielte um den Mund der Gradlin und sie hätte am liebsten gesagt: Der deine auch. Aber sie wusste nicht, wie sie damit ankäme, und der Bergwirt redete auch schon weiter.

»Von Bichl also bist. Wie geht denn die Kistenfabrik dort?«

Die Gradlin flammte innerlich auf vor Begeisterung, dem Mann, der mit der einen Hand den Wagen so sicher lenkte, den Mund recht wässerig zu machen.

»Denen wird es wohl gut gehen. Was der Gradl Anderl anpackt, gelingt ihm und mit seiner Frau, da geht er um, als ob sie eine Heilige wäre. Selten, dass man zwei Menschen trifft, die so gut harmonieren. Und wenn man bedenkt, was die Säge für ein alter Schrott war. Was der daraus gemacht hat! Dabei denkt er jetzt schon wieder an Vergrößerung. In fünf Jahren beschäftigt der bestimmt über hundert Arbeiter, wenn er so weitermacht.«

Der Bergwirt blickte stur geradeaus.

»Ja, eine gute Nase muss man halt haben. Das Geld liegt auf der Straße, man muss nur wissen, wie man es findet.«

»Ich hab noch nie was gefunden«, sagt die Gradlin und nahm das Händchen des Buben aus ihrem Haar, das sich dort verfangen hatte. »Komm, Burschi, reiß der Oma nicht die paar Haare auch noch aus.«

»So ein Kind ist doch was Liebes«, meinte der Bergwirt und fuhr am Ortsausgang etwas zur Seite.

»Und manche Leut wissen es gar nicht zu schätzen.«

»Da müsst man ja kein Herz haben.« Er nahm die Hand des Kleinen und drückte mit ihr auf die Hupe. »Schau, was du alles kannst.«

Der kleine Andreas fand Spaß daran und drückte immer wieder auf die Hupe, die misstönend durch die Stille des Nachmittags schrie. Aber das machte dem Bergwirt nichts aus. Er legte die Hand auf den blonden Lockenkopf. Dabei übermannte ihn ein eigentümlich wehes Gefühl, das über sein Herz ging wie ein trauriger Wind über ein Stoppelfeld.

»Wirklich ein nettes Bürscherl«, sagte er nun schon zum zweiten Mal.

»Und so brav«, antwortete die Gradlin eifrig und nicht ohne Stolz.

»Er wird halt seiner Großmutter nachschlagen«, meinte Freisinger und es sollte wie ein Scherz klingen.

»Seinem Großvater gewiss nicht, das ist ein eigensinniger, sturer Kerl«, lachte die Gradlin merkwürdig spöttisch. »Dafür sind seine Eltern zwei liebe Leut.«

»Das kann ich mir denken.«

Die Gradlin suchte den Türgriff.

»Wo geht's denn da raus?«

Konrad Freisinger streckte den rechten Arm aus und beugte sich an der Gradlin vorbei zum Türgriff. Dabei berührte seine Wange die des Kindes. Wie weich sie war und so warm! Der Kleine war nicht schüchtern und legte seine Händchen zutraulich um den Hals des Bergwirts. O Glück des Augenblicks!

Der Bergwirt empfand ihn wie eine Verzauberung, in die er sich verlieren wollte.

Dann stieg die Gradlin schnell aus und nahm den Kleinen auf den Arm.

»Vergelt's Gott, das Mitnehmen.«

»Ist nicht der Rede wert. Krieg ich kein Handerl?« Diese Frage war an den Lockenkopf gerichtet. Folgsam streckte Andreas sein Händchen hin. Dieser ergraute Mann mit dem Handstummel schien es ihm angetan zu haben.

Die Gradlin hatte das Geheimnis eigentlich für sich behalten wollen. Stolz, Genugtuung und auch ein wenig Schadenfreude stritten jetzt so heftig in ihr, dass sie herausplatzen musste:

»Sag schön: Auf Wiedersehen, Großvater.«

Weil aber der kleine Andreas das Wort Großvater noch nie gehört hatte, kam es ein wenig zögernd und unsicher aus seinem Mund. Aber der Bergwirt verstand es doch und lächelte wehmütig:

»Ich gäb viel dafür, wenn ich so einen lieben Enkel hätte.«

Da brach aus der Gradlin der jahrelang angestaute Groll heraus.

»Was willst du denn?«, schrie sie, wider Willen lauter, als es sonst ihre Art war. »Er ist doch dein leiblicher Enkel, genau wie er der meinige ist! Ja, Bergwirt Freisinger, auf die Stunde hab ich gewartet, dass ich dir endlich einmal sagen kann, wie arm du doch dran bist, weil du dir selbst in deinem Hochmut den Weg verbaut hast zu so einem Glück mit Enkelkindern! Da – schau ihn dir nur genau an, denn so schnell wirst du dazu kaum mehr Gelegenheit haben. Wenn sein Haar einmal das Helle verliert, sieht er ganz der Barbara gleich. Es sind ihre Augen und es ist ihr Mund. Und auch sonst schlägt er ganz in ihre Art. Der Konrad sieht mehr seinem Vater, meinem Sohn, gleich. Und die Magdalena ist noch zu klein, als dass man da schon was sagen könnt. Auf alle Fälle, wir haben das, was dir fehlt, einen gesunden Nachwuchs. Und weil es der Zufall schon so gewollt hat, dass ich dich auf diese Weise treffe, kann ich dir auch gleich sagen, was ich von dir und deiner Frau halte. Wie habt ihr denn eure Tochter weggeschickt? Mit leeren Händen hat mein Andreas sie genommen, weil er sie eben gern hat. Nicht einmal ein Kopfkissen habt ihr ihr mitgegeben, geschweige denn anderes! Und so was möchten Eltern sein! Und warum das alles? Bloß weil mein Andreas nichts als ein Holzarbeiter war. Heut schaut die Sache freilich anders aus. Heut brauchen wir nichts mehr von euch. In der Zwischenzeit ist es nämlich so geworden, dass mein Andreas dich fragen könnte, was dein Besitz da oben am Berg kostet. Ich weiß schon, den Seidenspieler Simon hätte die Barbara nehmen sollen. Ob sie dabei glücklich würde, das wär euch ja gleichgültig gewesen. So, Herr Freisinger, jetzt kannst wieder hinaufgehen in deinen Landtag und recht gescheit daherreden über Bauerntum und Menschenwürde. Mir aber ist jetzt wohl, sehr wohl sogar, weil ich dir einmal hab sagen können, was ich von euch denke. Komm jetzt, Anderl.«

Grau im Gesicht starrte der Bergwirt durch die Windschutzscheibe der Frau nach, die, ihren Enkel an der Hand, von der Straße in einen Wiesenpfad abbog. Einmal drehte der Kleine sich um, wollte mit den Händchen winken, aber die Gradlin nahm ihm die Hand herunter und zog ihn fort.

Konrad Freisinger stand noch eine Weile auf dem Fleck. Das Grau in seinem Gesicht war einer hektischen Röte gewichen. Der Mund war nur mehr ein schmaler Strich, so fest presste er die Lippen zusammen. Noch nie war ihm so jämmerlich zumute gewesen, noch nie hatte ihm jemand ungestraft so viel Hohn und Zorn ins Gesicht werden dürfen. Jede Auflehnung gegen ihn hatte er immer hundertfach zurückbezahlt. Aber hier musste er schweigen. Was sollte er gegen diese alte Frau ausrichten? Genau besehen, war sie im Recht, und dem Recht hatte er sich bisher immer gebeugt. Er war sogar bisher der Meinung gewesen, dass niemand seine Ehre antasten könne, und dass seine Weste weiß sei wie Neuschnee. Aber nun hatte jemand seine weiße Weste befleckt und an dem gerüttelt, in dem er unfehlbar zu sein gemeint hatte.

Wie hämisch sie ihm ins Gesicht geschleudert hatte: »Auf alle Fälle haben wir das, was dir fehlt, einen gesunden Nachwuchs …«

Auf einmal durchzuckte ihn ein Gedanke, hell wie ein Blitzstrahl: Der Bertl muss heiraten! Er muss für den gesunden Nachwuchs sorgen. Der Überlegenheit des Kistenfabrikanten musste ein Dämpfer aufgesetzt werden. Was die meinten in die Waagschale werfen zu können, musste aufgewogen werden.

Er ließ den Wagen an und warf herrisch das Steuer herum, lachte laut vor sich hin und gab Gas.

Daheim sagte er zunächst kein Wort von dieser Begegnung, ließ den Wagen gleich im Hof stehen und ging auf die Wiese hinauf, wo Florian, der Bertl mit dem Jochen und der Angestellten Julia arbeiteten. Nach langer Zeit schnallte er wieder einmal den Lederriemen an seinen Handstummel und griff nach einem Rechen. Es war genauso, als ob er sich ausarbeiten wolle, um die erlittene Demütigung leichter zu überwinden.

Der Florian war in den Semesterferien daheim. Er war ein verantwortungsbewusster, großgewachsener junger Mann geworden, dem der Flaumbart um Kinn und Oberlippe sprosste, weil es hier nicht so darauf ankam, jeden Tag sauber rasiert zu sein. Vierzehn Tage war er schon hier, aber wenn man es genau berechnen wollte, wären es erst acht Tage, denn eine Woche brauchte er immer, bis er die Stadt vergessen und wieder zu Acker und Wiese gefunden hatte. Nach den Ferien war es genau umgekehrt, und es wäre ihm manchmal recht schlecht ergangen in der Stadt, wenn er Beate nicht gehabt hätte, die unverwüstliche Beate, die ihn mit herzlicher Mütterlichkeit umsorgte und ihm für manches den Blick öffnete, an dem er sonst vorübergegangen wäre. Zuerst hatte sie ihm das Heimweh genommen, und erst dann, viel später, als er sich in ihren Räumen schon wie daheim fühlen konnte, hatte sie auch von seinem Gesicht Besitz ergriffen und es unzählige Male gezeichnet. Florians Vertrauen zu ihr war grenzenlos. Ihr konnte er alles sagen, was ihn bedrückte, sein Heimweh und dass er sich dem Vater entfremdet hatte. Gerade das aber glaubte Beate ihm ersetzen zu müssen, schon darum, weil sie diesen Mann auf ihre Weise hasste. Sie hatte ihm nie vergessen, dass sie von ihm aus dem Haus gewiesen war. Ihr allein konnte Florian auch von seiner ersten Liebe erzählen. Sie bestärkte ihn darin und sagte, dass er es genauso machen müsse wie seine tapfere Schwester Barbara.

»Der Weg zum Glück geht nur vom Herzen aus«, sagte sie. Alles andere sei Unsinn.

Der Bertl war da anderer Ansicht. Sie hatten noch immer, wie in ihrer Kinderzeit, das gemeinsame Schlafzimmer. Bloß war der Bertl in vielen Nächten nicht daheim, kam erst im Morgengrauen oder gar erst, wenn sie schon beim Frühstück saßen. Aber jetzt, wo der Vater daheim war, hielt er sich an die Hausordnung.

Im Haus war es schon still geworden. Nur im Nebentrakt hörte man ein Kind weinen.

»Das wird der kleine Rudi sein«, meinte Florian. »Der hat heut abend schon über Ohrenweh geklagt.«

Der Bertl musste seine Gedanken erst wie aus weiten Fernen herholen.

»Ach, das Kind vom Oberinspektor Timburg. Sie hätten bloß was zu sagen brauchen, ich hätt den Doktor schon geholt.«

Dann war lange Schweigen. Man hörte eine Fliege immer wieder gegen das Fenster stoßen, bis sie den Spalt gefunden hatte, durch den sie hinaus konnte.

»Heut hat er sogar wieder einmal einen Rechen in die Hand genommen, der Herr Abgeordnete«, sagte der Bertl.

Florian stützte sich in seinem Bett auf. Der Abstand zum anderen Bett hinüber war weit. Dazwischen stand ein Tisch mit drei Stühlen.

»Warum sagst du eigentlich immer ›Herr Abgeordneter‹! Schließlich ist er doch unser Vater.«

»Merkst du davon recht viel?«

»Immerhin bezahlt er mein Studium.«

»Wenn du Pfarrer geworden wärst, hätte dir das Studium schon jemand anders finanziert. Ich hab gehört, dass viele Leut dafür eine offene Hand haben.«

»Ich werde aber nicht Pfarrer.«

»Wär auch schad bei deinem Aussehen! Dir müssen doch die Mädchen scharenweise nachrennen!«

Florian musste unwillkürlich lachen. »Als ob ich für so etwas Zeit hätte!«

»Dazu muss ein Mensch immer Zeit haben. Bis auf mich. Ich bin ja eingespannt von früh bis nachts.«

»Aber du gehst doch mit der Sonnleitner Tina? Ich kenne sie noch gar nicht.«

»Dann nehm ich dich einmal mit nach Ballham«, versprach der Bertl.

»Wie ist sie denn so?«

»Was soll man da sagen? Das Wichtigste ist ihre große Mitgift. Und sonst hat sie einen recht eigensinnigen Kopf. Die einzige Tochter halt und darum recht verzogen. Aber ich bieg mir sie schon zurecht, wie ich sie brauche. Die frisst mir noch einmal aus der Hand, das garantier ich dir.«

»Dann muss sie aber stockverliebt in dich sein.«

»Wundert dich das?«, fragte der Bertl selbstgefällig und warf sich im Bett herum, dass alle Federn krachten. »Mir liegen eigentlich alle zu Füßen, wenn ich so nachdenk. Bloß die Lisa. Mit der konnt ich nichts machen!«

Florian war auf einmal hellwach.

»Unsere Lisa meinst?«

»Na ja, die Parzinger Lisa halt. Aber daran bin ich selbst schuld. Damals, als sie zu uns ins Haus gekommen ist, hab ich sie wenig beachtet, hab immer, gemeint, sie wär noch das kleine Nachbarmädchen, das mit uns in die Schule gegangen ist, bis ich plötzlich gemerkt habe, dass sie erwachsen ist.«

»Und dann?«

»Dann? Was dann? Na ja, dir kann ich's ja sagen. Die Lisa ist die erste Frau, die mir eine runtergehauen hat. Heut bin ich froh, denn im Haus hätte eine Beziehung doch wenig Sinn, und heiraten könnte ich sie doch nie.«

»Warum, ist sie nicht dein Geschmack?«

»Das möcht ich gar nicht einmal sagen. Die hat sich vorteilhafter entwickelt, als man es hätte erwarten können. Aber schließlich stammt sie doch bloß aus dem Ziegenhäusl. Was meinst, was da unser Vater sagen würde? Hast es ja bei der Barbara erlebt.«

»Die Barbara, die hat gewusst, was sie will, und lacht uns heut alle aus. Und weißt du, warum? Weil sie sich nicht hat irre machen lassen und ihren eigenen Weg gegangen ist.«

»Das stimmt. Und weil sie ihren eigenen Weg gegangen ist, hat sie uns Profit verschafft«, erklärte der Bertl. »Sie hat keinen Pfennig mitgekriegt, und das Geld ist bei uns geblieben.«

»Vorerst«, antwortete Florian. »Nach dem Gesetz kann man die Barbara nicht enterben, ihren Pflichtteil muss sie einmal kriegen.«

»Da würde ich mich aber freuen«, erschrak der Bertl. Da muss ich erst einmal den Rechtsanwalt fragen.«

»Den brauchst du gar nicht zu fragen, es ist so, Bruderherz. Aber dass wir noch mal auf die Lisa zurückkommen. Hast du gemerkt, ob sie vielleicht in jemanden verliebt ist?«

Der Bertl dachte eine Weile nach.

»Gemerkt hab ich noch nichts. Obwohl, so wie sie aussieht, könnt sie einen schon heiß machen.«

Es wurde wieder ganz still. Das Kind im Nebentrakt hatte aufgehört zu weinen. Der Wind sang ums Haus, und einmal hörte man den weinerlichen Ruf eines Nachtvogels vom Wald herunter.

»Schlafen wir jetzt«, sagte Florian. »Gut Nacht, Bertl.«

»Gut Nacht, Florian.« Dann nach einer Weile: »Aber ich muss trotzdem noch einmal einen Rechtsanwalt fragen.« Dann knarrte das Bett, als er sich herumwarf. Gleich darauf hörte man an seinen schweren Atemzügen, dass er eingeschlafen war.

Am anderen Tag ging Konrad Freisinger wortkarg und mit verschlossenem Gesicht durch das ganze Haus, was er seit langer Zeit nicht mehr getan hatte. In jedes Fremdenzimmer schaute er hinein, entschuldigte sich, wenn jemand drin war, und ging ins nächste. Die blitzende Sauberkeit in allen Winkeln hätte ihn eigentlich freuen müssen. Und doch wurde sein Herz nicht recht froh. Es war einfach nicht mehr der gemütliche Berggasthof. Das alte Zuhause hatte sein Gesicht verloren, irgendetwas war davongelaufen. Der Friede war emsiger Geschäftigkeit gewichen. Die Treppe ins obere Stockwerk knarrte nicht mehr so vertraulich, sie war mit einem weinroten Teppich belegt, und im Dachfirst droben nisteten nicht mehr die Schwalben in der Nische über der Balkontür.

Drunten, in der Gaststube, war die alte Schenke, wo es einmal so heimelig nach Tropfbier gerochen hatte, durch eine Theke aus hellem Eichenholz ersetzt worden. Der alte Kasten, in dem die Krüge mit den Zinndeckeln in drei Reihen übereinandergestanden hatten, war verschwunden. An seiner Stelle glitzerte ein Aufbau aus Chrom und Glas. Dahinter flimmerte es von geschliffenen Gläsern und Karaffen, und vor all dieser Herrlichkeit stand wie eine Kinderschwester im weißen Mantel die Parzinger Lisa aus dem Ziegenhäusl und hantierte an einem Bowlengeschirr, das gestern benutzt worden war, weil einer der Sommergäste seinen fünfzigsten Geburtstag gefeiert hatte.

Das Sonnenlicht fiel schräg durch das große Terrassenfenster auf Lisas kupferdunkles Haar, dass es wie altes Gold glänze. Konrad Freisinger trat an die Theke heran.

»Gib mir einen Himbeergeist, Lisa.«

»Auf Hausrechnung?«

Seine schweren Lider hoben sich verdutzt.

»Was soll das wieder heißen?«

Lisa lächelte und dieses Lächeln verschönte das schmale Gesicht auf eine geheimnisvolle Weise.

»Die Macht der Gewohnheit«, sagte sie. »Zwei Schnäpse gehen nämlich auf Hausrechnung. Was darüber hinaus ist, kostet genauso viel wie für die Gäste.«

»Wer hat das eingeführt?«

»Die Wirtin hat es so angeordnet. Hauptsächlich wegen dem Bertl.«

»Schau einmal her! Gar keine schlechte Idee. Aber es ist nett, dass du mich auch noch zum Haus rechnest.« Er hob die Hand und wehrte ihren Einspruch ab. »Ja, ja, du hast schon Recht, Lisa. Ich bin ja so selten daheim und weiß kaum mehr, was im Haus vorgeht. Aber der Laden scheint zu laufen.« Sein Finger wischte über die Leiste am Thekenrand, in der Erwartung, dass er vielleicht Staub finden könnte.

Lisa stellte ihm das Glas mit Himbeergeist hin.

»Zum Wohlsein, Herr Freisinger.«

Er sah seinen Finger an und nickte zufrieden. »Alles blitzsauber, Respekt, Lisa.« Dann roch er an seinem Glas und atmete den Duft ein. »Wie Wald und junge Himbeerstauden in der Frühe, wenn der Tau daraufliegt.« Er schien da seine Erinnerungen zu haben. »Herrgott«, seufzte er, »nochmal so jung sein, um in die Himbeerstauden gehen zu können«. Er leerte das Glas mit einem Zug, warf ein Fünfmarkstück hin und ging hinaus.

Draußen im Hof war der Bertl gerade damit beschäftigt, den alten Opel zu waschen. Eine Weile schaute Konrad Freisinger zu, dann meinte er seufzend:

»Jetzt wird er schon ein alter Kasten.«

»Na ja«, sagte der Bertl voller Eifer. »Der Motor ist nicht umzubringen, und im Lack ist er auch noch recht gut.«

»Du meinst also, für mich tut er's noch leicht? Hauptsache, dass du recht spritzig in der Gegend herumrasen kannst mit deinem VW-Kabriolett.«

Der Bertl antwortete wohlweislich nichts und polierte mit dem Rehleder den einen Kotflügel blank. Wenn der Vater in der Nähe war, entwickelte er immer einen Arbeitseifer, der staunenswert war. Plötzlich spürte er die Hand des Vaters auf seiner Schulter und blinzelte unsicher auf.

»Lass das sein jetzt, und komm mit mir ins Büro«, sagte der Bergwirt. »Ich habe mit dir zu reden.«

Unwillkürlich zog der Bertl den Kopf ein wenig ein. Dann wrang er das Rehleder aus und legte es über die Kühlerhaube zum Trocknen. »Was will er denn bloß«?, durchfuhr es ihn. Sein schlechtes Gewissen gaukelte ihm die verworrensten Bilder vor. Was wusste der Vater? Was hatte er erfahren? Hatte er vielleicht die Bankauszüge kontrolliert? Oder war er dahintergekommen, dass er nächtelang in Nussberg drüben im neuerbauten Seehotel am heimlich gehaltenen Spieltisch saß und dort schon Tausende gewonnen, aber auch wieder verloren hatte?

Plötzlich reckte er die Schultern. Gut, wenn er es wusste und vielleicht der Meinung war, er könnte ihn abkanzeln wie einen Schulbuben, dann täuschte sich der Herr Abgeordnete. Der Bertl war durchaus nicht auf den Mund gefallen und wollte sich keineswegs mehr ducken.

Zunächst machte der Bergwirt die Tür hinter ihm zu und schloss sie ab. Dann nahm er eine Flasche mit Zwetschgenschnaps aus dem Wandschränkchen und schenkte zwei Gläser ein.

»Auf Hausrechnung«, sagte er schmunzelnd. »Setz dich nur, Bertl. Es wird unter Umständen etwas länger dauern.«

Der Bertl lächelte unsicher.

»Ich kann mir gar nicht denken, was du mir so Wichtiges zu sagen hast.«

»Das wirst du gleich hören.« Konrad Freisinger trank seinen Schnaps aus und stellte das Glas wieder weg. Dann setzte er sich vor den Schreibtisch. »Du wirst ja schon gemerkt haben, Bertl, dass die Mutter nicht mehr so kann, wie sie will.«

Der Bertl atmete erleichert auf und antwortete eifrig: »Sie jammert immer, dass ihr die Füß so anschwellen.«

»Das auch, ja. Aber schlechter steht's mit ihrem Herz. Die Arbeit ist ihr jetzt einfach zu viel.

»Ich hab auch schon daran gedacht, ob wir nicht eine Köchin einstellen sollten.«

»Eine Köchin?« Der Bergwirt strich mit der gesunden Hand über die Stummeln der linken. »Weißt du, was heute eine gute Köchin kostet? So fliegt ja 's Geld auch wieder nicht beim Dach herein. Nein, ich hätte da schon einen besseren Vorschlag. Wie stehst du eigentlich mit der Sonnleitner Tina? Bist du der Meinung, dass sie zur Bergwirtin passt?«

Der Bertl drehte sein Schnapsglas zwischen den Fingern.

»Heißt das vielleicht, dass ich schon heiraten soll?«

»Das wäre nicht das Dümmste für dich, und du müsstest es als eine Ehre schätzen, wenn ich dich mit zweiundzwanzig Jahren zum Chef mache. Ich habe bis fündunddreißig warten müssen. Und wie gesagt, es ist ja auch bloß deswegen, weil die Mutter nicht mehr allein weitermachen kann. Es gehört eine junge Kraft ins Haus und – vor allem, junges Leben muss herein. Nachwuchs brauchen wir, einen Enkel, verstehst du mich?«

»O ja, ich versteh dich ganz gut, Vater«, meinte der Bertl, noch immer ein wenig verblüfft von der ungeheuren Neuigkeit, mit der der Vater ihn überraschte. Mit allem hätte er gerechnet, nur damit nicht. Er fühlte Oberwasser. »Soll das dann heißen, dass du mir den Gasthof mit allem Drum und Dran übergibst?«

»Das hätte vielleicht noch ein wenig Zeit.«

»Das glaube ich wieder weniger, denn der Sonnleitner wird kaum damit einverstanden sein, dass seine einzige Tochter hier bloß eine bessere Köchin sein soll.«

»Warum? Wie viel kriegt sie denn mit, dass er solche Ansprüche stellen kann?«

»Fünfhunderttausend mindestens. Direkt gefragt hab ich noch nicht.«

»Dann frag bei nächster Gelegenheit. Von mir aus kann die Sache spruchreif gemacht werden. Beim Sonnleitner – sind da nicht auch noch Söhne?«

»Zwei, ja.«

»Ich kenn den Sonnleitner nur flüchtig, werde mich aber doch demnächst mit ihm zusammensetzen müssen. So – das wäre eigentlich alles, was ich dir hab sagen wollen. War sie übrigens schon einmal bei uns?«

»Schon ein paarmal.«

»Dann kennt sie ja den Betrieb. Die Mutter sagt mir, dass sie eine ganz attraktive Frau sei.«

Der Bertl lächelte geschmeichelt.

»Na ja, man kann sich schon mit ihr sehen lassen.«

»Und sie sich mit dir«, antwortete Konrad Freisinger und stand auf. »Schließlich stehen wir heute auch anders da als noch vor zehn Jahren.«

Hier hätte der Bertl nun das sagen können, was er zu sagen sich vorgenommen hatte, wenn die Unterredung eine andere Richtung gehabt hätte. Er hätte dem Vater sagen müssen, dass dies aber nicht sein Verdienst sei, wenn der Berghof heute so dastehe, denn – habe er sich vielleicht in all den Jahren darum gekümmert? Er kenne doch nur ein Interesse, seine Politik. Alles andere habe er abgelegt wie eine alte Jacke. Er kümmere sich ja um überhaupt nichts mehr. Weder um Einnahmen noch Ausgaben. Der Mutter habe er die Bankvollmacht gegeben, er selbst aber habe doch längst keine Übersicht mehr.

Und das war ganz gut so – für ihn, den Bertl, wenigstens. Und es war wiederum gut, dass die Mutter sich in Geldsachen nicht so auskannte, wie es hätte sein müssen, denn es hätte ihr sonst längst einmal bei den Kontoauszügen auffallen müssen, dass Summen darunter waren, über die sie gar keinen Scheck ausgeschrieben hatte.

»Auf den Schrecken«, lachte Bertl befreit, »können wir jetzt noch einen Schnaps trinken, Vater.«

»Trink du einen. Ich mag keinen mehr. Im Übrigen weiß ich nicht, wo da der Schrecken sein soll, wenn einer mit zweiundzwanzig Jahren schon Chef werden darf, wo andere warten müssen, bis sie Silber im Haar haben.«

»Ich dank dir halt schön, Vater«, sagte Bertl und schenkte sich ein. »Auf dein Wohlsein, Vater – und auf den ersten Enkel.«

»Ja, auf den trink ich auch einen mit.«

Am Sonntagnachmittag nahm der Bertl seinen Bruder Florian mit nach Ballham. Er wollte ihn seiner Braut vorstellen, und Florian fuhr eigentlich nur mit, weil es ihn interessierte, wie das Mädchen aussah, das spätestens im nächsten Frühjahr Bergwirtin werden sollte.

Es war ein schöner Tag. Sie hatten das Verdeck zurückgeschlagen. Bertls Blondschopf flatterte im Wind. Florian saß mit ernstem Gesicht neben ihm. Beide trugen sie gut geschneiderte, dunkelgrüne Trachtenanzüge, und der Neid musste es ihnen lassen, dass sie beide gut aussahen. Besser vielleicht sogar noch Florian, dem der Bergsommer wieder zu dem dunklen Braun verholfen hatte, das immer erst im Winter in der Stadt wieder verblasste.

Die Fahrt ging über Dorrach hinaus in nördliche Richtung. Die Berge blieben immer weiter zurück. Auf offener Strecke hielt Bertl einmal, zündete sich eine Zigarette an und meinte:

»Magst es einmal probieren, Florian?«

Florian juckte es wohl in den Fingern, aber er schüttelte den Kopf.

»Wenn sie mich ohne Führerschein erwischen, gibt's Strafe für uns alle zwei.«

»Hast auch wieder Recht. Obwohl, ich steh mich mit den Polizisten ziemlich gut. Mach halt gelegentlich den Führerschein. In der Stadt hast du doch besser Gelegenheit dazu als hier draußen.«

»Gelegenheit schon, aber kein Geld.«

Der Bertl sagte nichts mehr, fuhr nun in einem schärferen Tempo auf die Moränenhügel zu, die man in der Ferne sah.

»Siehst du zwischen den zwei Buckeln dort drüben den kleinen Kirchturm? Dort liegt Ballham.«

Florian sah zwischen dunkelgrünen Wäldern ein paar weiße Gebäude schimmern.

»Wo hast du sie eigentlich kennen gelernt?«, fragte er.

»Voriges Jahr auf dem Laurenzimarkt in Dorrach. Da ist sie mir zum ersten Mal aufgefallen. Ein attraktives Mädchen, hab ich mir gedacht, und sie nicht mehr aus dem Blick gelassen. Aber dass ich sie heiraten müsst, daran hab ich eigentlich nicht gedacht. Mit nichts hätte mich der Vater mehr überraschen können. Die wird heut schaun, wenn ich dich mitbringe. Sie wollte dich nämlich schon lange kennen lernen.«

»Eigentlich bin ich auch gespannt, was du dir da für einen Goldfisch geangelt hast.«

»Goldfisch ist gut. Was die Mitgift angeht, stimmt es.«

»Trotzdem, wenn du sie nicht wirklich gern hast, Bertl, das Geld allein darf dich nicht verleiten, sie zu heiraten. Ein Leben ist lang, und unglückliche Ehejahre zählen doppelt und dreifach.«

»Du redest daher wie einer, der schon einmal zehn Jahr verheiratet gewesen wäre«, lachte der Bertl. »Dabei bist du bloß um ein Jahr älter als ich. Ob ich sie richtig gern hab, die Tina? Was soll ich da sagen? Sie ist nicht verkehrt, bloß das Herrische an ihr kann ich nicht vertragen.«

»Das wird sich mit der Zeit legen. Sie ist ja noch jung, oder?«

»Einundzwanzig wird sie im Oktober. Wenn ich ehrlich bin, dann macht mir der Vater gar keine so große Freud, wenn er mir die Hochzeit wie ein Zuckerbrot hinhält. Ich bin mir noch zu jung dazu, und es laufen noch scharenweise hübsche Mädchen herum, die geküsst werden wollen.«

»Aber doch nicht ausgerechnet von dir«, lachte Florian.

»Wie man's nimmt. In Taglachstein wüsste ich eine, die wär ganz verrückt nach mir. Sie hat zwar nicht so viel Pulver wie die Tina, aber sonst … Zierlich und schlank. Die Tina wirkt gegen sie wie ein Brauereiross.«

Florian antwortete nichts mehr, saß weit zurückgelehnt und nahm die weich geschwungene Schönheit der Hügellandschaft in sich auf. Die Bauern hier mussten reich sein. Die Äcker dehnten sich weithin, dazwischen saftige Wiesen, auf denen prächtiges Zuchtvieh weidete.

Der Wagen nahm die letzte Kurve, dann lag der Weiler Ballham schon zum Greifen nahe. Ein schöner Bauernhof mit kunstvoll geschnitzten Altanen und weit ausladenden Wirtschaftsgebäuden. Der Sonnleitnerhof.

Über dem Hofraum lag die träge Stille eines Sonntagnachmittags. Nur ein Pfau trug majestätisch langsam den Farbenrausch seiner Federn am Zaun entlang.

Bertl brachte den Wagen unter das weit vorspringende Dach des Querstadels. Dann strich er sich mit beiden Händen das Haar aus der Stirn.

»Dass sich noch gar niemand sehn lässt?«, wunderte er sich.

In diesem Augenblick öffnete sich die Haustür, und ein großgewachsenes Mädchen stand auf der Schwelle. Blitzartig wechselte der Bertl seine mürrische Miene und lachte.

»Ja, das ist es ja schon, mein Herzblatt!«

Zwei große braune Augen in einem etwas breitflächigen Gesicht waren wie in leichtem Staunen auf Florian gerichtet. Dann erst schaute sie den Bertl an.

»Dein Bruder?«

»Ja, der Florian. Heut hab ich ihn einmal mitgenommen, dass er sieht, was für eine saubere Schwägerin er kriegt.«

Sie reichten sich die Hand und gingen ins Haus.

»Der Vater ist grad fort nach Diebling«, sagte Tina. »Er wird den Fußweg gegangen sein, sonst hättet ihr ihm begegnen müssen. Was möchtet ihr jetzt? Bier oder Kaffee?«

Sie fragte eigentlich mehr den Florian als den Bertl. Aber der Bertl antwortete:

»Ihm da darfst ruhig Kaffee bringen. Er ist so eine Kaffeetante, weißt. Mir lieber Bier.«

Die Bauernstube, in die Tina sie geführt hatte, war klein, aber recht gemütlich.

»Setzt euch nur, ich werde gleich schaun, dass ihr was kriegt.«

Als die Tina draußen war, fragte der Bertl rasch:

»Was sagst du zu ihr?«

»Ich kann da noch nichts sagen«, antwortete Florian. »Aber verkehrt scheint sie mir nicht zu sein.«

Im Lauf der nächsten zwei Stunden hatte dann Florian Gelegenheit dazu, die Tina näher zu beobachten. Ihre Bewegungen waren nicht sonderlich anmutig, aber ruhig und ausgewogen. Sie sprach nicht viel, aber das, was sie sagte, hatte Sinn und Verstand. Florian hatte das Empfinden, dass sie als Frau ein Kumpel sein könnte, der mit einem durch dick und dünn ginge.

Er lernte auch ihre Mutter, die Sonnleitnerin, kennen und ihren älteren Bruder Gregor. Der jüngere, Felix, war mittags schon mit seinem Motorrad weggefahren. Dann ergab es sich einmal, dass Florian und Tina plötzlich ganz allein waren, weil Gregor dem Bertl den neuerworbenen Mähdrescher zeigen wollte. Sie saßen sich zuerst eine Weile schweigend gegenüber, dann sagte die Tina:

»Du bist also der Student. Eigentlich hab ich dich mir ganz anders vorgestellt.«

»Wie denn?«

»Ich weiß selbst nicht. Der Bertl hat mir da ein falsches Bild vermittelt. Ich hab gemeint –«

»Was hast du gemeint?«

»Dass du keine männliche Ausstrahlung hast, hat er immer gesagt, der Bertl. Und da stellt man sich automatisch was Kleines und Schwächliches vor.«

»Dann bist du also enttäuscht von mir?«

»Ganz im Gegenteil«, platzte die Tina heraus. »Du gefällst mir sogar sehr gut. Als Schwager natürlich«, fügte sie schnell hinzu.

»Als zukünftiger Schwager, meinst.«

Florian sah ihre braunen Augen voll und warm auf sich gerichtet. Die Brauen darüber waren kräftig und dicht zusammengewachsen. Ihr dichtes Haar glänzte in einem dunklen Braun.

»Bergwirt hast du nicht werden wollen?«, fragte sie unvermittelt. »Du bist doch der Ältere?«

Diese Frage berührte Florian schmerzlich. Nur er allein wusste, wie gerne er Bergwirt und Bauer geworden wäre.

»Man hat mich nicht lang gefragt«, antwortete er. »Heute würde ich mich dagegen wehren, studieren zu müssen, aber als Kind hat man keinen starken Willen, und gehorchen haben wir bei unserem Vater immer müssen.«

»Bloß die Barbara hat nicht gehorcht.«

»Nein, die Barbara nicht.«

»Und der Bertl legt, scheint's, auch nicht alles auf die Waage, was sein Vater sagt.«

»Es hat sich manches geändert bei uns, seit der Vater als Abgeordneter in die Stadt gezogen ist.«

In diesem Augenblick kam der Bertl wieder herein. Er lümmelte sich wieder auf das Sofa und zündete sich eine Zigarette an. »Habt ihr euch gut unterhalten?«

»Ausgezeichnet«, sagte Florian. »Aber ihr werdet

nichts dagegen haben, wenn ich mir inzwischen den Hof ein bissl ansehe.«

»Geh nur. Der Gregor ist noch draußen und wird dir alles zeigen«, sagte der Bertl. Und kaum war Florian aus dem Raum, schlang er den einen Arm um den Hals der Tina und den andern um ihre Hüfte.

»Da kämst ja gleich gar nicht mehr dazu«, lachte er und küsste sie ein paarmal hintereinander.

Die Tina ließ aber nicht etwa bereitwillig seine derbe Liebkosung zu. Sie schob vielmehr die Brauen nachdenklich zusammen und sagte: »Dein Bruder gefällt mir ausnehmend gut.«

Der Bertl ließ sie los und griff nach seinen Zigaretten.

»Er hat freilich eine noblere Art als ich, mehr Bildung vielleicht. Aber die Bildung hat auch allerhand gekostet.«

»Nein, daran liegt es nicht. Es ist etwas anderes. Ich meine, er ist so gesetzt in seiner Art, es geht so was Ruhiges von ihm aus.«

»Möchtest du vielleicht sagen, dass ich unruhig bin?«

Mit schonungsloser Offenheit antwortete Tina: »Du hast manchmal so etwas Dreistes. Er aber ruht in sich.«

Bertl schielte über das verglimmende Zündholz in ihr Gesicht. Dann lachte er:

»Schau, schau, was mein Herzblatt in der kurzen Zeit schon alles festgestellt hat! Du könntest mich ja gleich eifersüchtig machen.«

»Kannst du überhaupt eifersüchtig sein?«

Perplex starrte er sie an.

»Manchmal kommt es mir grad so vor, als bildest

du dir ein, ich hätte keinen anderen gekriegt als dich. So ist das aber nun auch wieder nicht«, fuhr sie fort.

Er legte die Zigarette in den Aschenbecher und fasste nach ihrer Hand. »Was ist denn auf einmal in dich gefahren, Tina? Und bilde dir nur nicht ein, dass ich nicht eifersüchtig wäre. Ich habe aber so viel Vertrauen zu dir, dass ich mir sage, ich hätte nie einen Grund dazu.«

»Hast du auch nicht.«

»Na also! Und hör zu, liebste Tina, vor ein paar Tagen hat der Vater ein ernstes Wort mit mir gesprochen, er meint, dass wir im Frühjahr heiraten sollten. Demnächst wird er bei euch vorsprechen.« Er rüttelte sie scherzhaft an den Schultern. »Ja, Tina, jetzt wird's ernst! Richte dich nur darauf ein.«

»Ist das tatsächlich wahr, Bertl?«

»Ich lüg dich doch nicht an!«

»Ich hab dich schon ein paarmal beim Schwindeln ertappt.«

»Aber Tina! Ich hätte doch gar nichts vor dir zu verbergen.«

»Wirklich nicht? Es ist mir erzählt worden, dass du kürzlich mit der Zeißler Monika von Taglachstein in Dorrach im Café Weber gesehen worden bist.«

»Im Café Weber? In Dorrach?« Den Bertl durchfuhr es ganz heiß. Wer konnte ihn dort gesehen haben? »Das stimmt nicht ganz. Die Mutter hatte mich heruntergeschickt, um ein paar Torten zu besorgen, weißt, weil für den anderen Tag ein Ausflug angekündigt war. Jetzt kann ich mich wieder genau erinnern. Ich hab mir, weil es so heiß war, eine Halbe Bier gekauft. Da kommt ein junges Mädchen herein und setzt sich zu mir an den Tisch, weil nichts anderes mehr frei war. Wir haben uns halt ein bissl unterhalten, das ist doch kein Verbrechen? Von Taglachstein war die, sagst?«

»Ich muss dir halt immer wieder glauben«, sagte Tina nachdenklich, »obwohl ich oft das Gefühl habe, du bist nicht ganz ehrlich.«

»Na, du wärst nett! Ich und nicht ehrlich? Es wird kaum ein Mensch zu dir so ehrlich sein wie ich. Wart nur, wenn wir erst verheiratet sind, dann wirst du schon merken, was du an mir hast.«

Vor dem Fenster ging Florian mit dem Sonnleitner Gregor vorbei. In Tinas Augen kam wieder dieser melancholische Glanz, und als Bertl sie noch mal schnell in seine Arme riss, erwiderte sie seinen Kuss kaum, und sie wurde traurig.

Etwa zehn Minuten später fuhren die Brüder weg. Die Tina stand mit ihrer Mutter auf dem Balkon und schaute dem Wagen nach, bis er hinter einem vorspringenden Hügelrücken unsichtbar wurde.

»Ein netter Mensch, der Student«, sagte die Sonnleitnerin.

Tina öffnete die Augen wie nach einem Traum und atmete tief.

»Ein sehr netter sogar. Der wär mir lieber als der Bertl.«

Die Sonnleitnerin kannte ihre Tochter gut genug, um dies nicht als einen Scherz aufzufassen.

»Du willst ja Bergwirtin vom Hahnenkranz werden und nicht auf einen Studenten warten, der noch Jahre braucht, bis er fertig ist.«

»Er ist der Ältere und hätte eigentlich Bergwirt werden müssen. Aber man hat ihn ja nicht gefragt.«

Der Abend leuchtete in allen Farben. Weit vor

Dorrach schon sah man auf dem steilen Hügelrücken vor den Felsenmauern die weißen Mauern des Berggasthofes zum Hahnenkranz schimmern.

Kurz bevor sie aber nach Dorrach kamen, zweigte Bertl rechts ab in Richtung Nussberg.

Florian fuhr aus seinen Gedanken auf.

»Wohin fährst du?«

»Bloß noch ein bissl nach Nussberg. Wenn wir doch schon einmal unterwegs sind, brauchen wir ja nicht schon vorm Dunkelwerden daheim zu sein wie zwei Schulbuben.«

Sie näherten sich dem Dorf Bichl.

»Fahr ein bissl langsamer«, sagte Florian.

»Warum? Meinst vielleicht, wir könnten der Barbara begegnen? Darauf leg ich wenig Wert.«

Florian antwortete nicht. Niemand wusste, dass er jedesmal während seiner Ferien mehrfach bei Barbara gewesen war.

»Es ist immerhin imponierend«, meinte er dann, »was unser Schwager – du brauchst gar nicht zu lachen, Bertl, er ist nun einmal unser Schwager – in der kurzen Zeit aus der verfallenen Sägmühle gemacht hat.«

»Die er dem alten Zaggler abgeschwindelt hat.«

»Sag das nicht zu laut, Bertl. Du weißt ganz genau, dass das nicht wahr ist.«

Da waren sie auch schon durch Bichl. Der Bertl pfiff leise vor sich hin.

In Nussberg hielt er vor dem Seehotel und Florian wunderte sich, mit welcher Selbstverständlichkeit, ja mit welcher Selbstsicherheit der Bertl sich hier benahm. Die Bedienung schien ganz auf ihn eingestellt zu sein, war voller Aufmerksamkeit und reichte ihm schon Feuer, noch bevor er seine Zigarette aus der Schachtel genommen hatte. Dann brachte sie eine Flasche Moselwein, ohne dass Florian gehört hatte, dass sie bestellt worden wäre. Wie selbstverständlich legte sie auch die in Leder gebundene Speisenkarte hin. Der Bertl studierte sie kurz und reichte sie dem Bruder.

»Such dir was Gutes raus.«

»Du scheinst hier recht gut bekannt zu sein«, meinte Florian.

»Ich komm halt manchmal her. Von so einem Betrieb kann man noch was lernen, und wenn ich einmal der Chef bin daheim, möchte ich manches verändern.«

»Mir scheint, es ist schon genug verändert worden bei uns. Wenn ich bedenke, wie wir noch vor zehn Jahren gelebt haben.«

»Das ging mir grad noch ab«, lachte Bertl. »Jetzt druckst halt auf den Knopf und alles funktioniert.«

»Ja, aber das Friedvolle der Heimat ist auch dahin. Die Gemütlichkeit ist ausgestorben, ihr rafft ja bloß noch Geld. Und immer mehr muss es werden.«

»Ja, und ohne dass der alte Herr was dazutut. Wenn er jetzt auch noch ins Ministerium kommen sollte, wird er überhaupt nicht mehr daheim sein. Und grad gut ist's, wenn er nicht da ist. Mit seiner Pedanterie macht er einen bloß nervös.« Plötzlich hob Bertl den Kopf. »Schau, das ist die Besitzerin des Seehotels.«

»Ist denn kein Mann da?«

»Doch, aber der hat nichts zu sagen.«

Eine Frau, das Haar in einem Glanz zwischen Flachs und Silber, kam aus einem Nebenraum und trat an die Bar.

Das Mädchen hinter der Bartheke gab der Frau einen kaum merklichen Wink mit den Augen und langsam drehte sich der schön gewellte Silberkopf herum. Kaum merklich hoben sich die dünnen Brauen, ein bezauberndes Lächeln wurde vorausgeschickt, bevor sie selbst herüberkam. Das sehr eng anliegende lange Kleid aus Seide schillerte bei jeder Bewegung und Florian hatte das Gefühl, als bewege sich eine Schlange langsam auf den Tisch zu. Dann stand sie vor ihnen.

»Das nenne ich aber eine Überraschung! Man sieht Sie ja in letzter Zeit so selten, Herr Freisinger.«

»Bei uns ist zur Zeit auch Hochbetrieb«, antwortete Bertl. »Darf ich bekannt machen – mein Bruder Florian.«

»Sehr angenehm!« Florian wurde eine ringgeschmückte Hand gereicht. Ein paar goldene Armreifen klingelten bei dieser Bewegung. »Ich freue mich, Sie kennen zu lernen!«

Florian war aufgestanden und versicherte, dass diese Freude ganz seinerseits wäre.

»Ihr Herr Bruder hat mir schon öfter von Ihnen erzählt«, sagte Frau von Berg.

»Hoffentlich nichts Unangenehmes?«

»Aber nein«, lachte Frau von Berg klingend auf. »Dazu ist er viel zu galant.« Sie griff sich mit der flachen Hand an die Haarwelle über ihrem Ohr. Die Armreifen klingelten wieder. »Haben die Herren schon gewählt?«

Bertl sah seinen Bruder an.

»Wie wär es mit Forelle blau?«

Florian nickte. Ein paar Wiener Würstl wären ihm genauso lieb gewesen. Als Frau von Berg weg war, sagte er:

»Die haben ja ganz gesalzene Preise. Hast du gesehen, was die Forellen kosten?«

»Geht auf meine Rechnung«, lachte Bertl.

Die Forellen wurden nach einer Weile gebracht. Wie man sie isst, hatte Florian bei Beate gelernt. Aber er wunderte sich wieder, dass auch der Bertl so vollendete Manieren besaß.

Es saßen durchwegs nur wohlhabend aussehende Gäste im Lokal. Die dezente Musik, die aus einem Nebenraum zu kommen schien, war wie ein wohltuender Rieselregen an einem warmen Sommerabend. Überhaupt schien hier alles aufeinander abgestimmt zu sein. Kaum ein Gläserklirren, kein lautes Wort. Manchmal lächelte die Bardame herüber. Ihre Augen waren mandelförmig und von langen, schwarzen Wimpern überschattet.

»Heut klimpert sie wieder mit ihren Augenlidern«, sagte Bertl. »Du gefällst ihr, scheint's.«

Einmal trat ein elegant gekleideter Herr an die Bar. Bevor er sich dort auf einen der hohen Hocker niederließ, hob er die Hand und grüßte lässig zum Bertl herüber.

»Baron von Hellburg«, sagte Bertl erklärend.

»Du scheinst hier ganz noble Bekannte zu haben?«, fragte Florian.

Bertl sinnierte eine Weile vor sich hin, und als Florian ihn so betrachtete, musste er es sich eingestehen, der Bruder war doch ein flotter Kerl, ein gut aussehender, junger Mann, schlank und rank, mit einem schmalen, braun gebrannten Gesicht. Er war der Typ, den man irgendwie sympathisch fand, der seine Schwächen zu verbergen wusste und der immer im rechten Licht stand.

»Glaub mir, Florian«, sagte er jetzt, »es tut wohl, jemand zu sein, wenn man daheim niemand ist. Oder noch niemand«, fügte er hinzu. Dann stand er auf. »Kommst du mit an die Bar?«

»Ich habe keine Lust, Bertl. Und denk auch du daran, dass wir noch heimfahren müssen.«

»Nur keine Angst, Bruderherz. Der Tropfen Alkohol macht mir noch nichts aus.«

An der Bar wurde er vom Baron jovial begrüßt. Er trank aber nur schnell ein Glas Gin und verschwand dann in einem Nebenraum. Dort war niemand anwesend außer Frau von Berg, die an einem kleinen Tischchen saß und eine Patience legte.

»Nimm Platz«, sagte sie ohne aufzublicken. »Ich dachte schon, wir könnten heute kein vernünftiges Wort miteinander reden.« Sie legte die Karten zusammen und lächelte ihn an.

»Also, was ist der wirkliche Grund, warum du so lange nicht mehr gekommen bist?«

»Erstens keine Zeit, und zweitens – der Herr Abgeordnete ist daheim. Da kann ich nicht so leicht weg.«

»Gut, das will ich dir abnehmen. Ich dachte nur, du hättest vergessen, dass du dem Baron noch Revanche schuldig bist. In letzter Zeit hattest du verdammtes Glück.«

»Ich habe zwanzigtausend Mark gewonnen«, gab Bertl zu. »Aber zuvor habe ich dreiundzwanzigtausend verloren.«

»Und mit welchem Anstand verloren! Ich habe dich damals bewundert, Bertl. Geht es heute nicht?«

»Ich bin doch nicht allein.«

»Ich habe gedacht, dein Bruder würde vielleicht auch sein Glück versuchen.«

»Florian darf überhaupt nichts davon wissen, dass ich spiele.«

»Es war ja nur eine Frage. Hauptsache ist, dass du wiederkommst.«

Eigentlich müsste Frau von Berg genau wissen, dass er wiederkäme, weil der Spielteufel ihn schon erfasst hatte. In einer Kellerbar, die nach außen dicht abgeschirmt war, traf sich wöchentlich zwei- bis dreimal ein exklusiver Kreis von Personen, die dem verbotenen Glücksspiel verfallen waren. Der Bertl war eigentlich mehr durch einen dummen Zufall hineingeraten und wagte am Anfang nur ganz kleine Einsätze. Er gewann und verlor, und eigentlich berauschte ihn mehr als das Spiel die Tatsache, in den Kreis dieser Menschen aufgenommen worden zu sein. Es hatte seinem Ego geschmeichelt und er ahnte nicht, dass man in ihm weniger den jungen Bergwirt sah als vielmehr den Sohn des einflussreichen Abgeordneten. Man wusste nie, ob man so einen einflussreichen Mann nicht gelegentlich brauchen konnte, falls die Polizei einmal Wind von der Spielhölle bekäme. Als er aber an einem Abend fünftausend Mark gewann, hatte der Rausch ihn erfasst. Er wurde mit seinen Einsätzen immer kühner, lernte zu verlieren, ohne mit der Wimper zu zucken, und konnte gewinnen, ohne dabei Freude zu zeigen.

»Breyer war diese Woche hier und hat nach dir gefragt«, riss Frau von Berg ihn aus seinen Gedanken.

»Mit Melanie?«

»Nein, allein. Hat Pech gehabt diesmal. Viertausend.«

»Für Breyer ein Pappenstiel.«

»Für dich auch, mein Lieber«, lächelte die Frau und

fuhr dem Bertl liebkosend durch das Haar. »Wann kommst du wieder?«

»In vierzehn Tagen, dann bin ich wieder allein.«

»Schade. Im Augenblick hast du nämlich eine Glückssträhne. Und das Glück soll man beim Schopf packen.«

»Und danach, wenn man Glück gehabt hat, müsste man aufhören können«, antwortete Bertl trocken.

»Das wäre nicht fair.«

»Ich habe gesagt, man müsste aufhören können. Aber es ist ja wie ein Fieber, das einen gepackt hat. Es lässt einen nimmer los.«

»Wem sagst du das, mein Lieber? Na schön, dann sehen wir uns also in vierzehn Tagen wieder am Spieltisch.«

»Ich muss jetzt gehen. Mein Bruder wird sich fragen, wo ich bin.«

»Vielleicht hättest du ihn doch überreden können es einmal zu versuchen.«

»Nein, der Florian darf nichts davon wissen. Niemand darf etwas davon wissen.«

Danach, als sie wegfuhren, stand Frau von Berg auf der Terrasse und winkte den beiden nach. Die Nacht kam schon auf. Auf dem See war es bereits ganz dunkel, und über dem Portal des Seehotels entflammten Hunderte von kleinen Glühbirnen.

Die Ferien gingen zu Ende. Florian musste zurück in die Stadt. Am Nachmittag des letzten Tages rief der Vater ihn zu sich ins Büro und eröffnete ihm großzügig, dass er ihm von jetzt ab monatlich mehr Taschengeld geben werde.

»Damit«, sagte er, »wirst du jetzt hoffentlich auskommen.«

»Ich hab noch nie gejammert.«

»Freilich nicht. Du futterst dich auch die halbe Zeit bei der verrückten Malerin durch.«

In Florians Gesicht schoss eine dunkle Röte. Seine Fäuste zitterten. Dann schrie er unbeherrscht heraus:

»Wie kannst du bloß Menschen beleidigen, die dir nie was getan haben!«

Verwundert blickte der Bergwirt auf. »Was ist denn das für ein Ton?«

»Ein freierer wahrscheinlich, als du ihn gewöhnt bist. Dir schmeicheln ja alle, und keiner getraut sich, dir ein wahres Wort zu sagen.«

»Bloß du.« Die hohe Gestalt des Bergwirts kam hinter dem Schreibtisch hervor. Florian sah die Silberfäden im Haar des Vaters und die Krähenfüße um die Augenwinkel. Die Augen selbst aber waren noch scharf wie bei einem jungen Adler. »Was für Menschen meinst du denn da, die ich angeblich beleidige? Hat das verrückte Malerweib dich vielleicht gegen mich aufgehetzt? Dann zieh doch ganz zu ihr und ich kann mir deinen Unterhalt sparen. Du bist der Meinung, die hätte mir nichts getan? Hat nicht sie den Briefträger gespielt zwischen deiner Schwester und dem Holzarbeiter? Wenn die sich nicht eingemischt hätte, wären die zwei nie zusammengekommen.«

»Immer noch der alte Hass«, sagte Florian traurig. »Und nur, weil die beiden sich über deinen Willen hinweggesetzt und sich ihr Glück selbst geschmiedet haben. Manchmal hab ich das Gefühl, es wäre dir lieber, sie hätten es zu nichts gebracht, und als wär es dir ein Dorn im Auge, dass der Gradl Andreas einen guten Namen hat, den man in der ganzen Gegend kennt.«

»Das ist mir gleichgültig. Aber du weißt ja merkwürdig gut über alles Bescheid. Jetzt geht grad noch ab, dass du sie heimlich, hinter meinem Rücken, besuchst!«

In Florian stieg plötzlich der ganze angestaute Groll hoch und drängte mit Urgewalt heraus.

»Jawohl, ich habe sie besucht, die da drüben in Bichl. Jedesmal, wenn ich in den Ferien daheim war, habe ich sie besucht. Schließlich ist sie meine Schwester, und ich bin kein Schulbub mehr, der um Erlaubnis fragen muss, wenn er ein paar Kilometer vom Haus weggeht. Es würde auch dir keine Perle aus der Krone fallen, wenn du die Hand zur Versöhnung ausstrecken würdest.«

»Ich? Darauf kannst du lange warten!« Das Blau in den Augen des Bergwirts glitzerte plötzlich wie Eis. »Das ist ja allerhand. Jetzt durchschau ich dich. Deine Gelassenheit, deine ganze Ruhe sind nichts als Theater! Da ist mir der Bertl noch lieber. Der hält in dieser Beziehung wenigstens zu mir. Dem würde es nicht einfallen, hinter meinem Rücken in ein Haus zu gehen, in dem die wohnt, die einmal meine Tochter war. Du aber, der die ganzen Jahre nur von meiner Tasche gelebt und selbst noch keinen Pfennig verdient hat, du steckst mit den Leuten unter einer Decke. Ich kann mir das genau vorstellen. Da wird man beieinandersitzen und fröhlich über den Vater schimpfen.«

Um Florians Mund spielte ein wehes Lächeln.

»Dein Name wird überhaupt nie erwähnt.«

»Aha, so wenig bin ich euch also schon wert, dass

es sich gar nicht einmal lohnt, über den alten Narren zu reden.«

»Du fällst ja von einem Extrem ins andere, Vater. Zuerst bist du der Meinung, dass man über dich schimpft, dann regst du dich wieder auf, wenn man nicht über dich redet. Wo bleibt denn da deine Logik, die ich früher immer so bewundert habe? Und überhaupt beginnt mir manches fragwürdig zu werden, deine Unantastbarkeit, dein Sinn für Gerechtigkeit. Das alles ist doch nichts als eine hohle Phrase, und wenn du –«

Blitzschnell zuckte der linke Handstummel hoch, aber genauso schnell hatte Florian die Gefahr erkannt und den Schlag abgefangen.

Konrad Freisinger wurde grau im Gesicht. Der Augenblick drängte ihm eine hässliche Erinnerung ins Gedächtnis zurück. Schon einmal hatte ihn einer mit so einem eisenharten Griff zu Boden gezwungen. Ein zweites Mal durfte sich das nicht wiederholen.

»Lass aus«, sagte er.

Und Florian ließ ihn los.

»Du vergisst, Vater, dass die Zeiten vorbei sind. Ich bin kein Schulbub mehr.«

Es war, als müsste der Alte sich auf etwas besinnen. Mit gespreizten Fingern fuhr er sich über das Haar. Dann antwortete er scharf:

»Gut, dass du mir das sagst. Dann sind auch für mich die Zeiten vorbei, dir in der Stadt ein angenehmes Leben zu verschaffen. Schau, wie du durchkommst. Vielleicht hilft dein Herr Schwager dir weiter.«

Florian war blass geworden. Aber der Schreck traf ihn nur für einen kurzen Augenblick. Dann hob er die Schultern und atmete tief durch.

»Gut, dann weiß ich, wie ich daran bin. Bis jetzt habe ich keinen Tag gefaulenzt, wenn ich in den Ferien daheim war. Jetzt muss ich mir halt woanders die paar Mark verdienen. Viel brauche ich ja nicht.«

»Brav. Nur so weiter in dem Ton. Hochmütig ist er auch noch, der Kerl!«

»Nein, Hochmut ist es nicht, bloß noch ein Rest von Stolz.«

»Dann schau nur zu, wie weit du kommst mit deinem Stolz! Vielleicht schleppst du deiner Farbenkleckserin die Staffelei nach. Ein paar Mark werden dabei schon rausspringen und vielleicht auch noch ein warmes Bett.«

»Vater!«, stammelte Florian.

Konrad Freisinger lächelte, aber in seinem Lächeln war eisige Kälte und Überheblichkeit.

»Das weißt du also doch noch, dass ich dein Vater bin. Viel ist es nicht, aber ich begnüge mich auch mit Wenigem. – Weißt du, wann morgen dein Zug fährt?«

»Um neun Uhr dreißig. Aber ich werde lieber den Frühzug um sechs Uhr nehmen.«

»Ich verstehe, dass du es eilig hast, aus dem Haus zu kommen. Und da wir uns vermutlich nicht mehr sehen werden – viel Glück auf deinen Weg, der mit Eigensinn gepflastert zu sein scheint.«

Er wandte sich ab und trat ans Fenster. Goldschön versank hinter den Bergen die Sonne.

Ohne noch ein Wort zu sagen, taumelte Florian hinaus. Auf einmal war er wie erleichtert. Er hatte diese unerquickliche Stunde nicht heraufbeschworen. Gewiss, es tat ihm Leid, aber das Band war nun zerschnitten und er würde keine Hand rühren, es wieder zusammenzunähen.

Es hatte wohl auch wenig Sinn, sich mit der Mutter darüber auszusprechen. Sie würde höchstens in Gejammer ausbrechen und sich dann doch dem Willen des Mannes fügen, dem sie sich nun schon bald dreißig Jahre in allem unterordnete.

Er ging in sein Zimmer hinauf und packte den Koffer. Dann verließ er das Haus. Wie Hohn erschien ihm der Spruch unter der Altane: »Heimat ist Friede«. Das alles war einmal, und es war längst vergangen wie die Jahre, die alles mitgenommen hatten, den Frieden, die stille Geborgenheit und die Einsamkeit.

Langsam, die Jacke nur über die Schultern gehängt, stieg er den Wiesenhang hinter dem Haus hinauf bis zum Waldrand. Der Abend spielte seine Farben aus. Über den Bergen wogten schon die blauen Schatten, doch alle Häuser in der Tiefe waren noch von einem Goldglanz umflossen. Aus der Tiefe des Waldes aber kroch schon langsam die Nacht, die einen warmen Wind vorausschickte, der die Zweige leise rauschen ließ.

Die Arme um die aufgezogenen Knie geschlungen, saß Florian da und schaute hinunter auf den Ort seiner Kindheit und Jugend. Kerzengerade schlängelte sich der Rauch aus der Esse, und im Geiste sah er die Mutter am Herd stehen, so wie sie immer dort gestanden hatte, seit er denken konnte. Es war nur nicht mehr der kleine Herd von früher, in dessen Röhre man höchstens für zehn Personen den Braten bringen konnte. Heute war das Haus mit über vierzig Gästen belegt. Heute kostete die Vollpension das Doppelte von damals. Alles hatte sich geändert, nur das Bild der Mutter am Herd nicht. Vermutlich würde sich das auch nie ändern, solange sie noch lebte. Auch dann nicht, wenn der Bertl im Frühjahr die junge Frau ins Haus bringen würde. Es gab am Herd auch für zwei genug zu tun, und die Zeit würde weitergehen, bis auch einmal das Haar der jungen Frau weiß geworden war.

Immer tiefer sank der Abend, und immer deutlicher strich dief Nacht aus den Fichtenstämmen und löschte alle Farben langsam aus. Die ersten Sterne flammten auf, der Wind ließ jetzt etwas nach, und man hörte noch einmal kurz einen Vogel rufen. Und dann war es, als schleiften Schritte durch das Gras. Florian richtete sich auf und sah die Gestalt langsam auf sich zukommen. Dann stand sie vor ihm. Er streckte ihr beide Hände entgegen und zog sie zu sich nieder, an seine Seite.

Lisa schlang die Arme um seinen Hals.

»Es ging nicht früher, Florian.«

Ihre Stimme war traurig wie ein Wind in der Frühe. Es klang das Weh aus ihr, das um die Abschiedsstunde wusste. Aber vielleicht war es nicht dies allein. Sie schmiegte den Kopf an seine Brust.

»Ach, Florian, dass auch das noch kommen musste!«

»Weißt du denn, was geschehen ist?«

Dein Vater kam in die Küche und sagte, dass er nun auch dich verloren hätte.«

Florians Hand streichelte über Lisas Haar.

Er dreht einfach alles so, wie es ihm in seinen Kram passt. Aber sei nicht traurig, Lisa. Das ändert nichts an unserer Liebe.«

Er strich mit der Hand über ihre schmale Schulter. »Es ist jetzt bloß ein bisschen schwerer für mich. Aber leicht habe ich es ja nie gehabt, und dafür muss ich dem Vater dankbar sein. Er hat uns Kindern nie etwas leicht gemacht.«

»Er hat gesagt, dass er dir jetzt kein Geld mehr geben will. Aber das macht nichts, Florian. Ich habe genug gespart. Nimm es nur.«

»Aber Lisa, was fällt dir denn ein!«

»Du sollst aber nicht jeden Pfennig zweimal umdrehen müssen, Florian. Im ersten Augenblick habe ich gemeint, er wüsste auch, was mit uns zwei ist, weil er mich so seltsam angeschaut hat.«

Immer mehr Sterne waren es geworden. Sie standen wie ein schimmerndes Gitterwerk am Himmel und verloren ihren Glanz erst, als der Mond hinter den Bergen aufging und das Land in Silber tauchte.

»Eigentlich«, sagte Florian nach einer Weile, »eigentlich hatte ich im Sinn, es ihm auch gleich zu sagen. Aber wer wäre die Leidtragende dabei gewesen? Die Mutter. Sie hat mir erst gestern gesagt, sie wüsste nicht, wie sie allein alles schaffen könnte, wenn sie dich nicht hätte.«

»Ich bleibe so lange, wie du willst, Florian. Ich will dir jeden Wunsch erfüllen. Nur den einen nicht, dass ich dich nicht mehr lieben soll.« Sie schmiegte ihre Wange wieder an seine Brust. »Es wäre sicher mein Tod, Florian, denn ich liebe dich ja nun schon seit meinem zehnten Lebensjahr. Du hast es bloß nicht gewusst, Florian.«

»Doch, Lisa, doch, ich habe es gewusst. Das war auch vielleicht der Grund, warum ich mich nie nach einer anderen sehnte. Und wenn es jetzt schwer wird, Lisa, vergiss nie, dass du die große und einzige Liebe meines Lebens bist und bleiben wirst, und ich brauche dich jetzt noch mehr, nachdem ich meine Familie verloren habe.«

Erschrocken richtete sie sich auf.

»Soll das heißen, Florian, dass du jetzt in den Ferien nicht mehr hierherkommst?«

»Das werde ich nun nicht mehr können, Lisa. Aber ich werde zu Barbara gehen und dort können wir uns schon treffen.«

»Ach«, seufzte sie, »dass dies gerade noch am letzten Tag passieren musste.«

»Ich wollte es vermeiden, Lisa. Aber es ging nicht anders. Er hob die Hand und ich konnte mich doch nicht schlagen lassen.«

»Nein«, sagte sie, nahm seinen Kopf zwischen ihre Hände, streichelte sein Gesicht und beugte sich so nahe zu ihm, dass er den Glanz des Mondes in ihren Augen sah.

So gingen die Stunden dahin, voll Süße und voll Traurigkeit. Der nahe Abschied machte ihnen das Herz schwer, und vielleicht begriffen sie in dieser Sternennacht erst so ganz, wie tief sich ihr beider Leben schon ineinander verflochten hatten.

Majestätisch zog der Mond seine Bahn. Die Sterne blinkten nur matt in seinem Licht. Und die Nacht war so warm. Manchmal ging es wie tiefes Atemholen durch die Zweige. Irgendwo schluchzte ein Vogel im Traum auf, und dann wussten sie, dass sie nicht ganz allein waren in der großen Nacht, dass etwas mit ihnen war, wenn es auch nur ein Windhauch war, ein schüchterner Vogelruf, das tröstliche Licht der Sterne. Ihre Küsse waren heiß, und ihre Herzen klopften schnell.

»Ich will dich behalten mein Leben lang«, sagte Florian leise und strich mit seinen Lippen über ihre geschlossenen Augen.

»Wie schön wird das werden, Florian.«

Er sprach von einem kleinen Haus, das sie einmal haben würden. Vielleicht zuerst nur eine Wohnung, aber dann ein kleines Haus mit einem Garten.

Als er dann einmal verstummte, schlug sie die Augen auf.

»Das hört sich alles an wie ein Traum. Sprich weiter.«

Aber da sang wirklich schon ein früher Vogel, und hinter den östlichen Bergspitzen flimmerte das erste Morgenlicht.

»Ich muss jetzt gehen, Lisa.«

»Ich werde drunten am Steig auf dich warten!«

»Ach, Lisa, es ist immer, seit Jahren schon, gleich schwer, wenn wir uns trennen müssen. Diesmal aber ist es noch schwerer.«

Florian schlich sich unbemerkt ins Haus. Er hatte die obere Balkontür offen gelassen. Der Bertl schlief noch ganz tief, und er weckte ihn auch erst gar nicht, nahm seinen schweren Koffer mit aller Wäsche, die er hineingebracht hatte, und schlich leise die Treppe hinunter.

Im Haus war noch alles ganz ruhig. Der rote Läufer dämpfte seine Schritte, und es war ihm nur sehr schwer ums Herz, weil er seine Mutter nicht mehr hatte sprechen können. Aber als er leise den Riegel an der Haustür zurückschieben wollte, trat etwas aus dem Dunkel auf ihn zu.

Es war die Bergwirtin. Sie hielt einen Umschlag in der Hand, den sie ihm hinhielt. Sie weinte dabei.

»Nimm es, Florian. Es sind tausend Mark. Du wirst sie brauchen können.«

»Nein, Mutter, ich brauche sie nicht.«

Sie steckte sie ihm in die Jackentasche, stand da, wie sooft, verloren, einsam, etwas hilflos.

»Ich habe die halbe Nacht versucht, ihm gut zuzureden«, klagte sie. »Aber es hatte alles keinen Zweck. Er sagte, du hättest dich gegen ihn aufgelehnt.«

Florian stellte seinen Koffer zu Boden und umarmte sie.

»Ist schon gut, Mutter. Er hat wieder einmal seinen Willen durchgesetzt. Ich danke dir für alles, Mutter. Und – wir verlieren uns ja nicht. Ich kann dir schreiben.«

»Ja, Bub, schreib mir. Ich bete für dich, dass es dir weiterhin gut geht. Ich vergesse dich nicht, Bub. Wenn es geht, schick ich dir hin und wieder ein paar Mark.«

»Das sollst du nicht tun, Mutter. Aber wenn du mir schon eine Freude machen willst, dann schließ Frieden mit Barbara. Ich weiß doch, wie sie leidet, dass nicht einmal du den Weg zu ihr finden willst.«

»Ich habe Angst, Florian, dass er es erfährt.«

Florian riss sie in seine Arme. Er war tief gerührt.

»Wann hättest du mal nicht Angst gehabt vor ihm! Früher habe ich immer gedacht, wenn wir Kinder groß seien, würde das anders werden. Aber nun stößt er eins nach dem andern aus dem Haus in blinder Besessenheit, dass nichts gegen seinen Willen geschehen darf. Ich muss jetzt gehen, Mutter.«

Er griff nach dem Koffer und öffnete die Tür. Es bedurfte seiner ganzen Willenskraft, nicht weich zu werden. Die Mutter stand so armselig im dunklen Winkel und streckte die Hände nach seinem Gesicht.

Dann trat er hinaus ins Freie. Der Tag war vollends erwacht. Er drehte sich nicht mehr um und sah nicht, dass droben im ersten Stock sich leise ein Vorhang bewegte. Mit trotzig vorgeschobenem Kinn stand dort der Bergwirt. Es hätte nur eines kurzen Rufes bedurft, und Florian wäre umgekehrt.

Der Ruf blieb aus und Florian ging nun schnell in der taufrischen Frühe dahin bis zum Steig. Dort stand Lisa und wollte unbedingt eine Zeit lang seinen schweren Koffer tragen. Aber er ließ es nicht zu und hielt nichts davon, dass sie ihn noch begleite. Der Abschied würde dort unten beim Feldkreuz genauso schwer sein wie hier am Steig.

Lisa stand vor ihm. Ihre heißen, trockenen Augen glühten unter ihrer Stirn. Und plötzlich warf sie beide Arme um seinen Hals.

»Bitte, Florian, nimm mich mit!«

Er schüttelte den Kopf.

»Lisa, sei bitte vernünftig. Das geht nicht.«

»Ich verschaff mir eine Stelle in der Stadt, wir könnten dann jeden Abend zusammen sein oder wenigstens sonntags.«

Die Mutter fiel ihm ein, und dass sie es noch schwerer haben würde, wenn Lisa wegginge. Sie war ja ihre einzige Stütze, ihre rechte Hand in allem.

»Der Mutter wegen geht es nicht, Lisa. Schau, sie braucht dich! Du musst jetzt ganz vernünftig sein.«

»Ja, Florian«, lächelte sie traurig. »Ich tu alles, was du dir wünscht.« Sie gab ihm beide Hände und zitterte am ganzen Körper. In ihrem Blick war so viel Schmerz, dass er sie an seine Brust riss. Sie hielten sich umklammert, als gäbe es nie wieder eine glückliche Stunde für sie.

Dann musste er sich mit Gewalt losreißen. Von Dorrach herauf läuteten die Frühglocken.

»Mach's gut, Lisa. Ich werde dir gleich morgen schreiben.«

Sie gab keine Antwort und drehte sich langsam um. Am Zucken ihrer Schultern war zu erkennen, dass sie weinte. Sie hatten schon so oft Abschied voneinander genommen, aber noch nie war es so schwer gewesen wie heute. Ihr Vertrauen zu Florian war grenzenlos, und trotzdem spürte sie das Heraufziehen einer dunklen Gefahr für ihre Liebe.

Sie kam ins Haus, als gerade der Bertl die Treppe herunterkam.

»Was ist jetzt das? Ist der Florian vielleicht schon fort?«

Sie konnte nicht antworten und betrat die Küche. Dort saß die Bergwirtin neben dem kalten Herd, den Kopf in die Arme gelegt, als schlief sie. Erst als Lisa die Herdringe wegzog, sah sie wie verstört auf.

»Ach, du bist es schon, Lisa«, sagte sie und stand ächzend auf. »Machen wir doch wieder weiter, wie immer.«

Taumelnd erhob sich Bertl Freisinger. Sein Gesicht war grau, der Mund fest zusammengepresst. Er starrte an den Gesichtern vorbei auf den grünen Samtvorhang, der vor die Doppeltür dieses Raumes gezogen war. In seinen Ohren dröhnte es, obwohl die Stimme des Barons ganz leise war:

»Aber es eilt nicht. Wenn Sie mir das Geld bis übermorgen bringen können …«

Übermorgen. Bis dahin waren ja nur noch zwei Tage! Aber was bedeutete das schon, er könnte diese Summe in zwei Monaten genauso wenig zahlen wie in zwei Tagen.

»Nimm es nicht so tragisch«, schmeichelte neben

ihm eine dunkle Stimme. Er riss die Augen auf. Dicht vor ihm stand Frau von Berg. Sie hielt ihm ein gefülltes Sektglas hin. »Trink, dann siehst du die Welt wieder bunter. Das nächste Mal gewinnst du wieder.«

Er nahm ihr das Glas aus der Hand und stürzte den Inhalt mit einem Zug hinunter. Dann blickte er wieder wie irr um sich in dem niederen Raum, der von Lampen erhellt war, die man nicht sah. Er sah die Gesichter, die ihm wie Masken erschienen, sah die Frauen in ihren raffinierten Kleidern und die Männer in den tadellos sitzenden Anzügen. Er sah die Bewegungen der Hände, die Karten aufnahmen und niederlegten. Dann veränderten sich die Gesichter. Manches wurde voll unheimlicher Düsterkeit, manches erhellte ein Lächeln. Und wieder bewegten sich die Hände langsam hin und her. Wie Spinnenbeine, dachte Bertl. Alles war hier leise und gedämpft, wie in einer Aussegnungshalle. Auch das Lachen, das manchmal aufklang, war gedämpft und immer wie von einer heimlichen Angst umschattet, obwohl hier niemand hätte Angst haben müssen. Der Raum war so gut abgedichtet, kein Lichtschein drang nach außen, und kein Mensch wäre auf den Gedanken gekommen, dass sich in den Kellerräumen des so seriös erscheinenden Seehotels eine üble Spielhöhle befände, die das Gesetz zu scheuen hatte.

»Es muss nicht unbedingt Bargeld sein«, sagte plötzlich der Baron dicht hinter ihm. »Es könnte meinetwegen auch ein Stück Wald sein.«

Bertl schloss die Augen und öffnete sie wieder. Er sah den Berggasthof vor sich, die Wiesen, den Wald. Den Wald, den sein Urgroßvater aufgeforstet hatte.

Dann wandte er langsam das Gesicht über die

Schultern. Er sah das hagere Gesicht des Barons mit den tief eingeschnittenen Falten, die kalten, grauen Augen, den dünnen Mund, in dessen Winkeln ein Lächeln stand.

»Nein«, sagte er, »den Wald nicht. Das könnte dir so passen.«

Der Baron lächelte nur über den plump vertraulichen Ton. So waren sie, diese Bauernburschen. Solange der Bertl nüchtern war, zeigte er eine fast demütige Unterwürfigkeit. Wenn er aber getrunken hatte, wurde er arrogant und herablassend. Wahrscheinlich gelernt von seinem Herrn Vater, dem Abgeordneten.

»Wie du wünschst«, sagte Baron Hellburg und ließ sein goldenes Zigarettenetui aufschnappen. »Es war nur für den Fall gesagt, dass die Beschaffung von Bargeld dir schwer fallen sollte.«

»Du wirst dein Geld schon kriegen«, antwortete Bertl hochfahrend.

»Daran zweifle ich keinen Moment, mein Lieber. Du bist gar nicht der Mann dazu, etwas schuldig zu bleiben, das schätze ich so an dir. Immer prompt, im Nehmen wie im Geben.«

Bertl drehte sich um und wollte hinaus. Aber schon an der Tür trat ihm Melanie in den Weg. Bezaubernd schön wie immer.

»Willst du schon gehen, Bertl?«

»Ja, ich muss.«

»Weil du verloren hast? Probier's noch einmal. Ich strecke dir einen Tausender vor.«

»Nein, lass mich.«

Er riss sich zusammen und ging kerzengerade aus der Tür. Erst draußen, als die frische Nachtluft ihn umwehte, schwankte er ein wenig. Er hatte doch ziemlich viel getrunken. Aber als er dann am Steuer seines Wagens saß, war der Rausch wie weggeflogen. In seinem Kopf tanzten nur die Zahlen. Schweiß trat ihm dabei auf die Stirn. So viel hatte er noch nie verloren. Nun war er gezwungen, wieder zu spielen, er musste das Glück doch auf seine Seite zwingen, musste gewinnen, denn diese Summe konnte ihn sonst in den Abgrund reißen.

Er fuhr, wie immer, wenn er spät heimkam, erst ein Stück hinter dem Berggasthof die neue Straße hinauf, wendete dann oben und ließ den Wagen im Leerlauf geräuschlos in den Hof rollen.

Im Flur lehnte er dann noch eine Weile am Treppengeländer. Im Haus war alles still. Nur vom Stall her klirrte die Kette eines Rindes.

Nein, es blieb ihm kein anderer Weg, wie er es auch überlegen mochte. Er trat in das kleine Büro und versperrte die Tür hinter sich. Mit einem Nachschlüssel öffnete er den Schreibtisch und nahm das Scheckheft heraus. Dann schrieb er ohne zu zögern die Summe von achzigtausend Mark aus. Das war noch das Leichteste. Schwer war es erst, den Namenszug der Mutter nachzuahmen. Sie hatte eine steile, unbeholfene Kinderschrift. Aber er tat es ja nicht zum ersten Mal und es war bisher immer noch gut gegangen, dank der Vertrauensseligkeit der Bergwirtin, die den Bertl in geldlichen Dingen schalten und walten ließ, wie er wollte. Sie selbst verstand ja nicht viel davon.

Bertl wusste genau, dass er mit diesem Scheck das Konto bei der Kreissparkasse um zehntausend Mark überzog. Es war ihm daher nicht ganz wohl, als er ein paar Tage später nach Dorrach fuhr, um dort dreißigtausend Mark einzuzahlen, die die Mutter ihm mitgegeben hatte.

Der Beamte am Schalter sagte keinen Ton. Die Freisingers waren ja kreditwürdig und hatten außerdem noch bei der Volksbank ein Konto. Also konnte man schon großzügig sein.

Am Auszug sah Bertl, dass der Baron den Scheck bereits eingelöst hatte. In diesem Augenblick hatte er den brennenden Wunsch, dem Baron auch einmal einen Scheck in solcher Höhe abgewinnen zu können. Er ahnte ja nicht, dass dies nie der Fall sein würde. Er war ja nur ein kleines Mäuslein, dem man nur zuweilen ein Speckbröcklein in bestimmter Höhe zukommen ließ. Dann streckte die Katze wieder die Krallen aus und schlug zu.

Eine Woche darauf zahlte er wieder dreißigtausend Mark ein und am Sonntag gewann er zwanzigtausend. Das Konto war jetzt wieder einmal voll. Bertl atmete auf wie ein Erlöster, der einen schweren Stein durch all die Tage zu tragen gehabt hatte. Der Sturm war vorübergegangen. Es hatte ihn nur ein Ausläufer davon gestreift.

Der Oktober verschenkte noch einmal eine Reihe goldschöner Tage. Im Berggasthof waren daher immer noch Gäste. Es gab viel Arbeit auf Feldern und Wiesen, und der Bertl stürzte sich wie verbissen in die Arbeit. Gerade, als ob er in sie fliehen wollte vor einer großen Gefahr, die ihn dauernd umgab. Ja, es reizte ihn sogar, dieser Gefahr zu trotzen. Als er einmal mit viertausend Mark in der Tasche schon nach Nussberg einbiegen wollte, riss er das Steuer herum und fuhr nach Ballham zur Tina.

Noch nie hatte er sich in ihrer Nähe so wohl gefühlt wie an diesem Abend. Heute tat ihm die Ruhe, die von ihr ausging, ausgesprochen wohl, und er war zärtlicher zu ihr denn je. Er kam sich vor wie ein Märtyrer, der eine große Qual tapfer ausgestanden hatte, und meinte schon, dass er es jetzt überwunden hätte.

In Ballham gab es zwei Schneiderinnen, die Schwestern Mona und Sophie. Die Tina gestand ihm, dass sie bereits an der die Brautausstattung nähten und fragte ihn wie nebenbei, wie viele Betten der Berggasthof insgesamt hätte.

»Da muss ich jetzt erst einmal nachrechnen«, sagte der Bertl und legte seinen Arm um Tinas Hals. »Aber zuerst musst du mir einen Kuss geben, sonst kann ich nicht rechnen.«

Sie küsste ihn, kurz und heftig.

»Das war nichts Richtiges«, protestierte er. »Mach's noch einmal!« Er küsste sie herzhaft. Dann nickte er zufrieden. »So lass ich's mir eher gefallen. Vierzig haben wir im Ganzen.«

»Was vierzig?«

»Vierzig Betten.«

»Ach so«, lachte die Tina. »Und doppelt brauch ich's, dass man auch überziehn kann. Du, das ist ein ganz schöner Berg Leinen.«

»Dafür wirst ja auch Hoteliersgattin.«

Jawohl, er war in Form heute, der Bertl, und es war wirklich ehrlich gemeint, als er sagte, dass er froh sei, wenn das Frühjahr käme und sie dann als seine liebe Frau immer bei ihm sei als sein guter Geist, auf den er sich verlassen könne. Und damit sie daran keinen Zweifel haben konnte, koste er sie abermals.

»Der Herr Abgeordnete möcht natürlich sobald wie möglich einen Enkel sehen«, erzählte er.

»Das müssen wir schon der Natur überlassen« meinte die Tina.

»Das meiste liegt schon an uns«, schmuste der Bertl und kitzelte sie hinterm Ohr.

Zu Weihnachten kaufte Bertl zwei Eheringe.

Über die Festtage war Konrad Freisinger daheim. Noch wortkarger und verschlossener als sonst ging er herum und gab es doch nicht zu, wie sehr der Florian ihm heuer fehlte. Durch einen Zufall erfuhr er dann in Dorrach, dass Florian bei der Barbara in Bichl sei. Das machte ihn nur noch missmutiger, und kaum waren die Feiertage vorbei, da fuhr er schon wieder in die Stadt.

Hatte er wirklich so viel Willenskraft, oder war es die Angst, die den Bertl auch weiterhin zurückhielt, nach Nussberg zu fahren? Auf alle Fälle verlor er in dieser Zeit seine Nervosität, er wurde ausgeglichener und konzentrierte sich ganz auf die bevorstehende Hochzeit im Mai.

Noch aber war es erst Februar. Über den Bergen lag viel Schnee, doch die Straße nach dem Bergwirtshaus war durch den Motorschneepflug den ganzen Winter über freigehalten worden.

Auf dieser Straße fuhr so gegen Ende Februar, am Vormittag, ein schwerer Mercedeswagen mit Skiern auf dem Dach herauf und hielt vor dem Bergwirtshaus Hahnenkranz. Der Wagen war von Baron Hellburg gelenkt, und seine Mitfahrer waren Melanie Blank und Frau von Berg. Sie waren im Skidress und sagten, dass sie zur Brandlplatte hinauf wollten.

Eine wunderbare Herzlichkeit wurde dem jungen Bergwirt vorgespielt. Vielleicht war sie von Melanie auch echt gemeint. Ihr ging es vor allem darum, dass der Bertl, weit und breit bekannt als ausgezeichneter Skifahrer, mit auf die Brandlplatte käme.

Das wollte und konnte Bertl nicht gut abschlagen. Mittags wollten die Herrschaften dann im Hahnenkranz essen. Er zog sich also um, und eine halbe Stunde später gingen sie zu viert den Steilhang hinauf zum Lift, der zur Brandlplatte hinaufführte.

»Wenn der Hirte nicht zu seiner Herde kommt«, sagte Frau von Berg einmal, »dann muss halt die Herde zum Hirten kommen.«

Bertl drehte sich um und lachte.

»Wir wollten doch einmal nach dir schauen«, fuhr Frau von Berg fort, »ob du uns denn schon ganz vergessen hast, weil du gar nicht mehr gekommen bist.«

Bertl gab darauf keine Antwort. Aber die Frage traf ihn doch irgendwie. Wie ein Filmstreifen rollten die Bilder vor ihm ab, und wenn er ehrlich war, es waren doch mitunter recht schöne Stunden gewesen da drüben in Nussberg. Auch ohne Spiel.

Melanie erschien ihm schöner denn je. Sie tat sich am schwersten mit dem Aufstieg durch den Schnee und bat um seine Hand. Der Bertl nahm ihr auch noch die Skier ab und führte sie bis zum Lift.

»Danke, Bertl«, sagte sie und sah ihn dabei an, dass er schon wieder das verflixte Paschagefühl bekam. Er wusste, wie sie küssen konnte, und hatte auf einmal wieder Sehnsucht nach diesem Kreis, den er lange Zeit so beharrlich gemieden hatte.

Skifahren konnte wirklich nur Frau von Berg. Die anderen beiden waren fortgeschrittene Anfänger. Der Bertl aber war in seinem Element. Er war schon wieder drunten am Lift, als die anderen noch als kleine Punkte hoch droben zu sehen waren.

Mittags waren sie dann wieder im Hahnenkranz. Der Bertl musste mit ihnen essen. Bei diesem ausgedehnten Essen und dem anschließenden Kaffee entwickelte Baron Hellburg so phantastische Pläne, dass der Bertl wie elektrisiert hinhorchte.

»Was glaubst du, was aus diesem Berggasthof zu machen wäre, wenn man von hier aus einen Sessellift zum Hahnenkranz bauen würde. Zugegeben, der Bau würde Geld kosten, aber das käme ja hundertfach wieder herein. Bist du nicht auch der Meinung, Bertl, dass die Abfahrt vom Hahnenkranz weit schöner ist als von der Brandlplatte?«

Bertl musste das zugeben, weil es auch wirklich stimmte. In seinen kühnsten Träumen war ihm das auch manchmal vorgeschwebt.

»Man muss das einmal richtig bedenken«, sprach der Baron weiter und erzählte das eigentlich mehr dem Mädchen Melanie und Frau von Berg. Er tat gerade so, als säße der Bertl gar nicht mit am Tisch. Das ganze Jahr das Haus voll. Eventuell ließen die Pensionspreise sich um zehn bis fünfzehn Prozent heben. In spätestens drei Jahren wäre der Lift abbezahlt. Soweit man das als Laie beurteilen könne, wären über den Taleinschnitt höchstens drei Hochpfeiler erforderlich und etwas fünf Kilometer Drahtseil für die dreißig bis vierzig Sessel. Das wäre eigentlich schon das Wichtigste. Aber wozu diese Berechnungen? Dieser Berggasthof gehöre einem ja leider nicht. »Wie wär es jetzt mit einer guten Flasche Wein? Was habt ihr denn da, Bertl?«

Bertl war nicht ganz im Bilde. Er ging hinaus und fragte die Lisa. Die schlug ihm die Gimmeldinger Meerspinne vor.

Als er mit der Flasche und den Gläsern zurückkam, hatte der Baron gerade die Karten ausgegeben. Die Zigarre im Mundwinkel, schielte er zum Bertl hinauf.

»Nur ein paar Spiele. Wir sind hier doch ungestört?«

»Ja – ich weiß nicht.«

»Mach nur die Tür dort zu. Wir wollen bloß schnell pokern, wer die Zeche bezahlen soll.«

Das war nach kurzer Zeit schon entschieden. Frau von Berg musste bezahlen. Aber der Baron war Kavalier und gab Revanche. Weil der Bertl mit am Tisch saß, gab er auch ihm Karten hin, bemerkte seinen Irrtum und wollte sie wieder wegnehmen.

»Ach so, du spielst ja nicht mit. Entschuldige.«

Aber da hatte der Bertl bereits die Karten aufgenommen. Seine Hand zitterte wohl ein wenig, und einen Augenblick war ihm zumute, als müsse er die Karten hinwerfen, weil er sich die Finger daran verbrannt hatte. Dann war es vorbei. In seine Augen kam wieder jenes unheimliche Glitzern der Gier und Besessenheit.

Nach drei Ausgaben kassierte er hundertzwanzig Mark. Er setzte den ganzen Betrag und gewann das Vierfache.

»Schluss jetzt«, sagte Frau von Berg. »Dies hier ist schließlich kein Spielsalon, und es kann jeden Augenblick jemand hereinkommen. Aber du siehst, Bertl, das Glück hat dich noch nicht verlassen. Es ist dir treu geblieben. Aber du dem Glück nicht.«

»Ein paar anständige Gewinne und der Lift wäre bereits fast finanziert«, sagte der Baron und schnitt einer neuen Zigarre die Spitze ab. »Das Ganze ist überhaupt nur eine Sache der kühlen Überlegung. Schiefgehen könnte eigentlich überhaupt nichts. Es ist doch im Leben immer so, dass man nichts gewinnt, wenn man nichts wagt. So – und jetzt wollen wir schön langsam an die Heimfahrt denken. Es war sehr nett, Bertl, dich einmal wiedergesehen zu haben.«

Kein Wort, dass er doch zu ihnen kommen sollte. Nur Melanie erwähnte so nebenbei beim Abschied am Auto:

»Du könntest mir eigentlich das Skifahren ein wenig beibringen. Vielleicht komme ich einmal vierzehn Tage herauf.«

Er sah an ihrem blühenden Mund vorbei und dachte an Tina. Das war zwar kein Vergleich, aber es beruhigte ihn irgendwie.

»Das dürfte jetzt kaum noch Sinn haben«, antwortete er. »In ein paar Wochen kann der Schnee schon weg sein.«

»Ja, dann komm halt du wieder einmal zu uns. So ganz sollten wir unsere Freundschaft nicht aufgeben.«

»Ich überlege es mir einmal.«

Er stand auf der Terrasse und winkte dem Auto nach. Aus dem heruntergelassenen Seitenfenster winkte Melanies weißer Handschuh zurück, eine kleine, flatternde Taube, bis der Wagen in der nächsten Serpentine unsichtbar wurde.

Wenn man gerecht sein wollte, so musste man es dem Bertl gutschreiben, dass er in diesen Tagen wirklich einen heroischen Kampf mit sich selbst führte. Höhnisch verfolgte der Spielteufel ihn überall hin, ein Gespenst, das sich an seine Fersen heftete und ihm kühne Träume ins Ohr flüsterte.

»Du wirst den Lift bauen. Du wirst zu einem Herrn aufsteigen, den viele beneiden. In deiner Hand liegt es. Du brauchst nur die Karten zu nehmen. Das Glück ist deine Schwester. Hast du es denn nicht gemerkt? Du brauchst eine Karte bloß in die Hand zu nehmen, dann wird sie zu Geld in deiner Hand …«

Bis in den Schlaf hinein verfolgte ihn das Geflüster und machte dann seine Träume schwer. Und eines Tages, als die Mutter ihn wieder nach Dorrach schickte, lenkte er den Wagen durch das Hunnentor hinaus und fuhr nach Nussberg.

Es wurde sein Verhängnis. Im Vergleich zu dem, was jetzt über ihn kam, war das Vorhergehende nur eine kleine Laune des Spielteufels gewesen. Jetzt überkam es ihn wie ein Rausch, wie ein Fieber, das ihn schüttelte. Er wollte das Glück zwingen. Fortuna reichte ihm anfänglich auch die Hand, lächelte ihm zu und flüsterte in sein Ohr: »Du wirst den Lift auf den Hahnenkranz bauen. Du und kein anderer …«

Dann stieß sie ihn zurück, ins Dunkel hinein. Die Woge schlug über ihm zusammen. Bertl Freisinger unterschrieb seinen ersten Wechsel über hunderttausend Mark. Baron Hellburg stellte ihn aus. Bertl brauchte nur zu unterschreiben. Es war alles so einfach und so günstig. Erst in einem Vierteljahr musste er ihn einlösen. Ein Vierteljahr war lang. Er konnte vorerst noch weiterspielen. Das Glück musste sich doch ihm wieder zuwenden!

Dann kam der schwarze Tag, wo man ihm bei der Kreissparkasse erklärte, dass das Konto nun um sechzigtausend Mark überzogen sei. Er solle seiner Mutter doch sagen, dass sie herunterkommen möge, damit man irgendeine andere Abmachung treffen könne. Einen höheren Kredit könne man ohne weiteres gewähren. Da er aber nicht unterzeichnungsberechtigt sei, müsse entweder die Bergwirtin selbst oder der Herr Abgeordnete zu einer Rücksprache kommen.

Natürlich sagte der Bertl davon kein Wort daheim. So scheu wie der Frühling ins Land kam, so scheu schlich auch der Bertl umher, nur dass der Frühling mit jedem Tag zuversichtlicher ins Blühen hineinwuchs, die Vögel immer freudiger zu singen begannen und die Knospen unbeirrbar zur Entfaltung drängten.

Das Geschäft war um diese Zeit recht schlecht. Fremde waren noch nicht da, im Haus war das Frühjahrsreinemachen in Gang, die Maler kamen, und als sie fertig waren, war gerade genug Geld im Haus, um sie bezahlen zu können. Eine unverhoffte, größere Rechnung durfte jetzt nicht kommen, sonst würde der Bertl unerbittlich hinausgespült aus dem lecken Boot, in dem er saß und krampfhaft die Ruder hielt.

Bei der Volksbank aber wuchs das Konto des Abgeordneten Freisinger an, der seine Diäten nach dort überweisen ließ. Aber an dieses Konto war nicht heranzukommen. Man wusste auch nicht, wie hoch es war. Es war nur bekannt, dass der Abgeordnete Freisinger spartanisch einfach lebte, dass er sich in der Stadt nur ein billiges Mansardenzimmer gemietet hatte und niemals in einem teuren Hotel, sondern stets nur in irgendeiner Kantine ein billiges Abonnementessen aß. »Der Alte spart, der Junge zehrt.« Dieses alte Sprichwort fand hier seinen durchschlagenden Beweis.

So schaukelte der Bertl zwischen Angst und Ungewissheit dahin. Zum Glück gab es um diese Zeit viel Arbeit auf Wiese und Feld. Auch der Schneebruch im Wald musste noch aufgearbeitet werden.

Der Bertl arbeitete wie ein Berserker die ganze Woche über und fuhr am Samstag nach Ballham, wo die Vorbereitungen zur Hochzeit zielstrebig abgeschlossen wurden. Er erzählte dort in kühnen Worten von seinen Plänen für die Zukunft, wobei der Sessellift auf den Hahnenkranz die hervorstechendste Rolle spielte. Die Tina kam an einem Sonntag wieder einmal in das Bergwirtshaus, von dem der Bertl sagte, dass es im nächsten Jahr Hotel heißen würde. Bei diesem Besuch begleiteten ihre Brüder sie, und sie gingen gemeinsam den Hang hinterm Haus hinauf. Mit großen Handbewegungen deutete der Bertl die Richtung an, wo der Lift gebaut werden sollte, und er konnte bereits genau berechnen, wie viele Tausender das im Jahr abwerfen werde. Die beiden Sonnleitnerbuben kamen aus dem Staunen gar nicht mehr heraus. Nur die Tina blieb bei allem ruhig. Zwar imponierte auch ihr der Höhenflug, den der Bertl da kühn in den blauen Frühlingshimmel startete, aber sie flog nicht mit, sie blieb mit ihren Füßen fest auf der Erde.

Die Welt begann zu blühen, und eines Sonntags wurde von der Kanzel verkündet, dass Albert Freisinger, Bergwirtssohn vom Tobl, Tina Sonnleitner von Ballham heirate.

Am fünfzehnten Mai sollte die Hochzeit sein. Am zweiten Mai aber war der Wechsel fällig. Und er wurde pünktlich drei Tage vorher präsentiert. Baron Hellburg trank gemütlich im Berggasthof zum Hahnenkranz seinen Nachmittagskaffee und fragte den Bertl ganz so nebenbei, als handle es sich nur um hundert und nicht um hunderttausend Mark, ob er den Wechsel einlösen könne.

»Nein«, sagte der Bertl und stieß das Wort so scharf heraus, dass es der andere wie einen Messerstich empfinden musste. Hellburg aber blieb ganz ruhig. Nur die Brauen zog er ein wenig hoch.

»Nein? Bist du dir auch über die Folgen klar, die ein geplatzter Wechsel für dich hat? Und nicht nur für dich allein! Ich hoffe, dass du das Geld irgendwie auftreibst, wenn du schon die leichteste Chance außer Acht lässt, es dir zu beschaffen. Ein einziger Abend mit ein bisschen Glück könnte dir alles bringen und du wärst alle Sorgen los.«

Dieses eine Mal blieb der Bertl standhaft, so verlockend der andere ihm auch die Bilder aufzeigte. In Monte Carlo habe er einmal in einer Nacht zweihunderttausend verloren. Am anderen Tag habe er mit fünfhundert Mark wieder angefangen und damit dreihundertzwanzigtausend gewonnen. Er könne ihm noch mehr solcher Beispiele aufzählen, aber er habe das Gefühl, als falle dies im Augenblick bei ihm alles auf unfruchtbaren Boden. Aber wie gesagt, auf der Einlösung des Wechsels müsse er unbedingt bestehen.

Ob er denn nicht noch wenigstens vier Wochen warten könne, bis er die Hochzeit hinter sich habe, fragte der Bertl. Seine Braut bekäme fünfhunderttausend Mark Mitgift und dann könne er das schon schaukeln.

Hellburg sah eine Weile nachdenklich vor sich hin. Dann schüttelte er den Kopf.

»Geht leider nicht, Bertl. Ich habe in letzter Zeit ein wenig unglücklich spekuliert und brauche das Geld dringend. Probier doch, ob dein zukünftiger Schwiegervater dir nicht einen Vorschuss gibt. Du kannst ihm doch leicht irgend etwas vorflunkern. Bist doch sonst ein so aufgeweckter Bursche.«

Nach langem Überlegen stimmte Bertl zu.

»Also gut, ich will's versuchen.«

»Und wann kommst du?«

»Morgen Abend.«

»Schön. Vergiss es aber nicht. Andernfalls sähe ich mich gezwungen, deinen Vater anzurufen. Und für den Herrn Abgeordneten wäre das doch ein bisschen peinlich.«

Der Bertl wechselte die Farbe. Seine Fäuste zitterten, und es juckte ihn, in dieses glattrasierte Gesicht hineinzuschlagen.

»Gehen Sie jetzt«, knurrte er. »Oder es passiert etwas.«

»Olala«, lächelte Hellburg und stand langsam auf. »Das ist der Dank, dass ich ein Vierteljahr geduldig auf mein Geld warte. Na schön, meinen Standpunkt kennst du. Auf Wiedersehen morgen Abend.«

Er stieg in seinen Wagen und fuhr langsam den Berg hinunter.

Über den Hügeln um Ballham wogte schon die Dämmerung, als der Bertl Freisinger, die Kurven scharf schneidend, auf Sonnleiten zufuhr. Der Motor dröhnte in der Stille des Abends und warf sein Dröhnen in die Echogründe des Waldes.

Mitten unter der Woche war er eigentlich noch nie gekommen, und die Tina wunderte sich ein wenig darüber. In ihrer etwas trockenen Art fragte sie:

»Dass du heut kommst?«

Der Bertl war herzlicher denn je, nahm sie in seine Arme und koste ihren Mund.

»Die Sehnsucht ist's, Schatz, die mich hergetrieben hat. Kaum mehr erwarten kann ich's, dass wir Hochzeit feiern.«

Sie ließ sich einlullen von seinen Zärtlichkeiten, war zugänglicher als sonst und merkte nichts von seiner Nervosität, die bis in seine Fingerspitzen hinein zitterte. Es hatte sich so ergeben, dass er sie hinterm Haus angetroffen hatte, wo sie gerade ein paar zum Trocknen aufgehängte Wäschestücke holen wollte. Im kleinen Weiher quakten die Frösche, am hohen Himmel stand die schmale Mondsichel und spiegelte sich in dem grünlichen Wasser.

Sie saßen auf der Bank unter der Trauerweide, und der Bertl zündete sich in der kurzen Zeit bereits die zweite Zigarette an.

»Du rauchst viel«, sagte Tina. »Wenn wir verheiratet sind, werd ich schon drauf schaun, dass du da ein bissl sparsamer wirst.«

»Recht hast, mein Schatz«, schmeichelte er und zog sie enger an sich. »So jemand brauch ich, der auf meine Gesundheit schaut. Und dir folg ich wie ein Hund, wirst sehen.«

»Das will ich auch hoffen«, antwortete Tina. Es klang ein wenig scherzhaft, und vielleicht war es auch gar nicht so tiefernst gemeint, weil sie dabei mit ihren Lippen über seine Schläfe strich.

»Das geht mir durch und durch«, log er, denn er empfand unter ihrer Liebkosung überhaupt nichts. Es fror ihn eher dabei. Langsam bog er seinen Kopf von ihren Lippen weg.

»Eigentlich«, sagte er dann mit einem schweren

Seufzer, »eigentlich hätte ich mit deinem Vater was Wichtiges zu reden.«

Die Tina runzelte sofort misstrauisch die Brauen.

»Kannst du das mir nicht auch sagen?«

»Schon, aber – das sagt sich nicht so leicht, und vielleicht gibt mir dein Vater sogar einen abschlägigen Bescheid.«

In ihrer etwas derben Art erklärte die Tina: »Der Vater hat bisher immer noch alles getan, was ich gewollt hab. Also red nicht lange um den Brei herum, und sag, um was es sich handelt.«

Der Bertl griff schon wieder nach seiner Zigarettenschachtel, aber die Tina nahm sie ihm aus der Hand.

»Du hast ja die andere grad weggeworfen. Und jetzt möcht ich wissen, was dich drückt.«

Der Bertl legte ein Bein über das andere und fasste nach ihrer Hand, hielt sie in der seinen und streichelte sie.

»Ja, weißt, Tina – das ist so eine schwierige Sache. Ich hab dir doch erzählt von dem Lift, den wir bauen wollen. Auf den Hahnenkranz hinauf. Das Ganze wird auf vierhunderttausend Mark kommen. Und ein Viertel davon soll sofort anbezahlt werden, sonst fangen die mit den Arbeiten überhaupt nicht an. Kurz und gut, ich brauche bis morgen hunderttausend Mark, bloß auf ein paar Tag weißt, bis der Vater am Samstag kommt. Und da hab ich mir halt gedacht, ob nicht dein Vater sie mir inzwischen vorstrecken könnt.«

»Das kann er wahrscheinlich schon, und wenn ich es ihm sag, gibt er dir das Geld auch. Komm mit ins Haus, bevor er sich schlafen legt.«

Sie trafen den Sonnleitner noch in der Bauernstube, als er gerade die Gewichte der Kuckucksuhr hochzog, um sich dann schlafen zu legen. Er war ein kleiner, weißhaariger Mann, von dem die Tina äußerlich eigentlich gar nichts hatte. Nur als die Summe genannt wurde, um die es sich drehte, blinzelte er mit den Augen ein wenig, ähnlich, wie es der Bertl auch bei der Tina schon ein paarmal bemerkt hatte, wenn ihr etwas missfiel. Dann suchte sein Blick die Tochter, gerade, als wolle er sich erst noch ihren Rat einholen.

Die Tina nickte. Geredet wurde nicht viel. Was sollte man auch Bedenken haben? In vierzehn Tagen war bereits die Hochzeit. Warum sollte man dem künftigen Schwiegersohn einen Teil der Mitgift als Vorschuss verweigern? Übrigens versicherte er sogar, dass er das Geld eventuell in ein paar Tagen schon zurückbringen werde. Das alles sei ja bloß deswegen, weil der Vater, der Herr Landtagsabgeordnete, nicht anwesend sei.

Also setzte der Sonnleitner sich hin und schrieb den Scheck aus.

Zwei Stunden später befand sich der Scheck bereits in den Händen Baron Hellburgs.

Bertl hätte den Scheck aushändigen, sich sofort wieder in den Wagen setzen und heimfahren sollen. Aber er wurde wieder zur Mücke, die sich im Spinnennetz gefangen hatte. Wohl hatte er sich von daheim nur zweihundert Mark mitgenommen. Mit diesen gewann er zunächst eine ganz ansehnliche Summe. Aber um drei Uhr früh schuldete er Frau von Berg achtundsechzigtausend Mark.

Von jetzt ab sah der Bertl keinen Ausweg mehr. Zwar wollte Frau von Berg mit den achtundsechzigtausend Mark gerne bis nach seiner Hochzeit warten. Aber da waren auch noch die Schulden bei der Bank. Die Kreissparkasse gewährte keinen weiteren Kredit mehr. Beim Sonnleitner stand er mit hunderttausend in der Kreide. Ringsum war alles dunkel und trübe. Außerdem stand ihm eine Hochzeit bevor, vor der ihm graute, weil er für die Tina längst nicht mehr das empfand, was ihn früher einmal gereizt hatte, und zudem bekam sie ja jetzt nur noch vierhunderttausend Mark mit.

Und die Zeit rollte so schnell dahin, als hätte ein Tag nicht mehr vierundzwanzig, sondern nur mehr zwölf Stunden. Nur noch acht Tage waren es bis zur Hochzeit. Bertl musste wohl oder übel nach Ballham, weil man die Einzelheiten der Hochzeit besprechen wollte. Das heißt, eigentlich sprach nur die Tina und stellte ihren Willen recht deutlich in den Mittelpunkt. Als der Bertl auch einmal seine Meinung etwas zaghaft durchblicken ließ, wies sie ihn sofort mit scharfen Worten zurecht.

»Wer zahlt, schafft auch an. Oder ist sonst was nicht klar?«

Für den Bertl war gar nichts mehr klar. Aber er schwieg, lächelte nur ergeben und wusste in dieser Stunde genau, dass diese Hochzeit nicht stattfinden würde.

Im Berggasthof aber wurde alles auf Hochglanz gebracht. Es wurde geschrubbt und gebohnert. Das große Zimmer, in dem das junge Paar wohnen sollte, wurde mit feingemusterten Tapeten austapeziert, und dem alten Brauch gemäß sollte am Polterabend vor dem Haus ein großer Hochzeitsbaum aufgestellt werden.

All das verfolgte der Bertl mit einer Gleichgültigkeit sondergleichen. Sein Gesicht brachte kaum mehr ein Lächeln zustande, und wenn jemand ihn ansprach, fuhr er oft wie im Schreck zusammen.

Die ersten Sommerfrischler waren bereits angekommen, das Geschäft begann wieder zu florieren, und endlich war es wieder einmal soweit, dass die Bergwirtin dem Bertl zwölftausend Mark übergeben konnte, die er auf der Kreissparkasse einzahlen sollte.

Das war sechs Tage vor der Hochzeit.

Gut angezogen erschien der Bertl in der Küche, nachdem er einen vollbepackten Rucksack im Rückteil seines Wagens verstaut hatte. Das war um drei Uhr nachmittags. Draußen regnete es seit dem Vortag ununterbrochen. Im Hof hatten sich große Wasserlachen gesammelt, der Himmel hing grau und schwer über den Bergen, und es sah nicht aus, als ob das Wetter bald umschlagen wollte.

»Also, Mutter, dann fahr ich jetzt«, sagte er.

Die Bergwirtin goss gerade heißes Wasser in die große Filterkanne. Sie saß auf einem Stuhl, weil ihre Füße so schlecht geworden waren. Sie sehnte den Tag herbei, dass sie hier weggehen und eine Junge den Platz am Herd einnehmen könnte.

»Bringst vom Greindlmetzger zehn Pfund Rindfleisch mit und zwanzig Koteletts. Schau im Eisschrank nach, was noch an Wurstwaren da ist. Notfalls nimmst dann noch dreißig Pfund Wurstwaren mit. Aber beim Herberger. Der hat die bessere Wurst. Sonst wüsst ich nichts im Augenblick.«

Da geschah etwas sehr Unerwartetes. Der Bertl legte seine Hand leicht in das Haar der Mutter.

»B'hüt dich Gott, Mutter.«

Die Bergwirtin schaute auf in sein Gesicht. In ihren Augen war ein leichtes Staunen. Der Bertl hatte doch sonst nie solche Umstände gemacht, wenn er nach Dorrach fuhr. Irgendetwas in seinem Gesicht schien ihr verändert, vielleicht war es der traurige Glanz in seinen Augen.

»B'hüt dich«, sagte sie. »Und komm bald wieder.«

»Kann sein, dass es ein bissl länger dauert«, sagte der Bertl. »Vielleicht fahr ich noch nach Ballham.«

Seine Hand glitt aus dem Haar der Mutter. Langsam ging er aus der Küche in die Gaststube. Hinter der Theke stand Lisa, schlank und blühend. Er trat an den Schanktisch.

»Schenk mir noch einen Kognak ein, Lisa.«

»Noch einen? Du hast ja seit Tagen keinen mehr getrunken.«

»Vielleicht ist es mein letzter«, lächelte er sie an.

Lisa schenkte ihm das Lächeln zurück. Wie ein Hungernder sah er auf ihren lachenden Mund mit den herrlichen Zähnen.

»Als Junggeselle vielleicht der letzte«, meinte sie. »Nächste Woche bist du ja schon der Chef hier.«

»Nächste Woche, ja.« Er leerte zügig das Glas und seufzte.

Lisa lachte. »Du seufzt ja, als ob du Zentnerlasten tragen würdest.«

»So ähnlich komm ich mir auch vor«, versicherte er und griff über den Schanktisch hinweg nach ihrer Hand. »Wer weiß, Lisa, wenn du mir damals keinen Korb gegeben hättest – es hätte mit mir manches anders sein können. Aber jetzt ist es schon, wie es ist.«

Er ließ ihre Hand los und ging durch das Gastzimmer. Auf der Glasveranda saßen die wenigen Kurgäste und warteten auf den Kaffee. Er grüßte, neigte dahin und dorthin leicht den Kopf. Dann schritt er hinaus in den strömenden Regen. Sein Kopf war tief gesenkt, und der Regen rann ihm in den Nacken. Doch beschleunigte er seinen Schritt keineswegs, öffnete den Schlag seines Wagens und stieg ein. Von dort aus ließ er den Blick noch einmal über das ganze Anwesen gehen, dann ließ er den Wagen anspringen und fuhr davon.

Er fuhr durch Dorrach, und wer ihn zufällig sah, konnte meinen, dass er es ziemlich eilig habe. Die Fahrt ging durchs Hunnentor, weit hinaus in die Ebene, dann in ein kleines Waldstück hinein. Dort blieb er im Wagen sitzen. Es regnete weiterhin, und es rann in Strömen an den Wagenfenstern herunter. Der Bertl rauchte eine Zigarette nach der andern und hielt Rückschau über sein Leben, das in die Irre gegangen war.

Als es schon dunkel wurde, und das wurde es an diesem regnerischen Tag schon recht bald, fuhr er langsam zurück bis kurz vor Dorrach, drehte scharf nach links ein und zog an der Uferböschung des Flusses, der viel Wasser führte, die Handbremse. Dann stieg er aus, nahm den Rucksack aus dem Wagen und drehte das Seitenfenster herunter. Alles hatte er genau geplant. Er sah sich noch mal um. Keine Menschenseele weit und breit. Noch einmal überlegte er kurz. Nein, es gab keinen anderen Weg für ihn. Er musste es tun.

Mit einem Ruck löste er von außen die Handbremse und stieß den Gang hinein. Zweimal überschlug sich der Wagen an der Steilböschung, dann stürzte er in die brausende Dorrach.

Mit einem verzerrten Lächeln stand Bertl noch eine Weile auf der Böschung. Dann nahm er seinen Rucksack, machte einen großen Bogen um Dorrach, stieg langsam bergwärts und überschritt etwa um Mitternacht die Grenze.

Es hatte zu regnen aufgehört. Aber die Nacht war kalt, obwohl es Mai war. Bertl Freisinger fröstelte und ging nun mit weit ausholenden Schritten in einen neuen Morgen hinein.

Man rief den Abgeordneten Konrad Freisinger mitten aus einer Sitzung heraus ans Telefon. Da dies bis jetzt noch nie geschehen war, konnte es sich nur um etwas Außergewöhnliches handeln.

Lisa war am Apparat, und weil sie nie gelernt hatte, schwere Ereignisse in schonende Worte zu kleiden, erfuhr Konrad Freisinger mit ein paar knappen Sätzen, dass sein Sohn Bertl in der Dorrach ertrunken sei. Lisa sagte ihm, dass er sofort heimkommen müsse, weil seine Frau auf diese Hiobsbotschaft hin einen schweren Herzanfall erlitten habe und nun zwischen Leben und Tod schwebe.

Einen Augenblick lang wankten ihm die Knie, und er musste sich an die Wand der Telefonzelle lehnen. Aber dann riss er sich zusammen, denn draußen stand immer noch der Pförtner, der ihn gerufen hatte, und es schickte sich für einen Abgeordneten wohl nicht, einem Partlamentsdiener mehr zu zeigen als ein grau gewordenes Gesicht und einen schmal zusammengepressten Mund, der Mann durfte hinterher keinesfalls erzählen, dass der Abgeordnete Freisinger durch die große Halle getaumelt sei. Darum versuchte er aufrecht zu gehen und kam ins Freie, wo an der Auffahrt unter einer Menge chromblitzender Wagen auch sein bescheidener, im Lack schon recht blind gewordener Opel parkte.

Wie er heimgekommen war, das wusste er hinterher nicht zu sagen. Auf alle Fälle hatte er das getan, was er sonst verdammte, er war gerast, und dann erfuhr er von Dr. Urban, der gerade aus dem Haus trat, dass er nur dann Hoffnung habe, die Bergwirtin über den Berg zu bringen, wenn man ihre jede Aufregung erspare. Am besten sei, man spreche über das Unglück überhaupt nicht.

Das war leicht gesagt. Zwar lag die Bergwirtin in tiefem Schlaf, als er in das Zimmer trat. Aber dann musste sie doch das Knarren der Diele gehört haben. Sie fuhr erschreckt hoch.

»Ach, du bist es, Konrad!« Und schon schossen ihr wieder die Tränen in die Augen. »Unser armer Bertl!«

Tief neigte er sich über sie und legte ihr die Hand auf die Stirn.

»Wie geht's dir denn, Mamm?«

»Ich kann das Unglück einfach nicht fassen, Konrad.«

Er zog sich einen Stuhl an das Bett und fasste nach ihrer Hand.

»Ja, ein Unglück ist es wohl, ein schweres sogar. Und wir müssen es tragen, Mamm. Das Leben geht ja weiter.«

»Meins nicht mehr lang«, atmete sie schwer. »Hat man ihn noch nicht gefunden?«

Konrad Freisinger schüttelte den Kopf.

»Die Dorrach hat Hochwasser, es wird nicht leicht sein. Aber du sollst nicht so viel reden, Mamm. Jede

Aufregung kann dir nur schaden. Viel Schlaf, sagt der Doktor, wär das Beste.«

»Der Doktor kann leicht reden, er hat ja kein Kind verloren. Geh, sei so gut und gib mir die Tropfen dort.«

»Sympatol« stand auf dem Fläschchen. Er träufelte ihr vorschriftsmäßig dreißig Tropfen auf einen Löffel. Bald darauf schloss sie wieder die Augen, und es schien, als schliefe sie nun wirklich fest. Jedenfalls rührte sie sich nicht, als er aufstand und zur Tür ging.

Dafür schlief der Bergwirt in dieser Nacht überhaupt nicht. Um sich abzulenken, kramte er in seinem Schreibtisch. Zufällig geriet er dabei auch an die Scheckhefte und sah sie durch. Auf einmal stutzte er. Das konnte doch nicht gut möglich sein! Er suchte nach den Auszügen und wurde immer verwirrter. Die Zahlen begannen ihm vor den Augen zu schwirren, und er konnte sich nicht erklären, welche Geldgeschäfte die Bergwirtin da gemacht haben sollte. So große Abhebungen, dann wieder unvermittelt Einzahlungen, die unmöglich in so kurzer Frist aus den Geschäftseinnahmen stammen konnten.

Er hätte seine Frau nun fragen müssen. Aber in ihrem Zustand konnte er das nicht gut. Der Morgen graute schon, als er sich taumelnd erhob.

Verwirrt waren seine Gedanken und verwirrend war auch die Stille im Haus. Nichts regte sich noch, es war, als hätten alle Dinge, die im Flur und oberen Stock herumstanden, ihre Seele verloren. Einzig in dem vom Frühlicht matt erhellten Zimmer atmete schwer die kranke Bergwirtin und flüsterte ihm entgegen:

»Hast nicht schlafen können heut Nacht, Konrad?«

»Doch, doch«, log er. »Hab mich im Bubenzimmer hingelegt.«

Er gab ihr wieder Tropfen, dann war es an der Zeit, die Angestellten zu wecken. Lisa und die Kassiererin durften etwas länger schlafen.

Wie lange war es schon her, dass er seine Leute in der Frühe weckte. Er schlug mit dem linken Handstummel, der in den langen Jahren hart geworden war wie Eichenholz, an die Türen und bei jedem Schlag dachte er, dass er ein Jahrzehnt wachrufe, das ihm verloren gegangen war durch eigene Schuld, und dass auch das seine eigene Schuld war, was er in dieser einen Nacht da unten in dem kleinen Kontor festgestellt hatte. Noch war ihm nicht alles klar, war noch alles verschwommen, aber um acht Uhr, wenn der Schalter der Kreissparkasse öffnete, würde er Klarheit bekommen.

Und er bekam sie. Der Direktor der Kreissparkasse führte ihn selbst in das Privatbüro, drückte ihm zunächst ein herzliches Beileid aus und fügte hinzu:

»Jammerschade um den intelligenten jungen Mann.«

Der Bergwirt nickte und begann zu fragen. Es wurden ihm Unterschriften des Verunglückten vorgelegt und auch einige Schecks, die die Bergwirtin ausgestellt haben sollte.

»Bitte schön, Herr Abgeordneter«, sagte der Direktor bei jedem Beleg, den er vorlegte.

Der Abgeordnete verzog keine Miene, auch dann nicht, als er eine der Unterschriften als Fälschung erkannte und diese Erkenntnis ihn bis ins Mark hinein traf. Nur ein paarmal zuckte die schwere Ader an seiner rechten Schläfe. Aber als er aufstehen wollte, war ihm, als sei er an den Stuhl genagelt. Seine Füße zitterten. Und so blieb er sitzen und sagte mit gedrosseltem Ton:

»Wenn ich alles richtig verstehe, dann hätten wir jetzt bei der Kreissparkasse insgesamt hundertachtundzwanzigtausend Mark Schulden.«

»Ich bitte Sie, Herr Freisinger, von Schulden in dem Sinne können wir nicht sprechen. Selbstverständlich haben Sie bei uns unbeschränkten Kredit. Deshalb ließ ich Sie ja vor einiger Zeit schon zu mir bitten. Hat Ihr Sohn Ihnen das nicht ausgerichtet?«

Wieder ein Schlag mitten ins Gesicht.

»Doch, doch. Ich kam nur nicht dazu.«

»Verstehe, ein vielbeschäftigter Mann wie Sie. Aber wie gesagt –«

Jetzt stand Konrad Freisinger auf.

»Ich danke Ihnen für Ihre Auskunft und für Ihr Entgegenkommen. In den nächsten Tagen werde ich noch mal bei Ihnen vorbeikommen.«

Als er wieder in den hellen Maienmorgen hinausschritt, wusste der Bergwirt, dass es kein Unglück gewesen war. Man hatte ihm ja auf der Polizei bereits gesagt, dass keinerlei Brems- oder Schleuderspuren vorhanden gewesen seien, und dass der Bertl wahrscheinlich am Steuer eingeschlafen war, als er über die Böschung geriet.

Ziellos ging er unter den Arkaden dahin, zum Hunnentor hinaus. Die Dorrach ging immer noch sehr hoch. Aber der Maientag war von märchenhafter Schönheit.

Er kam an die Stelle, an der Bertl angeblich verunglückte. Die Hände hinter dem Rücken verschränkt, stand er eine lange Weile da. Leberblümchen leuchteten an der Böschung, und Veilchen duckten sich schüchtern im Grün.

In absehbarer Zeit würde hier eine Tafel stehen, überlegte der Bergwirt, denn das Drama musste ja einen Abschluss haben. Es würde daraufstehen:

»Hier verunglückte tödlich der Bergwirtssohn Albert Freisinger. Der Herr sei seiner armen Seele gnädig.«

Mit hartem, trockenem Lachen drehte Konrad Freisinger sich um und ging ins Städtchen zurück. Hintenherum, wie damals, als es ihm die Hand zerfetzt hatte und er beim Doktor gewesen war. Heute hatte es ihm etwas anderes zerfetzt, nämlich den Glauben an sich selbst, und er erkannte, dass er nicht fähig gewesen war, seine Kinder so zu erziehen, dass sie bei ihm blieben. Sie waren von ihm fortgestrebt. Barbara war seinem harten Herzen ausgewichen, Florian hatte er von sich gestoßen, und der Bertl hatte einen freiwilligen Tod vorgetäuscht, und war für ihn auch verloren. Daheim aber rang seine Frau, die Gefährtin seines Lebens, mit dem schwarzen Engel. Irgendwie musste er es doch falsch angepackt haben, es konnte nicht nur an den anderen liegen. Er hatte das öffentliche Amt höher gestellt als den Frieden seines Hauses. Warum eigentlich? Die Politik wäre auch ohne ihn gemacht worden. Es half ihm nichts, dass er sich sagte, er hätte sich doch eingesetzt für seinen Berufsstand, für seine Gemeinde, für den Landkreis Dorrach. Wo aber blieb der Dank? Vielleicht fühlte man jetzt ein wenig mit, weil er durch den Tod seines jüngsten Sohnes ins Unglück gestürzt worden war. Aber das ging wieder vorüber wie ein Wind, der die Blüten von den Bäumen treibt.

Er fühlte sich auf einmal entsetzlich müde und alt. Ihm war, als spüre er geradezu, wie sein Haar noch mehr ergraute, bis ins schneeige Weiß hinein, und wie neue Furchen sich in sein Gesicht prägten.

Von der Rückseite her betrat er den Sternbräu, weil er plötzlich Hunger verspürte.

Agnes war immer noch da, nicht mehr so jung und behände wie vor Jahren, aber immer noch mit der gleichen Zuneigung zu dem kerzenschlanken Mann, dem sie bei jeder Wahl ihre Stimme gegeben hatte.

Im Ritterstübchen saß nur ein einziger Gast, Simon Seidenspieler, der Ältere. Er saß bei seinen morgendlichen Weißwürsten und einem Achtel Weißwein, dem billigsten, den der Sternbräu führte. Konrad Freisinger konnte nicht anders, als am gleichen Tisch Platz nehmen. Verfeindet waren sie ja nicht miteinander. Sie waren sich nur immer tunlichst aus dem Weg gegangen, seit die Barbara es vorgezogen hatte, die Werbung des jungen Seidenspielers zu verschmähen.

Seidenspieler war in den Jahren sehr gealtert, war dicker geworden und hatte den Rest seiner Haare verloren. Daheim waren sie froh, wenn er wegging zum Frühschoppen oder zum Dämmertrunk, weil er doch bloß herumnörgelte. Es hieß, dass er sich mit der Schwiegertochter überhaupt nicht verstünde, und dass seine eigene Tochter ihm Kummer mache, weil keiner sie heiraten wolle.

Da trafen sie also wieder einmal zusammen, die beiden, und sie hätten sich gegenseitig ein Klagelied vorsingen können über den Undank der Kinder. Seidenspieler wusste eigentlich gar nicht recht, was er sagen sollte, und war froh, dass das Unglück mit dem

Bertl ihm den willkommenen Anlass gab, das Gespräch zu eröffnen.

»Ja, ja«, sagte er, »es ist ein Kreuz auf dieser Welt. Da setzt man ein halbes Leben lang seine ganze Hoffnung auf seine Kinder, dann schlägt ganz unerwartet das Schicksal zu.«

Konrad Freisinger zog die Stirn in Falten.

»Da kann man nichts machen. Man muss es hinnehmen. – Bring mir auch drei Weißwürst', Agnes. Und eine Halbe Dunkles.« Er nahm eine Laugenbreze aus dem Brotkorb und brach sie entzwei. »Und wie steht es bei dir? Gesundheitlich, mein ich.«

Er stellte die Frage nur deswegen, weil er wusste, dass Simon Seidenspieler nun eine ganze Weile beschäftigt sein würde, all seine Beschwerden aufzuzählen, vom hohen Blutdruck über die schlechte Arbeit der Galle bis zum Reißen in den Beinen.

Merkwürdigerweise machte Seidenspieler es heute sehr kurz und kam sofort wieder auf das Unglück zu sprechen.

»Und noch nichts gefunden von ihm?«

»Nein, noch nichts.«

»Und dabei war gerade der Bertl zu den schönsten Hoffnungen berechtigt. Manchmal soll er sogar ein unverschämtes Glück gehabt haben.«

Seidenspieler zündete sich eine kleine, billige Zigarre an.

»So? Wo denn?«

»Darüber sollte man eigentlich gar nicht so offen reden. Ich verstehe ja auch viel zu wenig vom Glücksspiel. Mir waren wertbeständige Aktien und Pfandbriefe immer lieber und sicherer, weil man beim Glücksspiel manchmal auch dumm hereinfallen kann.«

Konrad Freisinger horchte auf. Er fragte vorsichtig und mit aller angeborenen Bauernschläue und wusste nach einer Viertelstunde ziemlich genau über das Bescheid, worüber der Seidenspieler nicht offen sprechen zu können geglaubt hatte. Mit einem Schlag sah er jetzt alles in einem anderen Licht, ahnte die Zusammenhänge und schloss, wie von einem grellen Licht geblendet, die Augen.

So könnte es gewesen sein. So musste es gewesen sein. Der Bertl hatte keinen anderen Ausweg mehr gesehen.

»Eine behördlich genehmigte Spielbank ist das in Nussberg wohl nicht?«

Seidenspieler sah ihn verdutzt an.

»Das müsstest doch du als Abgeordneter besser wissen.«

»Ja, natürlich. Und die Polizei in Dorrach schläft wohl?«

In dieser Minute bedauerte Seidenspieler, doch so offen gesprochen zu haben.

»Du wirst es doch zu keinem Skandal kommen lassen?«

»Warum? Hast du etwas zu befürchten?«

»Ich persönlich nicht. Aber man hat schon ein paarmal was läuten hören, dass dieser und jener angesehene Bürger von Dorrach in Nussberg sein Glück versucht hätte.«

»Vielleicht auch du oder dein Junior? Aber nur keine Angst. Ich kümmere mich nur um das, was mich angeht.«

Eine Viertelstunde später jagte er in seinem Wagen nach Nussberg. Er trug heute, wie immer, wenn er daheim war, den grauen Lodenanzug. Der Anzug war längst nicht mehr neu, an den Ellbogen der Jacke waren Lederbesätze in Herzform aufgesteppt. Das Hemd stand am Hals offen. Und weil man im Seehotel zu Nussberg die Gäste nach der äußeren Aufmachung abzuschätzen pflegte, meinte das Biermädchen, den hochgewachsenen bäuerlichen Mann gleich ins Bierstüberl abschieben zu können. Der Mann aber ließ sich nirgendwohin abschieben, sondern verlangte den Besitzer des Seehotels zu sprechen.

Nach Herrn van Berg fragten höchstens noch Vertreter, die mit den Verhältnissen hier nicht vertraut waren. Meistens war er gar nicht anwesend. Dies wurde Konrad Freisinger auch bedeutet.

»Dann will ich zu seiner Frau geführt werden, oder wer sonst den Laden hier schmeißt.«

Diese Forderung war schon ziemlich scharf und genauso unmissverständlich.

Frau von Berg saß gerade beim Frühstück in ihrem kostbar eingerichteten Wohnraum, in den nur ein paar Vertraute Zutritt hatten, nicht aber so ein vierschrötiger Bauer, der seine Ungeduld nicht bloß durch die scharfen Falten auf seiner Stirn zeigte, sondern in seinem ganzen Gebaren.

»Ein ganz rabiater Mensch scheint er zu sein«, sagte das Biermädchen.

Frau von Berg blickte von der Zeitschrift auf, in der sie gerade las, und sagte unwillig:

»Der Anton soll ihn hinausweisen, wenn nötig mit Nachdruck.«

Anton war der Hausdiener und musste erst aus dem Rückgebäude herbeigeholt werden. Er war ein Kerl von zwei Meter Größe, mit wiegendem Matrosengang. Die blaue Mütze, auf deren Rand in Messingbuchstaben »Seehotel« stand, weit aus der Stirn geschoben, einen Zigarrenstummel im linken Mundwinkel, kam er hinter dem flachshellen Biermädchen aus einer Nebentür und fragte mit seinem Bierbass, wer da hinausgeworfen werden solle.

Langsam drehte Konrad Freisinger sich um. Blitzschnell war ihm bewusst, dass er hier für einen lästigen Eindringling gehalten wurde, den der Hausdiener ins Freie zu befördern hatte.

In diesem Augenblick änderte sich die Haltung des Hausdieners mit einem Schlag. Devot nahm er die Mütze vom Kopf und den Zigarrenstummel aus dem Mund.

»Ah, der Herr Abgeordnete!«

Freisinger kannte den Mann. Er war früher einmal beim Ankirchner in Talham gewesen und manchen Sonntag in den Berggasthof gekommen.

»Ach, du bist es, Anton. Du bist hier der Hausdiener und sollst mich wohl hinauswerfen? Das wirst du aber gefälligst bleiben lassen. Ich will zur Chefin und werde mir den Weg zu ihr jetzt selbst suchen.«

Schon rannte er durch die Tür hinaus, durch die vorhin das Mädchen verschwunden war. Ungeduldig klopfte er an mehreren Türen in dem breiten Flur, der eher wie ein Wintergarten aussah. Erst als er an die fünfte Tür klopfte, wurde dahinter »Herein« gerufen.

Frau von Berg zog die schön geschwungenen Brauen scharf nach oben und deckte die eine Hand über den weiten Ausschnitt ihres Morgenmantels.

»Was wollen Sie?«, schrillte ihre Stimme.

Konrad Freisingers Schritte erstickten auf dem dikken, weichen Teppich. Dann stand er vor dem kleinen

Rokokotischchen, auf dem das Kaffeegeschirr, zierliches Meißner Porzellan, stand.

»Mein Name ist Konrad Freisinger, Bergwirt zum Hahnenkranz am Tobl.«

Sofort veränderte sich das Gesicht der schönen Frau.

»Ach, der Vater von –«

»Sehr richtig. Der Vater vom Bertl Freisinger, der in der Dorrach hat ertrinken müssen.«

»Ein schrecklicher Unfall. Ich habe erst gestern davon erfahren und es geht mir sehr nahe. Dieser hoffnungsvolle, junge Mensch! Aber, bitte, wollen Sie nicht Platz nehmen?«

»Danke. Es ist nicht viel, was ich zu sagen habe. Das lässt sich im Stehen auch erledigen. Ich glaube, Sie haben mich vorhin nicht richtig verstanden. Ich habe gesagt, dass er in der Dorrach hat ertrinken müssen.«

Frau von Berg griff nach einer Zigarette. Ihre Hand mit dem Streichholz zitterte ein wenig.

Der Bergwirt stützte seinen linken Handstummel auf das Rokokotischchen. In seinen Augen war das eiskalte Glitzern, das zu fürchten war.

»Dann muss ich halt deutlicher werden. Mein Sohn hat hier bei Ihnen gespielt und ein Vermögen verloren. Das wissen Sie doch?«

Frau von Berg, sonst die Klugheit selbst, verfiel unbegreiflicherweise auf die absurde Idee, der Bergwirt sei gekommen, um zu fragen, ob sein Sohn auch hier noch Schulden habe, die er nun begleichen wollte. Viel zu spät begriff sie ihren Irrtum und erkannte, dass sie einfach alles hätte ableugnen müssen. So aber lehnte sie sich bequem auf dem kleinen Sofa zurück und gähnte kurz.

»Ein Vermögen war es wohl nicht. Er hat auch manchmal schöne Summen gewonnen. In letzer Zeit, ja, da hatte er gelegentlich Pech. Mir persönlich schuldet er allerdings bloß dreißigtausend Mark. Aber bitte, das eilt gar nicht.«

Konrad Freisinger prallte zurück. Wo wird er bloß noch überall Schulden hinterlassen haben?, dachte er. Seine Stimme wollte ihm kaum gehorchen, als er die Frage herausquetschte:

»Haben Sie darüber etwas Schriftliches?«

»Einen Augenblick, bitte.« Frau von Berg stand auf, nahm aus dem Glasschränkchen eine kleine Schmuckschatulle und reichte dem Bergwirt den Schuldschein hin. »Aber wie gesagt, es eilt wirklich nicht.«

Mit schmalen Augen betrachtete er das Schriftstück. Kein Zweifel, das war Bertls Unterschrift. Langsam hob er die Augen.

»Sie haben Ihr Spielkasino doch polizeilich angemeldet?«

Frau von Berg wechselte die Farbe. Plötzlich begriff sie ihren Fehler. Trotzdem versuchte sie, liebenswürdig zu lächeln.

»Ein Spielkasino in dem Sinne ist es nicht. Wir haben nur manchmal unter uns gespielt, mit kleinen Einsätzen. Das braucht doch die Polizei nicht zu interessieren.«

»So, meinen Sie? Wie die kleinen Einsätze aussehen, das habe ich vor zweieinhalb Stunden bei der Kreissparkasse erfahren. Um hundertachtundzwanzigtausend Mark ist dort unser Konto überzogen. Dazu kommen jetzt noch Ihre dreißigtausend. Und das nennen Sie kleine Einsätze? Über hundertfünfzigtausend Mark. Mein Sohn hat keinen Ausweg mehr gesehen, und darum hat er seinen Wagen in die Dorrach gelenkt. Verstehen Sie das jetzt endlich? Aber damit Sie es wissen: Ihre dreißigtausend Mark, die können Sie sich in den Kamin schreiben. Derjenige, der Ihnen den Schuldschein ausgestellt hat, lebt nicht mehr, und von mir bekommen Sie keinen Pfennig. Ist das klar?«

Er drehte sich abrupt um, blieb aber mit dem Absatz an einer Teppichfranse hängen, das Rokokotischchen stürzte um, und das hauchdünne Prozellan zersplitterte am Boden.

»Entschuldigung«, sagte er. »Das wollte ich nicht.«

Vor ihm noch gelangte Frau von Berg an die Tür und stellte sich breit davor.

»Was werden Sie jetzt tun? Zur Polizei gehen?«

»Sie scheinen genau zu wissen, dass Glücksspiele ohne behördliche Genehmigung strafbar sind. Wahrscheinlich sind Sie sich auch über das Strafmaß im Klaren. Bis zu zwei Jahren Gefängnis, falls Sie es nicht wissen sollten. Im Übrigen können Sie Ihre dreißigtausend Mark gar nicht einklagen.«

»Das weiß ich. Und ich verzichte gerne darauf. Aber haben Sie einen Nutzen, wenn Sie zur Polizei gehen?«

»Das weiß ich noch nicht. Meinen Sohn gibt es so und so nicht mehr. Und nun lassen Sie mich gefälligst hinaus.«

Daheim angekommen, ging er sofort ins Krankenzimmer hinauf. Die Bergwirtin fühlte sich etwas besser. Neben ihrem Bett stand ein Karton mit sechs Sektflaschen.

»Sekt ja, das soll gut sein fürs Herz«, sagte er, und lächelte müde dazu. »Aber gleich sechs Flaschen?«

Die Kranke streckte matt die Hand, um nach der seinen zu fassen.

»Nicht schimpfen, Konrad – die Barbara hat sie mir gebracht.«

Im Moment verschlug es ihm die Sprache. Die linke Schläfe zuckte wieder. Dann rieb er mit der gesunden Hand die verstümmelte linke, wie immer, wenn ihn etwas stark beschäftigte.

»War die Barbara hier?« Es war ihm kaum bewusst, dass er den Namen Barbara nach vielen Jahren zum ersten Mal wieder aussprach.

Die Bergwirtin nickte. Ihre Augen schimmerten feucht.

»Mit ihren drei Kindern, Konrad. So was Liebes, eins gesünder als das andere.«

Konrad Freisinger schluckte.

»Hat sie denn gewusst, dass du krank bist?«

»Die Lisa hat sie angerufen. Ohne mein Wissen, Konrad, darfst mir's glauben.«

Er sagte lange kein Wort. Dann richtete er ihr das Kissen.

»Geht's dir jetzt ein bissl besser?«

»Ja. Seit die Barbara da war, mein ich grad, ich könnt schon wieder aufstehen.«

»Nein, nein. Bleib nur liegen. Das eilt noch gar nicht.«

Er drückte ihr die Hand und ging in das Bubenzimmer, warf sich angekleidet auf eins der Betten, starrte mit brennenden Augen lange Zeit zur Decke hinauf. Dann fielen ihm die Augen zu.

Am Nachmittag dieses Tages kamen der Sonnleitner und seine zwei Buben in den Berggasthof zum Hahnenkranz und verlangten, den Freisinger zu sprechen. Sie schienen sich etwas vorgenommen zu haben, denn ihre Frage nach dem Freisinger kam klar und drohend. Die Lisa sagte, dass er schlafe, worauf der Sonnleitner sagte:

»Der hat aber die Ruhe weg! Kann der Mensch noch schlafen? Also, weck ihn auf. Wir haben mit ihm zu reden.«

Die Lisa musste ziemlich lange an die Tür klopfen, bis sie den Bergwirt endlich wach bekam. Als er hörte, worum es sich handelte, spreizte er die Nasenflügel. In all den Stunden der Aufregung hatte er nicht mehr daran gedacht, dass ja in einigen Tagen schon die Hochzeit des Bertl mit der Sonnleitner Tina hätte stattfinden sollen. Das arme Mädchen. Es musste doch auch für sie ein schwerer Schlag sein. Natürlich würden auf Sonnleiten jetzt auch alle durcheinander sein.

Mit gespreizten Fingern sich das Haar aus der Stirn streichend, ging er dann hinunter. Die Sonnleitners saßen in der Gaststube, und er musste sie erst zu sich ins Büro bitten lassen. Innerlich bereitete er sich schon darauf vor, was er zu sagen hatte: Es sei ein tragischer Fall, gewiss, aber die Tina würde bei ihrem Aussehen, bei ihrer Tüchtigkeit und der schönen Mitgift doch leicht einen anderen finden.

Er musste sie trösten, das stand bei ihm fest, er, der selbst ein gutes Wort bedurft hätte. Aber er durfte sich vor niemandem klein zeigen. Von ihm erwartete man Fassung und Haltung. Er war ja Abgeordneter, zu ihm blickten die Menschen auf, er durfte keine anderen Sorgen kennen als die Sorgen und Nöte der Menschen, die ihn gewählt hatten.

Aber er kam überhaupt nicht dazu, etwas zu sagen, denn er wurde förmlich überfallen. Der Sonnleitner stand mit leicht gegrätschten Beinen vor ihm und fragte ihn rundheraus:

»Was ist denn jetzt?«

Verwundert blickte Konrad Freisinger in das Gesicht vor ihm. Dann in die Gesichter der beiden Burschen, die hinter ihrem Vater standen.

»Was soll denn sein? Ihr wisst ja, dass der Bertl ertrunken ist.«

»Ja, das wissen wir«, nahm jetzt Gregor, der ältere von den beiden, das Wort. »Es ist hart genug – für dich und für uns. Aber die Tina sagt –«

»Was sagt die Tina?«

»Jetzt muss der andere herhalten, hat sie gesagt.«

»Der ist ihr sowieso lieber, hat s' gesagt«, sekundierte der jüngere, der Felix.

Dem Bergwirt lief es ganz kalt über die Schultern. »Ach, so stellt sie sich das vor? Sie meint den Florian?« Dann schaute er sie der Reihe nach an. Ein bissiger Trotz erwachte in ihm. »Ihr mögt ganz gute Bauern sein«, sagte er, »aber von anderem versteht ihr nicht viel, sonst würdet ihr nicht einfach verlangen, jetzt müsse der andere herhalten. Fürs Unglück kann man nichts, und ich will nicht haben, dass mir noch mal einer mit so einem Vorschlag kommt.«

»Das glaub ich dir gern!«, schrie der Sonnleitner. »Aber was du bist, das sind wir auch. Bloß keine Abgeordneten. Aber meinst du, dass du deswegen so tun kannst, als ginge dich die ganze Sache gar nichts mehr an? Du bist doch gekommen zu uns und hast um die

Tina angehalten. Nicht ich zu dir. Bergwirtin hat sie werden sollen, und du wirst auf den Vorschlag eingehen, dass der andere sie zu dem macht, was der Bertl nicht mehr kann. Das musst du doch verstehen, und wenn du es nicht verstehen solltest, dann werden wir dich dazu zwingen.«

Das war schon eine offene Drohung. Konrad Freisinger rieb sich den Handstummel.

»Ihr droht mir? Mit welchem Recht?«

»Mit dem Recht der Betrogenen«, sagte Gregor.

»Wie soll ich das verstehen? Wie könnte ihr euch betrogen fühlen, wenn meinem Buben ein Unglück zustößt? Glaubt ihr vielleicht, dass das für mich als Vater so einfach ist? Kann ich was dafür, dass er verunglückt ist? Und da kommt ihr daher und redet von betrogen sein. Meint ihr denn, ich bräuchte bloß hinzugehen zum Florian und sagen, er müsse jetzt eure Tina heiraten? So einfach ist das nicht. Wisst ihr denn, ob er sie mag?«

»Das ist weniger wichtig«, meinte der alte Sonnleitner. »Die Liebe wird bei uns Bauernleuten nicht so groß geschrieben.«

»Und außerdem ist die Tina nach dem Florian ganz verrückt.«

Unwillkürlich musste der Freisinger lachen. Es war ein urgewaltiges, zorniges Lachen.

»Und den andern hätte sie geheiratet. Also ging es ihr doch bloß um die Bergwirtschaft um jeden Preis.«

Felix hatte jetzt seine Zigarette ausgeraucht und zerdrückte sie am Ofenrand.

»Ich mein, Vater, du müsstest deutlicher reden mit dem Herrn Abgeordneten, sonst begreift er nicht.«

»Halt du dich raus, du junges Kraut«, brüllte Konrad Freisinger und schaute den alten Sonnleitner wütend an. »Ist bei dir Brauch, dass die Kinder reden?«

»Bleib still, Felix«, sagte der Sonnleitner und trat dann ganz nahe an den Bergwirt hin. »Du wirst deinen Florian dazu überreden, dass er nächste Woche meine Tina heiratet. In Anbetracht des Unglücksfalles kann das ohne großen Aufwand erledigt werden. Ganz im Stillen also. Aber geschehen muss es. Andernfalls –«

»Andernfalls?«

»Muss ich drauf bestehen, dass du mir bis zum zwanzigsten Mai die hunderttausend Mark zurückgibst.«

Dem Bergwirt setzte der Atem aus. Ihm war, als müsse er nach einem Halt greifen.

»Was für hunderttausend Mark?«

»Die ich ihm als Vorschuss gegeben habe. Was weiß ich, was er damit so dringend hat bezahlen müssen.«

»Für den Sessellift, hat er doch gesagt«, erinnerte sich Gregor.

Der Bergwirt griff hinter sich und suchte Halt an der Tischplatte. Sein Gesicht wirkte plötzlich verfallen.

»Der Teufel soll mich holen, wenn ich ein Wort von dem verstehe, was ihr da sagt.«

Der Sonnleitner begriff endlich, dass der Bergwirt von allem nichts wusste. Gutmütig fasste er ihn am Arm.

»Komm, Freisinger, setzen wir uns. Ich muss dir das der Reihe nach erzählen.«

Was der Bergwirt nun in ruhigen, gesetzten Worten zu hören bekam, erschütterte ihn mehr, als ihn jemals etwas erschüttert hatte. Zwar lehnte sich alles in ihm dagegen auf, zu glauben, dass der Bertl so missraten gewesen sein könnte. Er konnte aber auch an der Ehrlichkeit des Sonnleitners nicht zweifeln. Er wusste genau, dass alles die reine Wahrheit war. Und während der Sonnleitner noch in vertraulichem Ton weitersprach, zermarterte er sich bereits das Gehirn, wie er es dem Florian beibringen sollte. Es war ein bitterer Weg, den er antreten musste, ein Kniefall vor dem Sohn, den er verstoßen hatte. Aber was sollte er anderes tun, wo sollte er die hunderttausend Mark hernehmen? Sein Konto bei der Volksbank betrug genau vierundvierzigtausend Mark. Bei der Kreissparkasse aber waren 128 Tausend Mark Schulden. Die Zahlen wollten sich schon wieder verwirren, aber mühsam zwang er sich, klaren Kopf zu behalten.

»So steht also die Lage«, schloss der Sonnleitner.

»Ich fahre morgen in die Stadt und werde mit dem Florian reden«, sagte der Bergwirt und stand auf. »Eins sag ich euch aber gleich: Zwingen werde und kann ich ihn nicht.«

»Dann aber am zwanzigsten Mai«, antwortete der Sonnleitner mit schroffer Betonung und reichte dem Bergwirt die Hand. Diese Hand nahm er noch, die hingestreckten Hände der Söhne übersah er, und als sie draußen waren, spuckte er aus:

»Elendiges Pack!«

Er schaute noch durch das kleine Fenster, als sie wegfuhren. Endlich allein, dachte er, warf die Arme über den Tisch und barg den Kopf darin. Niemand sah es, und niemand könnte es sich auch vorstellen, dass dieser Riese an Kraft und Geschmeidigkeit so laut vor sich hinstöhnte. Vielleicht weinte er auch, denn seine Schultern zuckten so hilflos.

Die weiße Villa am Rande der Stadt lag still und verträumt inmitten von Sträuchern und halbhohen Bäumen. Die Malerin Beate Forell hatte gerade ihren Zwergpinscher ausgeführt und sah bei der Rückkehr am schmiedeeisernen Gartentor einen Mann stehen, der mit einer Hand einen Gitterstab umklammert hatte und in den Garten schaute, gerade so, als ob der englisch geschnittene Rasen oder vielleicht die weißen Champignons unter den Birken ihn interessierten.

Sie kam heran und steckte den Schlüssel ins Schloss des Gartentürchens. Da drehte Freisinger das Gesicht zur Seite.

»Sie, Herr Freisinger?« Beate konnte das Erstaunen nicht ganz verbergen, ihr schien, als sei der Bergwirt nicht bloß um zehn, sondern um zwanzig Jahre gealtert.

»Ich möchte Florian sprechen.«

»Denken Sie denn, dass er bei mir wohnt?« Beate öffnete das Gartentürchen. »Kommen Sie bitte herein.«

»Wenn Florian nicht da ist, hat es keinen Zweck. Wissen Sie, wo er wohnt?«

»Natürlich weiß ich das. Ich bitte Sie aber trotzdem, hereinzukommen. Ich habe ihn übrigens heute zum Mittagessen eingeladen. Sie können ihn also hier treffen. Und, Herr Freisinger – mein herzliches Beileid. Der arme, lebenslustige Bertl.«

»Arm war er nicht, aber lebenslustig«, antwortete Freisinger und hob überrascht den Kopf. »Woher wissen Sie es eigentlich?«

Er ging neben ihr auf dem schmalen Kiesweg auf das Haus zu.

»Barbara war gestern Nachmittag mit ihrem Mann hier. Sie kommt übrigens öfter.«

»So?«

»Ja, weil wir uns die alte Freundschaft erhalten haben. Bitte, Herr Freisinger, treten Sie ein.« Sie ließ ihr Hündchen von der Leine und hängte ihr Strickjäckchen auf. Dann öffnete sie die Tür zu einer gemütlichen Bauernstube. Der Raum war von hellem Sonnenlicht durchflutet. Jedes Einrichtungsstück war stilecht, und beim Anblick des alten breiten Bauernkanapees empfand Freisinger ein so heftiges Schlafbedürfnis, dass ihm fast die Lider zufielen. In den letzten drei Tagen hatte er kaum acht Stunden geschlafen.

Es war ihm kaum bewusst, dass er diese Beate einmal aus seinem Haus gewiesen hatte. Und sie schien es vergessen zu haben. Sie gab sich ihm gegenüber liebenswürdig und charmant. »Machen Sie sich's nur bequem, Herr Freisinger. Setzen Sie sich hin, wo Sie wollen. Was darf ich Ihnen anbieten?«

»Nichts.«

»Doch, Sie fallen ja schon gleich um vor lauter Müdigkeit. Ich mache Ihnen einen starken Kaffee.«

Sie trat nahe an ihn heran und betrachtete sein Gesicht. »Die letzten Tage scheinen Ihnen schwer mitgespielt zu haben. Vor vierzehn Tagen sah ich Sie noch im Landtag, ja, mitunter wohne ich einer Sitzung bei – da war Ihr Haar an den Schläfen noch nicht so silberweiß.«

»Es ist das erste Mal, dass mich jemand auf mein Altwerden hin anspricht. Aber Sie haben Recht, die letzten Tage haben in meinem Leben wie Jahre gezählt.« Er fuhr sich mit der Hand über die Stirn. »Und ich glaube, dass man erst alt werden muss, um zu erkennen, was man alles verkehrt gemacht hat.«

»Vielleicht«, sagte Beate. »Am verkehrtesten haben Sie wohl das mit Florian gemacht. Von Barbara ganz abgesehen. Was hätte denn aus dem Jungen werden sollen, wenn ich mich seiner nicht ein wenig angenommen hätte? Heute ist er freilich aus dem Ärgsten heraus.«

»So? Was treibt er denn?«

»Was er treibt? Er schreibt für ein paar Zeitungen spritzige Artikel und verdient recht nett damit. Wenigstens das, was er zum Leben braucht.«

Konrad Freisinger senkte den Kopf.

Er hat sich also nicht unterkriegen lassen, dachte er und fühlte zugleich eine tiefe Beschämung in sich. Inständig flehte er, dass Florian sich auch in seinem Wesen nicht geändert habe, und dass er verstehen möge, in welche Not sein Vater geraten war, dass er diesen Weg gehen musste.

Er hatte auf dem Kanapee Platz genommen und streckte müde die langen Beine von sich. Im Nebenraum hörte er Beate hantieren, und es dauerte gar nicht lange, da brachte sie ihm Kaffee. Der brachte ihn einigermaßen wieder hoch.

Er erfuhr, dass Florian dreimal in der Woche zum Essen herkäme, auch sonntags, dass sie manchmal zusammen ins Theater gingen, und dass auch Barbara mit ihren Kindern im Jahr mindestens ein paarmal käme. Was ihn aber am meisten interessiert hätte, das erzählte Beate nicht. So musste er selbst fragen:

»Sie sind ja ziemlich genau über ihn orientiert. Können Sie mir auch sagen, ob er eine Freundin hat?«

»Ich bin leider um zwanzig Jahre zu alt für ihn. Und sonst? Ich wüsste eigentlich nicht –«

Der Bergwirt nickte zufrieden.

»Dann wär es ja recht. Der Florian muss nämlich sein Studium abbrechen und den Berggasthof übernehmen. Und da hätte es nicht in mein Konzept gepasst, wenn er sich hier in der Stadt an eine gebunden hätte, die vom Bauernleben keine Ahnung hat.«

Beate lächelte unergründlich und still, denn sie wusste von Florians Liebe zu Lisa. Sie wusste auch, wie tief diese Liebe in ihm verwurzelt war, dass er immer allen Versuchungen aus dem Wege gegangen war, obwohl es an Gelegenheiten nicht gefehlt hätte.

»Ich glaube«, sagte sie nach einer Weile, »Florian wird sich freuen über das Angebot, den Berggasthof zu übernehmen. Beim Studium ist er nur mit halbem Herzen.«

»Ja«, nickte Freisinger wieder, »manches hab ich verkehrt gemacht.«

»Weil Sie es schon zum zweiten Mal sagen, erkenne ich, wie tief Ihnen das bewusst geworden ist. Ein Mann wie Sie sollte aber auch wissen, dass es nie zu spät ist, etwas Verkehrtes wieder gutzumachen.«

»Das stimmt, ja. Und wenn der Florian auf meinen Vorschlag eingeht, könnte nach all den schweren Schatten der letzten Tage doch auch wieder ein Licht kommen.«

So verstrich die Zeit. Beate musste in der Küche nach dem Rechten sehen, und als sie wieder einmal hereinschaute, war der Bergwirt Konrad Freisinger eingeschlafen. Weit zurückgelehnt saß er da, die rechte Hand um den Stummel der linken geschmiegt, das Gesicht ein wenig entspannt.

So schlief er noch seinen tiefen Schlaf, als Florian um die Mittagszeit kam und ihm voller Mitleid die Hand leicht auf die Schulter legte, um ihn zu wecken.

Konrad Freisinger schob sie unwirsch beiseite, wähnte sich daheim und schaute dann, als er endlich ganz wach geworden war, erstaunt auf den Mann in tadelloser Kleidung und begriff erst allmählich, dass dies sein Sohn Florian war.

Da erinnerte er sich auch, wo er war und warum, und wie schwer das Einlenken werden musste, da die alten Wege inzwischen tief eingegraben waren.

Er war am Ende seines Weges angelangt. Nun musste der Kniefall kommen.

Bevor er aber in dieses Letzte hineinging, streckte er dem Sohn die Hand hin, die dieser mit beiden Händen ergriff.

Beate, feinfühlend wie sie war, hatte das Haus verlassen. Was Vater und Sohn sich in dieser schweren Stunde zu sagen hatten, musste sie nicht hören.

Konrad Freisinger machte keine langen Umschweife, erwähnte nur kurz, dass Florian das Studium an den Nagel hängen und die Bergwirtschaft übernehmen solle.

Florian nickte. Beate hatte ihm das bereits berichtet.

»Jetzt kommt aber erst die Hauptsache, Florian«, sagte der Alte und holte tief Atem. »Du musst die Sonnleitner Tina heiraten.«

Florian erbleichte. Sein energisches »Nein« fiel fast noch in die letzte Silbe von Konrad Freisingers Forderung.

»Du sagst nein«, meinte der Bergwirt ohne jeden Zorn. »Ich habe damit gerechnet und muss dir wohl erst genau erklären, warum das sein muss.«

Mit immer größer werdenden Augen hörte Florian zu. Und immer mehr verschloss sich sein Herz der Forderung, die an ihn gestellt wurde. Immer hatte er unter dem übermächtigen Willen des Vaters gelebt. Jetzt musste er zu seinem »Nein« stehen, obwohl der Vater ihm seine große Not mit fast beschwörender Eindringlichkeit ins Gewissen pflanzen wollte.

Groß und in erhabener Schönheit sah er den Berggasthof vor sich liegen, gleich jenen beschwörenden Bildern, die ihn oft bis in den Schlaf hinein verfolgt hatten. Morgensonne flutete darüber, der Wald rauschte und die Bussarde zogen am hohen Abendhimmel ihre Kreise. Er hatte sich oft und oft gewünscht, dass dies alles einmal sein Zuhause sein würde. Nun war es so weit. Aber der Preis dafür war so hoch, dass er ihn nicht bezahlen konnte. Tinas Bild stand vor ihm auf. Was war das für ein Mädchen, das nach dem plötzlichen Tod des Bruders ihre eigensinnige Forderung erhob, dass dann eben er ihr Ehemann werden müsse?

Wie verworren alles war! Wie konnte der Bertl an so viel Geld herankommen? Natürlich, der Vater erzählte es ihm ja gerade ausführlich und presste die Worte Betrüger und Scheckfälscher über die schmalen Lippen, als ob sie aus bitterer Galle wären.

»So, jetzt weißt du alles, Florian«, schloss er endlich. »Nun überlege es dir genau, ob du immer noch nein sagen musst.«

Florian atmete tief. Dann stand er auf, trat an das Fenster und sah in den Park hinaus. Ein Rotkehlchen pfiff in einem Goldregenstrauch, und Schmetterlinge taumelten um die Büsche.

Im Raum war es ganz still geworden. Nur die Uhr

tickte leise und quietschte bei jedem Pendelschlag. Man muss ihr ein paar Tropfen Öl geben, dachte Konrad Freisinger. Endlich drehte Florian sich um.

»Es tut mir leid, Vater, ich muss bei meinem Nein bleiben.«

Der Kopf des Bergwirts sank tief nach vorn. Er streichelte seinen Handstummel. Endlich fragte er: »Bist du an eine andere gebunden?«

»Das tut jetzt im Augenblick nichts zur Sache. Auf keinen Fall aber kann ich die Sonnleitner Tina heiraten. Das wäre doch eine zu einfache Lösung, und außerdem – ich liebe sie nicht.«

»Ich verstehe. Aber mit dem Wort Liebe kann man keine Schulden zahlen. Wenn du nicht willst, dann bleibt mir nichts anderes übrig, als unseren Wald zu verkaufen.«

Florian erschrak bis ins Mark.

»Was? Unsern alten, herrlichen Wald, aus dem du nie einen Stamm hast schlagen wollen?«

»Weißt du vielleicht einen andern Ausweg? Oder« – in den Augen des Bergwirts leuchtete es kurz und hoffnungsvoll auf – »oder hast du vielleicht doch eine Braut an deiner Seite, die über ein größeres Kapital verfügt?«

»Ich weiß nicht, Vater, ob Arbeitsfreude, Gesundheit, Charakterstärke eines Mädchens für dich Kapitalswerte bedeuten, die das Geld der Sonnleitner Tina aufwiegen.«

Konrad Freisinger bekam schon wieder den spöttischen Zug um den Mund.

»Eine romantische Liebesbeziehung also. Und so ein Prachtexemplar hast du aufgegabelt?«

»Ja, Vater.«

»Ja, du warst ja immer schon ein Träumer. Es hätte mich eigentlich gewundert, wenn du im Studium auch etwas wirklichkeitsnäher geworden wärst. Respekt! Und Adé, mein schöner, alter Bauernwald. Vermutlich hat dieses Prachtexemplar dich schon so mit Beschlag belegt, dass du meinst, auf ein Erbteil, wie der Berggasthof es ist, verzichten zu können. Ich kann mir ja denken, dass zu den vielen Eigenschaften, die du mir aufgezählt hast, auch noch ein gewaltiges Quantum Schönheit kommen wird.«

Florian blieb über allen Spott ganz ernst. Dabei wuchs höchstens nur seine feste Entschlossenheit.

»Du kennst sie sogar ziemlich gut, Vater.«

»Du machst mich neugierig!«

»Die Lisa ist es.«

Ein schneller, kurzer Blick von unten herauf, so scharf wie ein Adlerblick, wenn Gefahr droht. In seiner maßlosen Überraschung vergriff er sich in den Worten und fragte:

»Unsere Lisa?«

Florian lächelte.

»Wie schön sich das anhört. Unsere Lisa. Es wäre zu viel des Guten, wenn du die Betonung absichtlich auf ›unsere‹ gelegt hättest.«

Langsam stand Konrad Freisinger auf. Ein alter Adler, der nicht mehr die Kraft hatte, seinen Horst zu verteidigen.

»Du bist ein Narr!«

»Aber vielleicht nicht ein so ganz großer Narr, wie mein Bruder Bertl es war, der Haus und Hof verspielt hat.«

Das saß. Der Bergwirt knöpfte seine Jacke zu.

»Du hast Recht. Ich stelle fest, dass du gelernt hast,

mit Worten zu fechten. Vielleicht überlegst du dir, ob du nicht auch einmal Parlamentarier werden willst.«

Florian schüttelte den Kopf.

»Ich habe gesehen, wohin es führen kann, wenn einer nur noch dafür Interesse hat. Man kann an Popularität gewinnen, an Achtung, an Ehre und Glanz. Aber man verliert seine Familie dabei und den inneren Frieden.«

Mit großen Augen schaute Konrad Freisinger auf den Sohn. Vielleicht sah er zum ersten Mal sein eigenes Spiegelbild in ihm und wanderte in Gedanken um vierzig Jahre zurück. Da musste auch er so prächtig ausgesehen haben und so selbstbewusst gewesen sein.

Jetzt aber war er wirklich alt geworden, sonst hätte er die Lisa nicht so stillschweigend geschluckt.

»Ja, dann werde ich also den Wald verkaufen müssen.«

»Nein, nein!«, schrie Florian auf. »Tu bloß das nicht, Vater!«

»Weißt du sonst einen Ausweg?«

»Im Augenblick nicht. Bis morgen weiß ich ihn.«

»Da bin ich aber gespannt. Ich habe gehört, du schreibst Artikel für Zeitschriften. Wirft das vielleicht so viel ab?«

»Es reicht für das, was du mir nicht geben wolltest.«

Der Alte schwieg, und weil er schwieg, hatte Florian Zeit noch hinzuzufügen:

»Ich hatte ja auch keine Gelegenheit, den Namen der Mutter auf Scheckformularen zu fälschen.«

Über das Gesicht des Bergwirts zuckte es ein paarmal schmerzhaft: Dann wurde das helle Blau seiner Augen blass und unendlich müde.

»Dazu hättest du kein Talent gehabt.«

»Auch nicht die Unverfrorenheit.«

»Das habe ich damit sagen wollen.«

»Soll ich jetzt die Sache mit dem Sonnleitner in Ordnung bringen oder nicht?«

»Ich weiß nicht, wie du das könntest. Es sei denn, du nähmst doch die Tina.«

»Das musst du dir aus dem Kopf schlagen. Lässt du mir freie Hand?«

Konrad Freisinger meinte, dies ohne weiteres zugestehen zu können, weil er sich nicht denken konnte, wie Florian dieses verwirrte Knäuel lösen könnte. Und wie er so dastand, spürte er in seinem Innern eine Wandlung. Es war so, als ob eine Hand aus dem Unsichtbaren greife und allen Trotz aus seiner Seele nähme, damit Nachgiebigkeit, Verständnis, Erkenntnis und ein wenig Wärme in seinem Herzen Platz habe.

Er hatte diesen Sohn aus dem Haus gewiesen, aus Trotz und Eigensinn. Zwar fand er nicht die Worte, ihn nochmals aufzufordern, dass er wieder heimkomme. Er sagte nur:

»Vergiss auch nicht, Florian, dass die Mutter schwer krank ist. Die Barbara hat sie gestern besucht, und seitdem geht es ihr etwas besser.«

Florian verstand, wie es gemeint war. Er streckte dem Vater die Hand hin.

»Ich danke dir, Vater.«

Die schweren Lider zuckten hoch.

Drei Tage später erhielt der Sonnleitner einen eingeschriebenen Brief mit einem Scheck über hunderttausend Mark, der die Unterschrift des Kistenfabrikanten Andreas Gradl in Bichl trug.

So leicht war es gegangen. Florian hatte überhaupt nicht betteln müssen. Andreas hatte nur Barbara einmal kurz angesehen, dann schrieb er ohne Wimpernzucken den Scheck aus.

Die Lisa hatte sich in den Jahren zweiunddreißigtausend Mark gespart, die sie ohne lange zu überlegen Florian überließ, damit er sie auf das Freisingerkonto bei der Kreissparkasse einzahle.

Als Florian seinen Vater über dies alles unterrichtete, stand der zunächst ganz steif und wie vom Blitz getroffen. Er begriff einfach nicht, dass die Menschen, denen er so weh getan hatte, jetzt so selbstlos einsprangen. Er hob seine Einlagen bei der Volksbank ab und zahlte sie auch bei der Kreissparkasse ein. Man räumte ihm dort sofort einen großzügigen Kredit ein.

Die große Gefahr war gebannt. Der Wald konnte weiterbestehen. Gerade, als ob er das wüsste, sang in seinen Zweigen an diesem Abend ein so urgewaltiges Lied, als ob es einen Sturm voraussagen wollte. Der Sturm aber blieb aus. Der Abend verging mit einem herrlichen Alpenglühen, das mit seinem Widerschein durch die Fenster in das Krankenzimmer fiel, in der die Bergwirtin begonnen hatte, die Krise zu überstehen.

In Dorrach kroch wie ein giftiges Gewürm das Gerücht durch die Laubengänge, dass es in Nussberg eine Spielbank gäbe, und dass dort auch der tödlich verunglückte Bertl Freisinger ein häufiger Gast gewesen sei.

»Der rührigen Polizei von Dorrach ist es gelungen,

im benachbarten Nussberg eine üble Spielhölle auszuheben und die Besitzerin des Seehotels, Frau von Berg, zur Anzeige zu bringen. Chef der Spielbank war ein gewisser Baron Hellburg, der sich auch Becker oder von Sternheim nannte und leider ins Ausland entkommen konnte. Wie wir des Weiteren hören, war auch der zweitgeborene Sohn des Landtagsabgeordneten Konrad Freisinger, der im Hochwasser der Dorrach durch Unglücksfall den Tod gefunden hat, dort ein häufiger Gast.«

Der Lokalredakteur meinte zwar danach:

»Bestehen Sie unbedingt darauf, Herr Freisinger, dass das von Ihrem Sohn auch hinein soll?«

»Jawohl, ich bestehe darauf. Das war der Hauptzweck meines Berichtes.«

Als Konrad Freisinger am nächsten Tag den Artikel las, nickte er befriedigt. Er hatte nichts vertuscht und gab niemanden Anlass zum Tuscheln. Nur als er sah, dass man eigenmächtig vor den Landtagsabgeordneten »hochgeschätzten und allseits verehrten« gesetzt hatte, zog er unwillig die Brauen hoch und rieb sich aufgeregt den Handstummel.

Dann kamen die großen Parlamentsferien. Konrad Freisinger war wieder daheim – und auch Florian. Sie ernteten gemeinsam das reif gewordene Korn auf dem Bergacker. Das Haus war überfüllt mit Gästen. Das Geschäft war nie so in Schwung wie in diesem Sommer. Lisa war unermüdlich, sie stand an der Theke und am Herd.

Bis zu diesem Zeitpunkt hatte der Bergwirt noch nie durchblicken lassen, ob er mit Lisa einverstanden wäre. Er vermied es sogar, an die Theke zu kommen, um sich von ihr einen Kognak einschenken zu lassen.

An diesem Tag aber, als sie mit der Kornernte fertig waren, setzte er sich verschwitzt und erschöpft in das Nebenstüberl und bestellte sich bei der Bedienung eine Maß Bier.

Die Bedienung hatte gerade alle Hände voll zu tun. Darum brachte Lisa den gefüllten Krug.

»Zum Wohlsein, Herr Freisinger.«

Er blickte auf. »Ach, du bist es? Lass dich einmal genau anschaun.« Er schürzte die Lippen, wiegte den Kopf hin und her: »So verkehrt bist du gar nicht. Und so was möcht Bergwirtin werden?«

Die Lisa stand feuerrot vor ihm.

»Ich ginge mit dem Florian auch anderswo hin.«

»Das könnte dir so passen! Zuerst springst du mit zweiunddreißigtausend Mark ein und dann möchst du woanders sein. Da – trink an. Aber einen richtigen Zug bitt ich mir aus.«

Lisa nahm den Krug und setzte ihn an die Lippen, bog dabei den Kopf weit zurück. Der Bergwirt sah das schmale, silberne Kettchen mit einem billigen Medaillon an ihrem Hals glänzen. Höchstens zwanzig Mark, dachte er und lächelte. So ein Geizkragen. Er selbst hatte der Mamm nie viel im Leben geschenkt, aber wenn er etwas schenkte, dann konnte es sich sehen lassen.

»Ich dank schön«, sagte Lisa und stellte den Krug zurück.

»Hast den Anhänger vom Florian?«, fragte er.

»Ja, zum Namenstag«, gestand sie errötend und griff danach.

»Zum Namenstag«, wiederholte er. Dann trank er einen tiefen, langen Zug.

Von diesem Tag an sprach er wieder mit Lisa.

Er sprach nicht von einer nahen Hochzeit, auch mit Florian sprach er nicht darüber. Nur mit der Mamm unterhielt er sich und die konnte sich eigentlich keine bessere Lösung denken. Ehrlich wäre sie, sparsam, gesund, rechnen könnte sie und kochen. Vom Letzteren behauptete sie sogar, dass die Lisa es besser könne als sie. Der Bergwirt aber schüttelte den Kopf.

»Sag das nicht. Das Gansragout heute Mittag hast du so gut gemacht wie noch nie.«

»Ausgerechnet heut hat die Lisa gekocht«, versicherte ihm die Frau und fasste nach seiner Hand. Und er ließ sie ihr, wo er sie sonst immer schnell zurückgezogen hatte. Er war in seinem Innern ruhiger geworden, versöhnlicher.

Für den Samstag hatte sich Barbara mit ihrem Mann und den drei Kindern angesagt. Die Bergwirtin, die jetzt wieder gut auf den Beinen war, war ganz aufgeregt vor lauter Freude.

»Du tust ja grad, als ob der Papst käm«, polterte Konrad Freisinger gutmütig und konnte selbst die prickelnde Freude kaum verbergen.

Kaum, dass Barbara mit der Magdalena aus dem Wagen gestiegen war, hatte er schon den kleinen Andreas auf den Arm genommen.

»Kennst mich noch?«

»Ja, du bist der Opa.«

Er drückte den Kleinen herzhaft an sich und stellte ihn auf den Boden. Dann sah er Barbara nach langer, langer Zeit wieder einmal vor sich stehen. Sein Unterkiefer zuckte heftig und er musste alle Kraft zusammennehmen, um seine Rührung zu verbergen.

»Du bist auch ganz schön mollig geworden«, sagte er dann.

Barbara stand vor ihm, voll, blühend, in ihrer ganzen weiblichen Schönheit und Reife. Und plötzlich geschah etwas, womit der Bergwirt nicht gerechnet hatte. Sie warf ihre Arme um seinen Hals.

»Ach, Vater –«, rief sie jubelnd und presste ihre Wange an die seine. Dann ließ sie ihn los und rannte den Kindern nach, ins Haus.

Konrad Freisinger stand seinem Schwiegersohn gegenüber.

»Ist die immer so stürmisch?«

Andreas lächelte.

»Ich mag es halt so. Ein Holzarbeiter hält ja auch was aus.«

Der Bergwirt blinzelte kurz.

»Dank schön für die kleine Ohrfeige, Herr Kistenfabrikant.« Dann fasste er den Schwiegersohn am Arm. »Dank dir auch schön, dass du eingesprungen bist.«

»Müssen wir denn darüber reden?«

»Ja, das müssen wir. Und zwar gleich heut. Wenn ich mich rasiert hab, kommst zu mir ins Büro. Wir werden schon einen Weg finden, wie ich dir die zweihundert zurückzahle.«

»Hundert doch bloß. Und das eilt gar nicht, Opa.«

Konrad Freisinger riss es herum.

»Du, gelt, Opa brauchst mich nicht zu heißen. Sagst halt Freisinger, wenn dir der Vater so schwer fällt.«

»Vater –!«

»Ja, ja, ist schon gut. Und wenn ich zweihunderttausend gesagt habe, dann hat das schon seine Richtigkeit. Die Barbara hat doch ihre Mitgift noch nicht bekommen. Soll ich mir später einmal von meinen

Enkeln nachsagen lassen, dass ihre Mutter mit leeren Händen hat gehen müssen? Nächste Woche kann ich dir vielleicht schon die erste Rate von zwanzigtausend geben. Zu Weihnachten vielleicht die zweite. In ein paar Jahren, so hoffe ich wenigstens, wird alles erledigt sein. So, und jetzt gehst mit mir ins Haus, dann trinken wir den ersten Kognak zusammen.«

Konrad Freisinger musste sich wirklich an diesem späten Nachmittag noch rasieren, denn es wurde ein halbes Dutzend seiner Fraktionskollegen vom Landtag mit ihren Frauen erwartet, die er zu einem Hirschessen eingeladen hatte.

Punkt sechs Uhr fuhren die Gäste vor. Hünenhaft aufgerichtet empfing der Abgeordnete Freisinger sie vor der Terrasse. In der späten Nachmittagssonne leuchtete der Schnee seiner Schläfen so makellos weiß wie das Hemd, dessen weite Ärmel sich im Wind aufplusterten. Dann griff er in die Tasche seiner grünen Plüschweste und zog die Uhr mit dem Sprungdeckel.

»Pünktlich wie die Maurer mit ihrem Feierabend«, lachte er und man hörte ihn zum ersten Mal wieder einmal dröhnend und lustvoll lachen. »Aber herzlich willkommen bei uns im Berggasthaus zum Hahnenkranz.«

Dann zeigte er den Gästen, was zu zeigen war. Und das war an diesem Tage sehr viel, denn außer den Gebäuden und Fremdenzimmern gab es auch noch eine Tochter, einen Schwiegersohn und drei Enkel zu zeigen. In der Küche, in der es herrlich nach Wildbraten roch, legte er seinen Arm um die breite Hüfte der Bergwirtin und sagte: »Und das ist unsere Mamm.«

Zuletzt kamen sie in die Gaststube, wo zwei Tische

aneinandergerückt und feierlich gedeckt waren. Über dem runden Bauerntisch in der Ecke unter dem Herrgottswinkel hing ein Bild vom Bertl mit einem schwarzen Trauerflor.

»Ach«, sagte die Frau des Abgeordneten Zaimer, »das ist wahrscheinlich Ihr Jüngster, der tödlich verunglückt ist. Und man hat immer noch nichts von ihm gefunden?«

»Nein, man hat noch nichts von ihm gefunden«, antwortete Konrad Freisinger und sah sich um, ob es noch etwas zu zeigen gäbe. Aber es war nichts mehr da außer der Lisa hinter der Theke, die mit einer weißen Serviette die Weingläser blankwischte. Das Kinn vorstreckend, deutete er auf sie hin.

»Und das dort ist meine künftige Schwiegertochter«, sagte er. »Somit habt ihr jetzt alles gesehen, was es bei mir zu sehen gibt. Jetzt bitte ich Platz zu nehmen. Das Essen wird, denke ich, nicht mehr lange auf sich warten lassen, Lisa, schau einmal nach, wie weit es schon ist.«

Die Lisa rannte mit hochrotem Kopf hinaus, nicht in die Küche, sondern in den Schuppen, wo sie vorhin Florian hatte verschwinden sehen.

Halb lachend, halb weinend taumelte sie in seine Arme.

»Weißt du, Florian, was er gerad' gesagt hat? ›Und das dort‹, hat er gesagt, ›ist meine künftige Schwiegertochter‹.«

Florian strich der Aufgeregten beruhigend über das Haar.

»Hast du denn noch einen Zweifel gehabt?«

»Ja, bis heute war ich immer noch ein wenig in Angst.«

Er stieß mit dem Fuß das Schuppentor hinter sich zu. Dunkelheit umhüllte sie und mit seinen Lippen küsste er den letzten Rest ihrer Angst fort.

Im Spätherbst fand in aller Stille die Hochzeit in der Kapelle zu Birkenstein statt. Schweigend und völlig in sich gekehrt kniete der Abgeordnete Freisinger in seiner Bank, und einmal hatte er für eine ganze Weile die Hand vor die Augen gelegt, als sei er ganz in Andacht versunken, während seine Gedanken aber woanders waren.

Ausgerechnet an diesem Morgen hatte er einen Brief mit ausländischen Marken bekommen, in dem sein jüngster Sohn Bertl ihm mitteilte, dass es ihm jetzt gelungen sei, in Amerika Fuß zu fassen. Er verdiene nicht schlecht und hoffe, im Laufe der Zeit seine Schuld abtragen zu können. Es täte ihm Leid, dass er dem Vater dieses Leid angetan habe, und man solle ihn weiterhin für tot gelten lassen.

Das war es, womit der Bergwirt sich noch heftig auseinandersetzte. Dann war er damit fertig. Jawohl, niemand brauchte zu wissen, dass der Bertl noch lebte. Zwei seiner Kinder hatte er wieder zurückgewonnen. Den einen aber hatte er verloren.

Er nahm die Hand von den Augen. Die Orgel spielte ganz leise. Florian und Lisa knieten am Altar unter dem strahlenden Glanz von Kerzenlicht. Der Priester legte die Stola um ihre Hände und segnete das Paar.

Etwas wie ein heller Schein überzog das furchige Gesicht des Bergwirts Freisinger. War es das Glück der Stunde, in der er in dieser schmalen Kirchenbank erkannte, dass es das Leben nun doch noch recht gut mit ihm meinte, seit er seinen Stolz abgelegt hatte?

Ach ja, es konnte nun alles noch recht werden.

Und es wurde recht. Das Glück wirbelte durch das Haus und aus allen Ecken strömte es wie helles Sonnenlicht, auch wenn es draußen regnete und zuweilen auch schon schneite.

Zu Ostern war es dann, als der Abgeordnete Freisinger wieder einmal länger daheim war, dass er merkte, dass Lisa schwanger war. Da war es ihm auf einmal so, als müsse er die junge Frau in seinen Arm nehmen, so ergriffen war er.

Den Berggasthof hatte er bereits Florian übergeben. Er war der »Alte« geworden. Aber niemand nannte ihn so. Seine große Gestalt war immer noch so ehrfurchtgebietend, dass dieses Wort niemandem in den Mund kommen wollte.

Wenn die Lisa ihn fragte: »Was hättest du denn heute gerne, Vater?«, dann überlegte er eine Weile. Mit dem Alter wäre sein Gaumen für lukullische Genüsse nicht abgeneigt gewesen und manchmal lief ihm das Wasser im Mund zusammen, wenn für einen Gast Lendenschnitten mit Champignons oder ein Wiener Rostbraten hineingetragen wurde. Aber dann presste er hart die Kiefer zusammen und dachte: erst dann, wenn der letzte Pfennig Schulden abbezahlt ist.

So begnügte er sich lieber mit ein paar Würstl mit Kraut und sagte, dass ihm das andere wegen seiner Leber nicht gut bekäme.

Beate sollte eigentlich kommen. Die Malerin Beate. Aber irgendetwas schien sie noch abgehalten zu haben. So kaufte er eines Tages selbst zwei Büchsen Lackfarben, schwarz und rot, rückte einen Tisch unter die Haustür und zog langsam jeden der etwas verblichenen Buchstaben nach auf dem Balken, bis man es wieder aus dreißig Schritt Entfernung deutlich lesen konnte: »Heimat ist Friede.«

Mit schräg gehaltenem Kopf betrachtete er sein Werk, den Pinsel noch in der Hand. Da sagte jemand über seine Schulter her:

»Schön hast es gemacht, Vater.«

Langsam drehte er das Gesicht über die Schulter. In seinen Augen leuchtete es auf.

»Schaut mir drauf, Lisa, dass wirklich immer der Friede herrscht in diesem, eurem kleinen Stück Heimat.«

Langsam wurde es Abend. Von Dorrach herauf hörte man die Glocken läuten. Wie ein Zauber schwangen die Klänge in der Frühlingsluft, in der die ersten Veilchen schüchtern zu blühen begannen und die Palmkätzchen aufgesprungen waren.

Langsam, die Arme hinter dem Rücken verschränkt, stieg Konrad Freisinger den Wiesenhang hinter dem Haus hinauf. In der Gaststube und im Stall brannten schon die Lichter. Einmal blieb er kurz stehen und zündete den erloschenen Stumpen wieder an, sah sinnend den Rauchwölkchen nach und nickte lächelnd vor sich hin. Geraucht hatte er immer nur in ganz stillen Stunden, und wenn er von tiefer Zufriedenheit erfüllt war.

Beim Jährlingszaun oben blieb er stehen und lehnte sich an die Planken. So sah er lange und ergriffen hinunter auf Haus und Hof. Die Dämmerung kroch vom Wald herauf. Dann kam die Nacht und über dem Hahnenkranz leuchteten still die Sterne.